박인환문학관 학술연구총서 5

박인환 산문 전집

박인환 시인 생가터

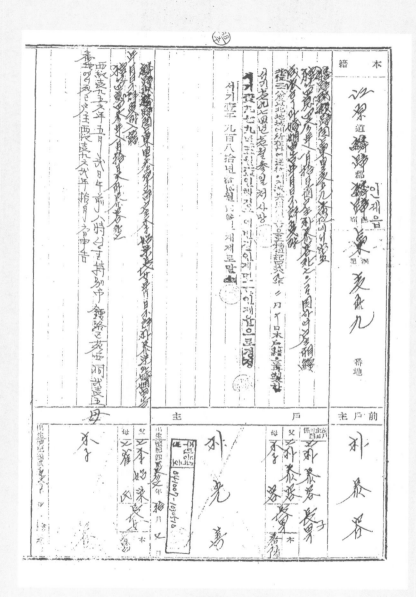

제적등본

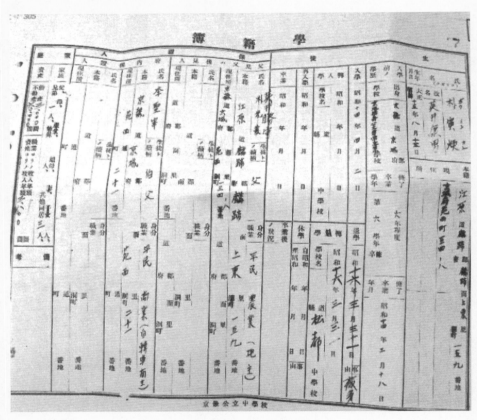

경기공립중학교 학적부

祝 入 學

京畿中學

金深明　二〇〇圓

任炫英　朱圭完　金榮均　尹錫宇　朴根三　李元鎬　吉炳華　朴民秀　李伯秀　羅濟榮　金煥麟　崔浩均　徐京錫　安道永　黃烈　全五辰
朴成緒　朱日永　尹永漢　韓圭□　咸元鎬　李元華　辛啓承　朴世均　朴英喆　卞一均　金炳深　金南憲　朴賢植　辛命根　裴東益　崔坰
　　金琮明　金容燮　柳鍾熙　林榮珠　崔慶澤　李辟柱　吳殷圭　金基垕　周錫善　盧栄喆　文炅哲　李英玉
徐顯彧　金胤鉒　房基約　韓相烈　韓斗烈　李孝澤　朴世均　洪淳慶　金炳炅　劉文鎬　申河旭　盧象麟

李康□　朴樂緒　徐根憶　金容德　柳鍾植　金思爀　崔榮烈　吳個煥　崔寛照　金羽昇
姜甲潤　金玉龍　池在部　李傑　朴栢圭　尹義默　金元默　章吉成　南琵竝　李熙明　辛台夏　朱鍾淳　鄭淳亨　金元圭　金英均　金英吉　金淶坑　李濯鉶　裴宗承　金基錫　盧陝澤　金菌虎
　　李康□　朴萬根　洪得秀　方得麟　金奎洙　李永洙　詳民換　朴榘一　吳兌致　鄭舜均　李柄　白雄煥　鞠淳雄　崔漢陽　李□沖　池世庚　李元國　申定秀　李大圭　朴實雄　鄭炳世　姜林鎭　宋孝淳　李炯植　崔海琳
　　朴□緒　愼里三　洪潤植　朴道根　李根培　金泰均　金鎰在　成樂寶　李錫權　宋昊先　宋愭源　金□洙　鄭舜尹　都仁愛　任雄淳　金銀鎬　李永淳　朴弘　方駿煥　金益鎬　盧興鎬　李洋洙

경기공립중학교 축 입학(『조선일보』 1939년 3월 20일)

경기공립중학교 시절

평양의학전문학교 시절

이모부 내외분과 이종사촌. 경기공립중학교 입학 무렵.

박인환과 김수영 시인(출처 : 조병화문학관)

마리서사 앞에서(왼쪽부터 이한직 · 이흡 · 박인환, 1947년 3월)

결혼식(덕수궁 석조전, 1948년)

첫아들 세형을 안고(1949년 봄)

박인환 시인의 할머니가 증손자 세형을 안고

세형의 돌잔치(1949년)

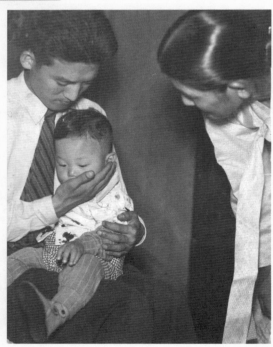

차남 세곤의 돌잔치.
박인환 시인의 어머니 함숙형과
함께(1954년)

한위(韓委) 출입 기자 3명
송청(送廳)
(『조선중앙일보』, 1949년 8월 4일)

제4회 전국중등학교 야구 선수권대회 임원(『자유신문』, 1949년 6월 7일)

501.BB Korea/7-1949 : Telegram

The Ambassador in Korea (Muccio) to the Secretary of State

RESTRICTED   SEOUL, July 19, 1949—2 p. m.

884. ReEmbtel 881, July 18. Following arrest Choi Yung Sik Saturday, four other newspaper reporters arrested later same day : Lee Moon Nam, reporter *Korea Press*; Pak In Hwan, reporter *Cha Yoo Shin Moon*; Sam Rai Sup, reporter *Koo Kto Shin Moon*; Huh Moon Taek, reporter *Cho Sun Chong Ang Daily*. All five arrested assigned cover UNCOK press conferences and presumed to have prepared Communist-slanted questionnaire handed UNCOK delegate Singh July 14, copy of which being air pouched.[1] Lee Ho, Director National Police, informed AP correspondent today all five have since confessed membership SKLP, Communist underground organization South Korea. Arrested men held incommunicado since arrest despite requests US reporters and UNCOK secretariat see arrested men.

                                                                    MUCCIO

[1] Transmitted with despatch No. 440, July 22, from Seoul ; not printed.

501.BB Korea/7-1949 : Telegram

The Secretary of State to the Embassy in Korea

CONFIDENTIAL   WASHINGTON, July 19, 1949—6 p. m.

606. Reurtel 881 July 18 Dept feels it shld be emphasized to appropriate Korean officials that, whatever may be facts concerning Choi's affiliation SKLP, "maintaining too close liaison with UNCOK" cannot in our view be regarded by any civilized standards as constituting offense, however slight, against ROK. You shld point out that leveling of such "charge" will certainly be interpreted as affront to nations which voted Dec 12 GA Res establishing UNCOK and whose friendship ROK can ill afford to lose, and will tend to prejudice ROK case in forthcoming session GA. It shld also be emphasized that such arbitrary action serves to strengthen hands opponents pending Korean aid program and to make final approval that program that much more difficult.

                                                                    ACHESON

501.BB Korea/7-2149 : Telegram

The Ambassador in Korea (Muccio) to the Secretary of State

CONFIDENTIAL   SEOUL, July 21, 1949—3 p. m.

899. 1. Embassy invites Department's attention to new correlated Communist effort intimidate, discredit and drive UNCOK from

1949년 7월 19일 주한미대사 존 무초가 국무부장관에게 박인환을 포함한
유엔한국위원단 출입기자들의 체포 소식 알림(출처 : 국사편찬위원회)

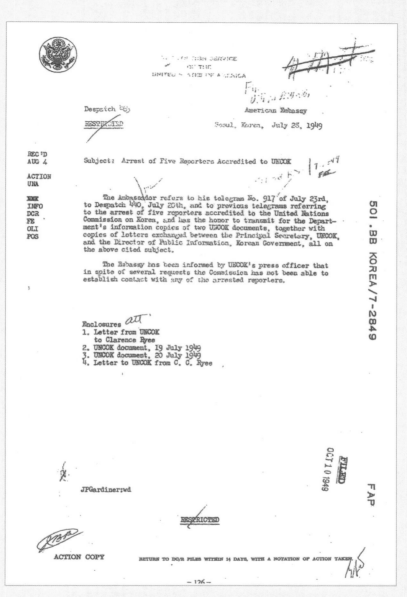

FOREIGN SERVICE
OF THE
UNITED STATES OF AMERICA

Despatch 463

American Embassy

Seoul, Korea, July 28, 1949

REC'D
AUG 4

ACTION
UNA

XXX
INFO
DCR
FE
OLI
POS

Subject: Arrest of Five Reporters Accredited to UNCOK

     The Ambassador refers to his telegram No. 917 of July 23rd, to Despatch 440, July 20th, and to previous telegrams referring to the arrest of five reporters accredited to the United Nations Commission on Korea, and has the honor to transmit for the Department's information copies of two UNCOK documents, together with copies of letters exchanged between the Principal Secretary, UNCOK, and the Director of Public Information, Korean Government, all on the above cited subject.

     The Embassy has been informed by UNCOK's press officer that in spite of several requests the Commission has not been able to establish contact with any of the arrested reporters.

Enclosures att'
1. Letter from UNCOK
   to Clarence Ryee
2. UNCOK document, 19 July 1949
3. UNCOK document, 20 July 1949
4. Letter to UNCOK from C. C. Ryee

501.BB KOREA/7-2849

OCT 10 1949

FILED

FAP

JPGardiner:wd

ACTION COPY

RETURN TO DC/R FILES WITHIN 14 DAYS, WITH A NOTATION OF ACTION TAKEN

- 126 -

1949년 7월 28일 서울에서 국무부장관에게 유엔한국위원단에 알려진
박인환을 포함한 기자 5명 체포 알림(출처 : 국사편찬위원회)

「문총의 결의문」
(『경향신문』,
1952년 2월 26일)

1952년 2월 25일 『경향신문』에 실린 김광주 소설가
인치 구타 사건에 대한 재구(在邱) 문인 성명서

성명서(임호권 · 박영준 · 박인환 · 이봉구,
『자유신문』, 1949년 10월 2일)

박인환 성명서
(『자유신문』, 1949년 12월 4일)

보도연맹 주최 국민예술제전 8일부터 3일간 공연(『자유신문』, 1950년 1월 7일)

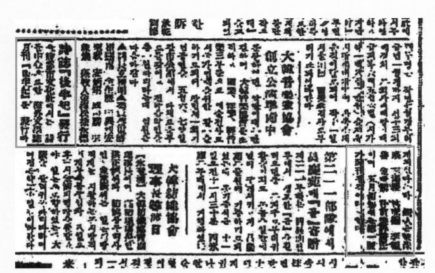

시집 『후반기』 발행(김수영 · 이상로 · 박인환)(『자유신문』, 1950년 4월 12일)

시의 밤 개최 기사(『국제신보』, 1953년 4월 14일)

박인환 『선시집』 출간기념회

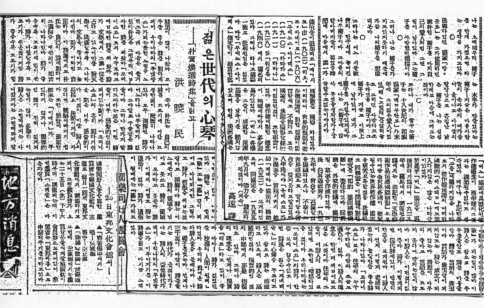

홍효민의 박인환 『선시집』 서평(『조선일보』, 1956년 1월 22일)

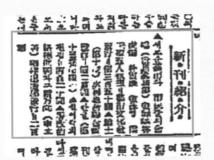

『새로운 도시와 시민들의 합창』
신간 소개(『자유신문』, 1949년 5월 17일)

박인환 『선시집』 출판기념회
기사(『동아일보』, 1956년 1월 27일)

부완혁의 박인환 『선시집』
서평(『한국일보』, 1956년 1월 16일)

박인환 시인 부인의 수기
(『여상』, 1963년 4월)

박인환이 발굴해 발표한 이상의 유고시
「이유 이전」(『서울신문』, 1953년 11월 22일)

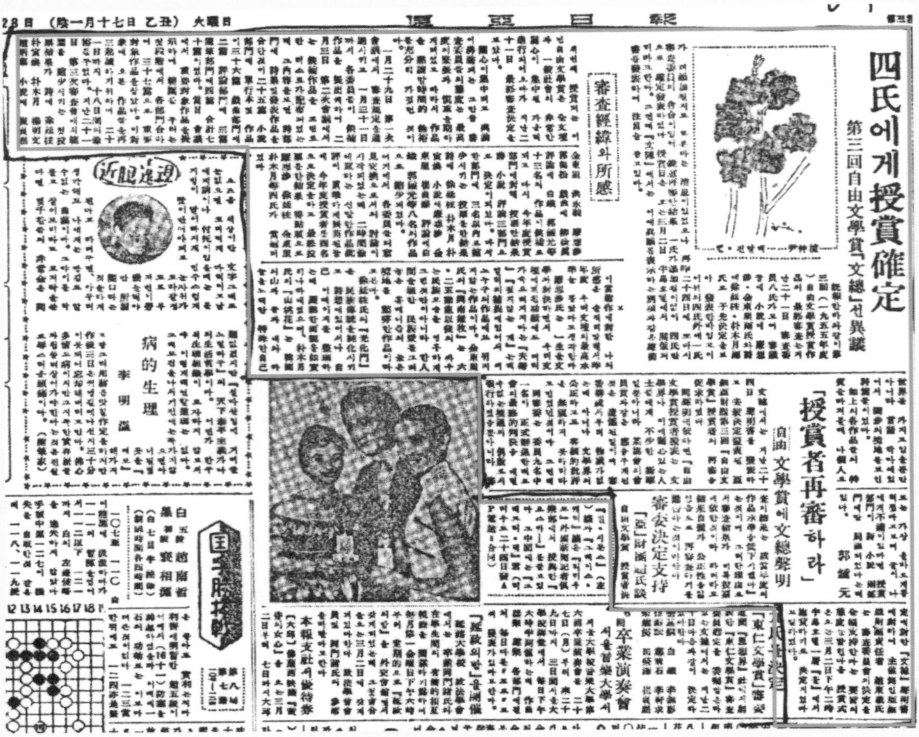

四氏에게授賞確定
第三回自由文學賞「文總」선異議

「授賞者再審하라」
自由文學賞에 文總聲明

審査經緯와所感

제3회 자유문학상 기사(『동아일보』, 1956년 2월 28일)

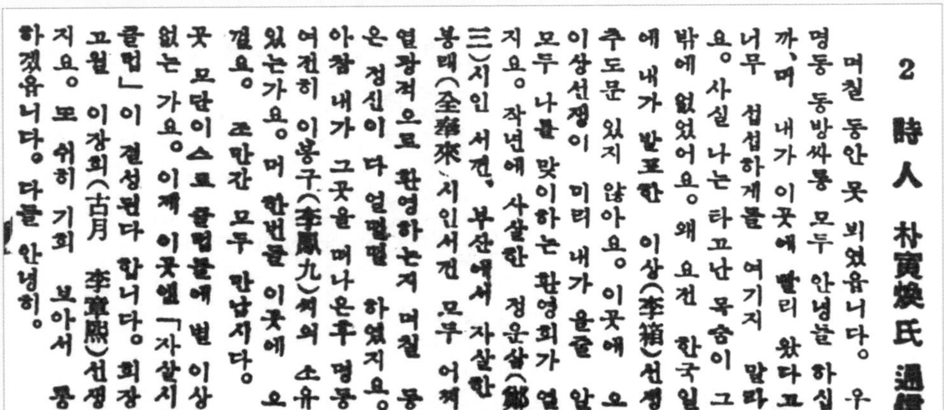

2 詩人 朴寅煥氏 通信

며칠 동안 못 뵈었읍니다。 우선
명동 동방싸롱 모두 안녕들 하십니
까、며 내가 이곳에 빨리 왔다고들
너무 섭섭하게들 여기지 말아주
요。 사실 나는 타고난 목숨이 그것
밖에 없었어요。 왜 요전 한국일보
에 내가 발표한 이상(李箱)선생의
추도문 있지 않아요。 이곳에 오니
이상선생이 미리 내가 올줄 알고
모두 나를 맞이하는 환영회가 열렸
지요。 작년에 사살한 정운삼(鄭雲
三)시인 서건、부산에서 자살한 전
봉래(全鳳來)시인서건 모두 어찌나
열광적으로 환영하는지 며칠 동안
은 정신이 다 얼떨떨 하였지요。
아참 내가 그곳을 떠나온후 명동은
여전히 이봉구(李鳳九)씨의 소유로
있는가요。며 한번들 이곳에 오실
걸요。 조만간 모두 만납시다。 그
곳 모단이스토 클럽들에 별 이상은
없는 가요。이제 이곳엔「자살시인
클럽」이 결성된다 합니다。회장에
고월 이장희(古月 李章熙)선생이
지요。 또 쉬히 기회 보아서 통신
하겠읍니다。 다들 안녕히。

조영암이 문단 저승 통신에서 소개한 박인환(『아리랑』, 1956년 7월)

신협 38회 공연, 박인환이 번역한 〈욕망이라는 이름의 전차〉(『경향신문』, 1955년 8월 24일)

부산 피란 시절 부인 이정숙과 장남 세형과 함께(1951년)

미국 여행 남해호 선상에서(1955년)

미국에서 부인에게 보낸
편지 봉투와 엽서.
박인환이 방문했던 시애틀 전경

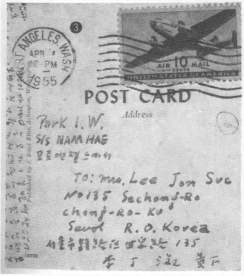

1956년 추석날 망우리 묘소에 시비를 세우고

박인환 우표

박인환문학관(인제군)   촬영 : 김창수 사진작가

인제군에 건립된 박인환 시비

산문 「현대 여성에 관한 각서」가
발표된 『여성계』 제3권 3호
(1954년 3월 1일) 표지

산문 「천필」이 발표된 『민주경찰』
41호(1954년 7월 15일) 표지

1976년 박인환 시인 타계 20주기에
큰아들 박세형이 간행한 시집 표지

1982년 박인환 시인 타계 26주기에
문인들이 간행한 추모 산문집 표지

문승묵 엮음 『사랑은 가고 과거는 남는
것-박인환 전집』(예옥, 2006)

맹문재 엮음 『박인환 전집』
(실천문학사, 2008)

『선시집』 복각본
(2021)

여국현 옮김 『THE COLLECTED POEMS』
(박인환 선시집 영역본)
(2021)

맹문재 엮음 『박인환 번역 전집』 (2019)

맹문재 엮음 『박인환 시 전집』 (2020)

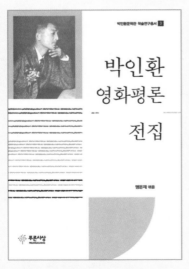

맹문재 엮음 『박인환 영화평론 전집』
(2021)

맹문재 엮음 『박인환 평론 전집』 (2022)

박인환
산문
전집

맹문재 엮음

1.

　2019년부터 간행해 오는 박인환 전집 시리즈 중에서 마지막 권으로
『박인환 산문 전집』을 내놓는다. 그동안 『박인환 번역 전집』, 『박인환 시
전집』, 『박인환 영화평론 전집』, 『박인환 평론 전집』을 간행했다. 2008년
에 간행한 『박인환 전집』이 여러모로 부족해 보충 및 수정하고자 시작한
작업이 이 산문 전집으로 마무리된다. 누군가에 의해 또 다른 박인환 전
집이 간행될 수 있고, 또 그렇게 되기를 응원하지만, 쉽지 않을 것 같다.
박인환 시인이 발표한 1940~50년대의 자료들을 발굴해서 입력하고 그
의미를 읽어내는 일이 여간 만만하지 않기 때문이다. 아직도 부족한 면이
많지만, 박인환의 작품들을 나름대로 정리했기에 보람을 느낀다. 앞으로
이 전집들을 통해 박인환의 작품 세계에 관한 연구가 더욱 많아지기를 기
대한다.

2.

　『박인환 산문 전집』에는 지금까지 간행된 전집들에서 볼 수 없는 중요

한 자료들이 수록되었다. 무엇보다 박인환 시인의 경기공립중학교 학적부가 공개되어 그동안 잘못 알려진 사항을 바로잡았다. 지금까지 박인환 시인은 경기공립중학교를 그만두고 한성중학교 야간부, 황해도 재령에 있는 명신중학교로 전학한 것으로 알려져 왔는데, 이번 학적부를 통해 개성에 있는 송도중학교로 전학한 것을 확인할 수 있었다. 박인환의 맏아들 세형은 아버지가 송도중학교로 전학한 뒤 황해도 재령에 있는 명신중학교로 다시 옮겨 평양의학전문학교로 진학했다고 증언했다. 좀 더 정확한 사실 확인은 남북통일이 이루어져야 가능할 것이다.

또한 박인환 시인의 제적등본이 공개되어 가족 사항을 구체적으로 볼 수 있었다. 지금까지 박인환은 아버지 박광선과 어머니 함숙형 사이에서 4남 2녀 중 맏이로 태어난 것으로 알려졌다. 그렇지만 제적등본을 확인해 본 결과 2남 1녀 중 맏이로 태어난 것으로 확인되었다. 물론 당시에는 호적에 오르지 못하고 세상을 뜬 아이들이 많았기 때문에 박인환의 형제가 4남 2녀라는 것이 실제일 수 있다. 그러나 그와 같은 사실을 증언해줄 사람이 존재하지 않기에 제적등본에 기재된 사실을 근거로 삼아야 할 것이다.

박인환 시인이 타계한 지 67년이 되는 해에 간행되는 이번 전집에서 그의 중요한 연보가 제대로 수정되어 다행이다. 이와 같은 일이 가능했던 것은 박인환 시인의 큰아드님인 박세형이 귀한 자료를 제공해주었기 때문이다. 큰 감사함에 대한 인사로 박인환 연구에 더욱 매진할 것을 약속드린다.

3.

『박인환 산문 전집』에는 그동안 공개되지 않은 사진들도 대거 수록했다. 이 사진들을 통해 박인환 시인의 생전 모습을 훨씬 생생하게 볼 수 있게 되었다. 귀한 사진들은 박인환문학관에서 제공해주었다. 박인환문학관을 지키는 권태훈, 김오정, 손정훈, 김세원 선생님께 감사함을 전한다.

『박인환 산문 전집』을 비롯해 다섯 권의 박인환 전집을 간행할 수 있었던 것은 문승묵 선생님께서 많은 자료를 제공해주셨기 때문이다. 오랜 시간 공들여 발굴한 자료들을 기꺼이 내주신 선생님께 머리 숙여 감사의 인사를 드린다. 선생님께서 2006년에 간행한 『사랑은 가고 과거는 남는 것 ─ 박인환 전집』(예옥)은 모든 박인환 전집의 토대였다고 평가할 수 있다. 일반 독자들에게는 물론 박인환의 작품 세계를 연구하는 연구자들에게 꼭 알리고 싶다.

그동안 애정을 가지고 자료들을 구해준 김병호 서지학자님의 따스한 손길이 있었다. 자료 입력을 도와준 이주희 시인을 비롯해 김규민 안양대 국문과 학생의 수고도 컸다. 박인환 시인의 일문 산문을 번역해준 한성례 시인에게도 고마움을 전한다. 편집 작업에 수고해주신 한봉숙 대표님과 지순이, 김수란, 노현정 등 푸른사상사 식구들에게도 고마움을 전한다. 박인환 전집을 간행하는 데 첫걸음을 뗄 수 있도록 도움을 주신 최병헌, 손홍기 시인과의 인연도 가슴속에 새긴다.

4.

『박인환 산문 전집』에 수록된 글은 총 41편이다. 이 전집에는 수필, 한국전쟁의 체험 수기, 미국 여행기, 부인 이정숙과 소설가 이봉구에게 쓴 서간, 전기, 설문 등을 나누어 수록했다. 박인환 시인의 활동 상황을 볼 수 있는 언론 기사도 실었다. 또한 시인이자 남편인 박인환을 추모한 부인의 글과 아버지를 추모한 큰아들과 딸의 글도 수록했다. 박인환 시인을 추모한 문인들이나 지인들의 글은 이번 전집에 수록하지 않았다. 그 수가 많고 재수록 허가의 문제가 있기에 또 다른 기획으로 묶을 수 있기를 기대한다.

> "삭막하고, 폐부에 찬바람이 스며들면 들수록 우리들은 남의 좋은 이야기를 해야 되고, 좋은 이야기를 하기 위해서는 서로가 좋은 행위를 해야 한다." (「미담이 있는 사회」 중에서)

> "돈이 없어 죽겠습니다. 그러나 사랑은 돈이 아닙니다. 이것은 나의 무한한 유일의 재산이며, 영원한 당신의 것이올시다." (「사랑하는 나의 정숙에게」 중에서)

박인환 시인은 가족은 물론이고 인연이 있는 사람들에게 지극한 사랑을 보였다. 그의 산문은 그 사랑이 얼마나 진실하고 열정적인 것이었는지를 잘 보여준다. 돈이라는 괴물이 이 세상의 모든 가치를 집어삼키는 시대에 인간의 사랑이 얼마나 중요한지를 새삼 깨닫게 해주는 것이다. 진정 박인환 시인은 사랑의 전도사이다.

2023년 8월
맹문재

■ 책머리에   33
■ 일러두기   42

제1부   수필

고(故) 변 군(邊 君)   45

여성미의 본질 — 코   50

실연기(失戀記)   52

제야유감(除夜有感)   54

현대 여성에 관한 각서   58

원시림에 새소리, 금강(金剛)은 국토의 자랑   65

천필(泉筆)   69

즐겁지 않은 계절   76

낙엽 일기   77

크리스마스와 여자   79

미담이 있는 사회   83

꿈같이 지낸 신생활(新生活)   87

환경에서 유혹 — 회상 우리의 약혼시절   90

사랑은 죽음의 날개와 함께   93

불안과 희망 사이   99

제2부 전쟁 수기

서울 재탈환   103

서울역에서 남대문까지   107

암흑과 더불어 3개월   110

밤이나 낮이나 ─ 중부 동부 전선초(戰線抄)   118

밴 플리트 장군과 시   121

제3부 여행기

19일간의 아메리카   127

서북 미주의 항구를 돌아   136

미국에 사는 한국 이민   151

몇 가지의 노트   158

제4부 서간

이정숙에게   167

사랑하는 아내에게   169

사랑하는 나의 정숙이에게   171

정숙, 사랑하는 아내에게   174

정숙이   177

정숙이   178

무제   180

정숙이   181

정숙이   183

무제 184

무제 185

이봉구 형 186

이봉구 학형 188

제5부　전기

칭기즈 칸(成吉思汗) 191

제6부　설문

남북 요인 회담 요청이 일부에서는 농숙(濃熟)한 모양인데,
　이에 대한 기대는 어떠하십니까? 211

5월 달에 당신은? 212

설문 214

제7부　기타

가을밤 거리에서(시) 219

書籍と風景(시) 221

【부록】

제1부　활동 상황

예술의 밤 개최 233

시지『신시론』제1집을 발간 234

신시론 동인 엔솔러지 발간 235

신간 소개 236

1949년 7월 19일자 서울(무초)에서 국무장관에게,
　"신문기자 체포" 237

1949년 7월 28일자 서울에서 국무장관에게,
　"유엔 한위에 알려진 기자 5명 체포" 239

한위(韓委) 출입 기자 3명 송청(送廳) 241

성명서 242

성명서 243

한국문학가협회 결성 244

시지(詩誌)『후반기』발행 246

국민 앞에 사과하라 247

신간 소개 249

회장에 오종식 씨 영화평론가협회 250

모시는 말씀 251

사고(社告) 253

자유문협회 총회 문총 중앙위원 선출 254

시작사 '시 낭독회' 255

금룡상(金龍賞) 첫 수상자 결정 256

신간 도서 257

『선시집』출판기념 258

초청장 259

회원 합동 출판 기념회 261

4씨에게 수상 확정 262

시인 박인환 씨 사망   263
해방 후 물고 작가 추념제   264

제2부   **가족 추모의 글**

박인환, 그 눈동자 입술은 서늘한 내 가슴에 있네   이희정   267
당신의 시를 읽고 있는 여기가 그립습니까   박세형   284
「어린 딸에게」의 세파 이야기   박세화   290

■ 작품 해설   293
■ 작품 연보   303
■ 박인환 연보   318

■ 일러두기

1. 작품들을 분야별로 나누고 발표순으로 배열했다.
2. 맞춤법과 띄어쓰기는 특수성을 살리는 것이 필요한 경우를 제외하고 현대 맞춤법 규정에 따랐다. 의미를 정확하게 밝힐 필요가 있는 어휘는 한자를 괄호 안에 넣어 병기했다.
3. 원문 중에서 끊어 읽기가 꼭 필요한 경우는 쉼표를 넣었다.
4. 작품의 본래 주(註)는 원문대로 수록했다.
5. 부호 사용의 경우 단행본 및 잡지와 신문명은 『 』, 문학작품명은 「 」, 다른 분야 작품명은 〈 〉, 대화는 " ", 강조는 ' ' 등으로 통일했다.
6. 글자의 확인이 불가능한 경우는 네모(□)로 표기했다.

제1부

수필

고(故) 변 군(邊 君)[1]

1학년 1반 박인환

금년 7월 17일은 변 군이 익사한 날이다. 7월 18일, 나는 야외 교련 훈련을 마치고 집으로 돌아왔다. 옷은 땀으로 흠뻑 젖어 있었다. 문을 열고 들어가니 어머니와 숙모가 무슨 일이라도 있었던 듯, 이야기를 하다가 내가 들어서자 황급히 말을 멈추었다. 나는 이상한 생각이 들어 얼른 어머니에게 물어보았다. 어머니는 아무 말도 하지 않았지만 숙모가 "그러니까…… 변 군이 익사하여 휘문중학교에서 학교장(學校葬)으로 장례를 치렀다는구나."라고 대답해 주셨다. 나는 거짓말 같아서 "그게 정말입니까?"라고 다시 물었다. 그러자 어머니는 고개를 끄덕였다. 나는 아무 말도 할 수 없었다. 이 얼마나 슬픈 일인가. 변 군은 나의 유일한 친구였고, 그에게도 내가 가장 친한 친구였다. 나는 우왕좌왕하지 않고 곧장 집을

---

1 원문은 일본어로 표기됨. 번역문 뒤에 원문을 첨부함. 한성례(시인 · 번역가)가 번역함.

나왔다. 그 길로 휘문중학교에 가서 그가 죽은 이유를 물어보았다. 그곳에 계시던 선생님이 눈물을 글썽이며 상세하게 알려 주셨다. 나는 힘없이 그의 학교를 나왔다. 그리고 변 군의 집으로 서둘러 갔다. 그의 집에 도착하니 갑자기 눈물이 나서 바로 들어갈 수 없었다. 마음속에서 뜨겁게 치솟는 눈물을 억누르면서 그의 집에 들어갔다. 툇마루 쪽을 들여다보니 그의 어머니의 얼굴이 붉어져 있었고 평소와 달리 부어 있었다. 아마 너무 슬퍼서 울었기 때문일 것이다. 나는 툇마루 가까이 다가갔다. 그의 어머니는 나를 보자마자 내 팔을 붙잡고 땅바닥에 무릎을 꿇은 채 울기 시작했다. 나는 슬퍼서 견딜 수가 없어서 아무 말도 하지 않고 이제는 세상을 떠난 변 군의 방을 들여다보았다. 책상 위에는 가방과 곤충 채집기 그리고 페인트 상자가 주인을 기다리는 것처럼 옆으로 쓰러져 있었다. 이 얼마나 슬픈 광경인가. 그리고 잠시 침묵이 흘렀다. 그의 어머니를 얼마간 위로했지만 울기만 할 뿐이었다. 나도 끊임없이 눈물이 나왔다. 변 군의 집에 있던 어떤 사람이, "학생이 여기 있으면 어머니가 더욱 슬퍼지니 어서 돌아가요"라고 말했다. 나는 여기에 좀 더 있고 싶었다. 옛날처럼 그와 이야기를 나누고 있는 듯한 느낌이 들었고……. 이제 다시 변 군의 집을 찾아올 기회가 없다고 생각하면 당연한 일이었다. 하는 수 없이 발길을 돌려 밖으로 나왔다. 그러자 변 군의 어머니는 "윤식(潤植)이 대신 네 모습이라도 보고 싶다"라고 말하면서 내 뒤에서 절규했다. 그곳을 나와서 나는 모교의 선생님께 알려야겠다는 생각이 들어 학교에 갔다.

내가 2층으로 올라가려는데 등 뒤에서, "박 군! 변 군이 죽은 걸 알고 있나?"라는 소리가 들렸다. 나는 작은 소리로 "예"라고 힘없이 대답했다. 선생님은 이렇게 빨리 졸업생을 한 명 잃었다고 말하면서 울고 계셨다. 집에 돌아왔지만 저녁밥을 먹을 힘조차 없었다. 그날 밤은 거의 뜬눈으로 밤을 새웠고, 잠시 눈을 붙이면 변 군과 함께 산책하는 꿈을 꾸었다. 그리고 이삼 일 후에 나는 변 군의 집 앞을 지나갔다. 예전이라면 당연히 그 집에 들어갔을 테지만, 이제는 변 군이 없는 집에 들어갈 마음이 내키지 않았다. 그 후로 나는 변 군의 일은 조금도 생각하지 않겠다고 단단히 결심했다. 그러나 그런 기분일 때도, 다른 사람이 친구와 친하게 지내는 모습을 보면, 자연스럽게 변 군의 미소 짓는 다정한 얼굴이 내 눈에 아른거린다.

(『경기공립중학교 학우회지』 제7호, 1940. 6. 20)

故邊君

一年 一組 朴寅煥

　今年七月十七日は邊君が溺死した日だ。七月十八日，私は野外教錬をすまし
て家に歸って來た。洋服は，汗でびっしょりである。家の門に入ると，母と
叔母とが何事かもあったように，互に話をしてゐたが私が入ると急に止め
る。私は不思議に思って，あわただしく母に尋ねて見た。母はなにも言はぬ
が叔母が言ふ‘あのうね…邊君が溺死したので，徽文中學校で校葬をしたの
です’と言ふ。私は嘘であると思って‘本當ですか’と又聞いた。すると母
は首を前方にふった。なんと言ふ悲しいことであらう! 邊君は私の唯一の親
しい友達であり私も彼の最善の友達であった。私は右往左往ともせずすく
さまに家を出掛た。それから徽文中學校に行って彼の死んだわけを聞いて
見た。そちに居らっしゃった先生も涙をぐんてくわしく教へて下さった。
私は力なく彼の學校を出た。それから邊君の家へと急いた。彼の家に來て見
ると，急に涙が出て何うにもしようがなかった。心にかたくこみ上る涙を
押へながら家に入った。緣側の方をのぞいて見ると，母は顔があかくなっ

て普通の場合より肥ってある。多分悲しみの餘りに泣いたからであらう。私は縁側の近くまで寄って行った。するとその母は私を，見ると共に，腕を握り，膝を土の上にかゞめて泣き出した。私は餘りの悲しさに口もきかず今は亡き邊君の部屋をのぞき込んだ。机の上には，鞄と昆蟲採集器又はペンキの箱が主人を待つが如く横にたふれてゐる。なんと言ふ悲しい場面であらう。そしてしばらくの間は，沈黙で過ぎた。その母にいくらか尉めても泣くばかりである。私もたへまなく涙が出る。邊君の家に居る或る人が，‘貴方が，こちに來てゐますと，母はもっともかなしくなるから，お歸りなさい’と言ふ。私は，其所に短時間はゐたくなかった。昔の如く話しをしてゐるような氣がして…。もう又と邊君の家へ訪ねて來る機會は無いだらうと思ふと最ともであった。しかだなく足を外の方に向けた。すると邊君の母は‘潤植の代りにお前の姿でも見たい’言ひながら私の後の方で叫ぶ。それから母校の先生に告げたいと思って行った。

　私は二階に上らうと思ふと，後の方で，‘朴君，邊の死んだのを知とるか’と言ふ。私は小さく‘はい’とさゝやいた。先生は最早や，卒業生を一名なくしたと言ひながら泣いてゐらしゃった。家に歸って夕飯を食べる力さえ無かった。その日の晩にはちょっとも寝れず，邊君と一緒に散歩をしてゐる夢を見ました。それから二三日經って私は邊君の家のに通りかゝった。前なら勿論それの家に入った筈であったものが，今はない邊君の家には，又と入る氣力がなかった。それから私は，心を堅くして，邊なんかの事はちょっとも考へない氣分であっても，他人の親しい友達を見ると，自然と彼の微笑するそやさしい顔は，我が目に暎る。

（『京畿公立中學校 學友會誌』7호, 1940. 6. 20）

여성미의 본질 — 코

　내가 결혼하기 전 나의 아내 된 사람과 처음 만났을 때 제일 먼저 내가 좋아했던 것은 그의 코였다. 무어라 표현할 수는 없으나 그의 얼굴과 조화(調和)되어 있는 것이 우선 좋은 조건이었다. 최근 아메리카 통신은 송미령(宋美齡)의 코를 세계 제일이라고 전하고 있는데, 보도 사진에서 본 그의 코는 그리 좋은 것인지 알 수 없다.

　우리 두 사람이 결혼한 다음 가까운 거리를 두고 아내의 코를 볼 수 있었는데, 이것은 마치 현미경 렌즈로 눈을 촬영한 것처럼 징그럽다. 아마 나의 눈은 어느 기한을 두고 관상(觀賞)하는 것이 변하는 모양이다. 우뚝하고 콧대가 서고 날카로운 코를 지적(知的)이고 잘생겼다고 하는 모양이다. 그러나 주관적이라고 남들이 욕해도 좋다. 나는 사람의 코는 결코 타고난 천성의 형태를 유지해 가면서 얼굴과 조화될 것이다. 역설(逆說)로서 송미령의 코를 그대로의 형태로 입술을 자랑하는 리타 헤이워드의 코의 위치에 옮겨 놓으면 그래도 역시 그의 코는 세계에서 제일이라고 할 수 있을까?

(『부인』 제4권 3호, 1949. 4. 30)

비밀 수첩에서

실연기(失戀記)

로트 레아몽 백작의 『말도로르의 노래』를 읽고, 얼굴은 마레이유 바탕
과 같은 여자. 그는 일본 물랭루주의 무대에서 남아(南阿)의 여왕' 조세핀
베이커의 〈MAYARI〉를 독득(獨得)한 그 성량(聲量)으로 노래 불렀다. 우
리들이 처음 만났을 때 그는 나에게 나르시스와 같은 소년이라고 말하
며, 우리들은 어떤 형이학적(形而學的)인 자살을 목표로 사랑하자고 요구
하였던 것이다. 그리하여 1945년 12월 22일 우리 두 사람은 각자의 내면
의 길이 분열되었다는 것을 깨닫고, 그는 어떤 나의 친우와 함께 행운의
여정을 택했던 것이다. 그러나 나는 그들을 원망하지 않았다. 오직 내 눈
앞으로 무수한 행복의 날개들이 떠다니며 펄떡이는 것은 묵시할 수 없었
던 것이다. 그 후 지금까지 6년, 나는 그들을 보지 못했다. 그동안 나는

---

1 '남아프리카공화국의 여왕'이라는 의미.

결혼했다. 그러나 나의 결혼생활이 공허할 때마다 나는 '노리짱'을 연상한다. 그리고 다방에 나와서는 언제나 그가 노래하던 마야리의 레코드를 듣는다. 그러면 그는 더욱 그리워지는 것이다. (필자−시인)

(『청춘』 창간호, 1951. 8. 1)

제야유감(除夜有感)

해가 바뀌는 밤 또는 암흑이 가고 광명이 오는 밤…… 눈이 내리는 사이를 교회의 종소리가 들려오는 밤. 제야는 외롭다. 어렸을 때, 그땐 전쟁 같은 것은 없었다. 그리고 아무 마음의 괴로움도 그리 느끼지 못했던 행복한 시절…… 제야는 즐거웠더라. 왜? 나이를 먹으면 학교에도 빨리 갈 수 있고 더욱이 이 밤이 지나면 새 옷을 입고 뛰어다닐 수 있으니. 그러나 이와 같은 꿈의 시대는 제야의 종소리처럼 나의 마음에 쓸쓸한 여운만 던지고 떠나가 버렸다.

진실로 해는 바뀌는 것일까?

진실로 암흑이 가고 광명이 오는 것일까? 이것은 참으로 믿어지지 않는 일이다…….

×　　　　×

　1년을 보내는 최후의 밤, 나는 무한한 회상과 회개 속에서 잠을 이루지 못한다(못할 것이다). 지나간 가혹한 일 년이 나의 짧은(혹은 길지도 모르는) 생애에 있어서 과연 어떠한 부분이 되었을 것인가. 이 1년은 '마이너스'냐 '플러스'냐 할 때 나에게 성실한 답변을 해주는 시간은 바로 제야이다. 요즘에 와서는 교회의 종소리도 들리는 것 같지도 않고 눈도 내리지도 않는 것 같은 건조하고 준열한 연대가 되어버렸으나 역시 이 밤은 인간의 생활과 그 발전(후퇴)에 있어서 어떠한 의의를 자아내는 것이다. 눈을 감는다고 하자. 가슴(마음)에 두 손을 대고 잡념을 버리고(더욱이 문학적 잡념) 조용히 명상하기로 하자. 그러면 모든 것은 전개되며, 모든 것은 종말이 된다.

　오욕의 회상…… 인생은 바로 이것이다. 제야의 망명객…… 나는 바로 이것이다. 무슨 암흑이 떠날 것이며 도대체 광명이란 어디서 오는 것이냐. 1899년 12월 31일 밤…… 즉 19세기 마지막 제야, 당시의 인간들은 종을 치면서

　"오! 절망과 고뇌와 암흑의 19세기는 가고, 우리들 인류에게 드디어 20세기의, 광명이 온다"라고 신에게 말하였다.

　허나 이에 반하여 20세기는 19세기 이상(以上)의 절망과 고뇌의 것이 되어 버렸다.

　제1차대전 노서아(露西亞)의 적색혁명. 온 지구를 피와 초연(礁煙)으로 둘러싼 2차대전. 더욱이 우리 한국으로 말하면 일제의 압정과 최근에 와서의 전란 등 이루 말할 수 없는 참상이 19세기 이상(以上)으로 전개되었다. 광명을 예언하던 자들은 지금은 그리 세상에 남아 있지 않을 것이다.

제야가 지나고 신년, 신년이 반드시 즐거울 것이라고, 나에게 단언할 사람은 정치가 외에는 없을 것이다.

제야, 너무도 문학적이며 허망한 밤이다, 그렇게 즐거웠던 밤이었건만 이제 와서는 왜 증오의 언사(言辭)로서 나는 이 밤의 이야기를 하여야만 하는가. 우리들에게 무슨 죄가 있어서 1년이 가는 이 쓸쓸한 밤에 생각만 하여도 지긋지긋한 지나간 일월(日月)을 회상도 하고 반성을 하여야 된다는 말인가. 1년의 피로를 풀기 위해서도 초저녁부터 잠을 이루어야 할 것인데, 왜 나는 한잠도 자지 못한단 말인가(잠잘지도 모르는 일이지만). 위선과 허위 속의 인생.

×   ×

밤은 역사를 꾸민다…. 이러한 투로 제야는 역사를 바꾼다……. 참으로 엄청난 소리를 나나 요즘 사람들은 말하기 좋아하는 세상이 되었다. 풍랑과 황폐의 시대에 있어서 청년들은 그 야망의 힘을 토대로 함부로 의욕하는 방향에 질주할 수 있으나, 과연 우리들에게 내성(內省)과 자각을 촉구하는 시간이 올 수 있느냐?

어두움이 길게 내리고 이웃에 발자국 소리가 멈출 때, 제야는 고독하게 우리들에게 스며든다(올 것이다). 정다운 사람처럼 그 떨리는 손을 우리의 가슴속에 집어넣으며 "1년은 불행했습니다." 그렇지 않으면 "지나간 1년은 그 이유가 없습니다." 아니 "우리는 서로 미우면서도 사랑했지요"라고 속삭이는 것이다(속삭일 것이다). 그럴 때 나는 눈물이 난다(날지도 모른다).

지나간 불□과 절망과 환상의 상징처럼 제야의 표정은 심각하다(심각하다고 생각한다). 그래서 준비 없는 나는 공포에 부딪힌 물상(物象)처럼 떨며 고백할 수밖에 없다. "그대여 용서하시오. 과거는 흘러간 물(센강¹에 흐르는 물). 세월은 가고 그대와 나만이 남았습니다." 이것이 부족할 경우에는 "그대여 용서하시오. 내가 지금 이 밤과 함께 빛나는 내일 새해를 맞이할 수 있는 것은 지나간 1년의 덕택입니다."

×   ×

떠나는 것은 결코 외로울 수는 없으나 제야는 그 짧은 숙명으로 외롭게 떠나는 것이다. 이것을 우리는 어떠한 방식으로 미화하여야만 되느냐. 그것을 시인은 지금까지 어떠한 방식으로 노래할 수 있었단 말인가. (필자 시인)

(『신태양』 제16호, 1953. 12. 1)

---

1 프랑스 중북부를 흐르는 776km의 강.

현대 여성에 관한 각서

제1장 애정의 구분에 관한 문제

나는 이 글을 쓰기 위해서 내 신변에 아무 재료의 준비도 가지고 있는 것이 없다. 단지 오늘과 같은 복잡한 사회 현실에 있어서 여성들은 어떠한 것을 느끼고 자각하고 희망하고 또한 반성 내지 절망하느냐는 것을 쓰고 싶을 따름이다.

우리들은 3년 동안 치열한 전쟁을 하여왔다. 이 큰 충격은 우리의 일상에까지 그리고 감정의 면에까지 파동은 침투되었다. 더욱이 여성들에게 준 전쟁의 영향은 심리적인 면에서나 육체적인 면에서 그리고 물질적인 결핍을 더욱 격심케 하였다. 이러한 현상은 과연 여성에게 있어 하나의 시련으로만 끝일 것인가? 또한 시대의 조류와 타협해 나가기 위한 체험에 지나지 않는 것인가? 물론 각자의 처지에 있어 그 견해의 차이는 다를 것이나 나는 어떠한 외부적인 변동이 가하여졌다 할지라도 여성들의 '애정관념' 그 자체에 있어서는 그리 변동이 없는 것이라고 생각하는 바이다. '애정'은 피동적인 것이나 수동적인 것이라 할지라도 원래부터 인간의 본능이 그리고 각자의 주지성이 지배하고 있으므로 그리 손쉽게 변질되는 것이 아니며 여기에 더욱 삽입되는 문제는 우리들의 도덕감이나 생활의 전통적인 양식이 자아내는 문화성은 한국 여성들의 지금까지의 인습적인 애정관념을 보호하는 것이나 다름이 없었다.

　물론 일부의 반도덕성과 물질의 허영에서 이룬 문제를 나는 애정이라고 구분하기가 싫다. 생계를 영위하기 위하여 육체와 물질의 교환을 한 어떤 미망인의 경우를 애정이라고 할 수는 없고 혼잡한 영화관 한구석에서 서로 손잡고 이야기하고 두 사람이 저녁을 같이 한 다음 헤어졌을 때 오는 적막감도 애정은 아니다. 부부관계에 있어 항상 남편의 경제력이나 성적 만족을 의지하여 살아 나가는 주부의 입장도 애정의 일부 현상일지 모르나 여기에도 그 순수의 도는 적으며 엄격한 사랑의 존립은 없는 것이다.

　여성에게 있어 사랑한다는 상태처럼 즐겁고 행복된 시간은 없는 것이다. 사랑한다는 것과 사랑을 받는다는 입장은 전연 성격이 다르다. 대개의 요즘의 여성은 사랑을 받을 것을 원한다. 그들은 자기보담 나이가 많은 상대 ― 즉 남자를 구하고 있는 요구가 항상 마음에 가득 찼다. 사랑을 받고 싶은 심리적인 이유는 편하고 자기는 보호되어 있고 이타하고 싶고 경제적으로도 안정된 것 같고 이러한 순시적인 안도감이 큰 원인이 된다. 그러나 사랑을 받기는 쉬운 것이나 상대를 사랑한다는 것이 얼마나 어려운 것인지를 여성들은 모르는 것이다. 어려운 것을 하기 싫어 피하는 것은 모든 인간의 무의식적인 반응인데 대개의 애정의 구열'은 여기서부

1　俱悅 : 함께 기뻐함.

터 발안한다.

상대를 사랑함에도 불구하고 상대는 사랑을 받을 것만을 열망하고 있다는 것을 분간할 때의 상대의 정신적인 고통은 하나의 자위행위가 주는 종말감과 흡사하여진다.

×　　　×

최근 나의 친우는 어떤 여성과 애정 문제로 고민하였다. 그는 미혼 여성인 줄 알고 열렬히 사랑하였다. 그런데 상대의 여성은 기혼이며 결국엔 사회적인 문제…… 즉 여자 쪽에서 이혼하지 않으면 사랑할 수 없는 처지인 것을 알았다. 허나 여자 쪽에서는 이혼이란 어려운 문제는 그대로 남겨둔 채 두 사람은 지속하자는 것이다. 나는 이것은 애정이 아니라고 생각할 수밖에 없다. 도대체 부부관계에 있는 여성이 다른 남자와 사랑은 맺게 된다는 것은 우선 법에 저촉되는 일이며 법이 인간의 애정에까지 침투한다면 결코 그 애정은 순리적인 것이 못 된다. 그리고 또 한 가지는 애정이라는 것은 두 사람의 정신적인 경우에 있어서는 가장 지상적이어야 할 것인데 그 여성은 자기의 현재를 그대로 유지하고 또한 다른 미래를 요구한다는 것은 남성의 순수감정을 유린하는 것과 다름이 없다.

×　　　×

애정은 필연코 육체관계에까지 발전하는 것인가? 애정은 별도며 육체관계는 애정의 변형인가? 허나 나는 깊은 애정은 육체관계에서 더욱 빛나는 것이라 생각한다. 플라토닉의 애정의 시대는 사라진 것은 아니나 오늘의 여성이나 남성들은 자기들의 사랑을 그 결정의 극지에 두기를 원하고 복잡한 불안의 현대사회는 인간의 사랑의 위치를 협소한 장소에 압축시키고 말았다. 앙드레 지드는 그의 일기에서 육체관계가 없던 두 부부의 지나간 결혼생활을 고백하고 있으나 나는 그의 커다란 맹점은 그의 건강상의 성욕 쇠퇴[2]에 있었다고 믿는다. 사랑하는 사람이 육체적으로 결합할 것을 원하는 것은 조금도 애정의 문제에는 파문이 없다. 여성들은 자기가 싫어하는 사람에게도 순간의 성욕감에 못 이겨 자기의 정조를 주었다는 일이 간혹 있을 것이며, 더욱 매음하는 여성에게 있어서도 애정의 상대는 매음의 상대와는 절대 달랐다. 부부간의 애정을 예로 한다면 부부관계란 정신생활이 아니다. 처음에 사랑했던 남녀가 결합되어 성의 관계에 이르고 이들이 결혼하여 생활의 습관이나 어린애를 기르기 위해서 살아간다 하지만, 대부분이 느끼고 있는 것은 단순한 사랑뿐이 아니고 그 지배적인 요소는 성관계란 강력한 조건이 있음으로써 용이하게 정신생활을 잊어버리는 것이다.

그렇다 하여 모든 세상의 남녀 간의 애정이 육체에까지 발전하여야만 된다는 것을 나는 말하고 있지 않다. 애정 그 자체가 정신의 위안이면 육체의 위안도 동시에 작용된다는 원리가 성립되는 것이며, 두 사람이 분간하여 볼 때 우리들의 사랑이 더욱 클라이맥스를 찾기 위해서는 육체의 자극도 필연적이어야만 한다고 확신할 때 그 애정의 도정은 결과적으로 육체를 발견하고 마는 것이다.

---

2 원본에는 '수퇴'로 표기됨.

애정이 육체관계가 있은 후 사라졌다는 이야기도 간혹 들었다. 그러한 경우는 애정의 감정이 일방적인 고조를 나타낼 때의 현상이 아닐까.

×　　　　　×

사회와 문명이 발달하는 사이 인간의 지적 또는 감정이 더욱 향상하였다. 아니 인간의 지적 수준이 성장함에 따라 사회가 발전한 것이다. 이것은 단적인 인간의 애정의 진전이 아닌가 나는 생각하고 있다. 여성에게 있어서 자기의 마음이 공허할 때, 자기의 마음에 어떤 만족감이 없을 때, 그 반대로 자기의 마음에 여유가 생길 때, 다른 '무엇'을 요구하는 감정이 생긴다. 다른 '무엇'을 남성과의 애정에서 사랑으로 채우려고 노력하는 대부분은 미혼의 여성이며, 그들의 육체는 성육기를 지난 20세의 연대부터이다. 이들은 자기들의 체험이란 아무것도 없다. 단지 학교에서 배운 것이나 책이나 영화 그리고 친구들로부터 듣고 본 것 이외에는 자기의 존재, 소양, 감수, 경제력의 유무도 판단하기 힘들 연령이다. 이것을 나는 위험한 연대라고 부른다. 이러한 위험한 현대의 여성은 자기의 젊음과 아름다움 그리고 육체가 주는 자신에 넘친 힘으로 사회와 대결한다. 그러하여 이들은 애정을 느끼고 사랑하게 된다. ……… 허나 애정이란 쉽게 이루어지는 것이 아니다. 전언한 바와 같이 '사랑을 했다' '사랑을 받고 있다'의 반복에서만 성취되는 것이 아니고, 자기가 남의 사랑을 받을 수 있는 모든 자격을 갖추고 있느냐? 또는 자기가 남을 사랑할 수 있는 자격을 구비하고 있느냐? 하는 심각한 문제와 우선 협의하여야만 될 것이다. 무분별한 여성일수록 애정으로 인하여 자기의 일생을 파탄케 하는 일이 많아진다. 이것은 지성이니 교양이니가 논의되는 것이 아니라 사물을 구별할 수 있는 지각적인 힘, 좋은 것인가 그 반대인가, 흑인가 또는 백인가를 알 수 있는 기초적인 자신의 판단력이 절대적인 애정의 제일 조건이 되는 것이다. 그러므로서 사랑하는 사이에 있어서는 서로 반성한다는 것이 필요할 것이다.

애정을 희생으로 생각하라고 말하였던 고인은 죽고 오늘 나는 애정은 자기의 마음의 거울이 되라고 하고 싶다. 더욱이 사랑은 헌신적이어야만 된다고 생각하는 것은 옳지 못한 일이다. 내가 있음으로써 자기가 존재하는 것과 같이 자기 자신을 발견 못 하고 자기를 자립 내지 유지 못 하고서는 참다운 애정은 성립할 수 없는 시대가 되고 말았다. 남을 위해서 자기의 존재 가치를 말살한다는 것은 종교에서도 사회에서도 인정하지 못 하는 일이다. 그리하여 현대의 여성은 또다시 굴복적인 사랑에 예속하지는 않을 것이다.

×　　　×

애정이란 결코 혼자서 이룰 수 없는 가장 상호적인 정신의 교류이다. 순수하여야 한다고 말하기에는 너무도 다양적인 성격을 띠고 항상 일기와도 같이 그 상태를 변동시킨다. 이것을 조절해 나가기 위해서 여성은 얼마나 고심참담하여야 하며 자부심과 여성으로서의 자존심을 유지하기 위해서는 애정의 중량은 약한 여자의 힘으로선 넘어도 무거웁다. 그래서 기진 진한 수천수만의 여성은 울고 또는 절망한 최후의 선택은 죽음으로 변하였다. 인간의 역사가 흐르는 곳에 항상 애정의 줄기찬 물결은 출렁거린다. 자신도 모르는 사이에 이 물결에 휩쓸린 지나간 날의 여성과 오늘의 여성과의 그 구분될 차이점은 무엇일까.

×   ×

사랑한다는 것은 여성에서뿐만 아니라 인간 사회의 가장 아름다운 형태이다. 그러므로서 우리는 이 아름다운 형태를 조성하기 위하여 노력한다. 여자들은 대개 '유혹' 되는 수가 있으나 '유혹' 그 자체에 자신의 정신의 작용이 있는 것을 알아야 할 것이다.

정신의 작용이 옳은 방향으로 움직이고 있다고 확신할 때 아무 꺼릴 것 없이 질주할 수 있고 사랑하면 사랑할수록 마음의 질서는 확고한 것이 된다.

그때 정신 이외의 다른 것을 원하게 될 때 또다시 마음에 물어보아라. 비로소 당신들의 애정의 결정(結晶)은 더욱 즐거운 환희로 변하여질 것이다. (글쓴이 시인)

(『여성계』 제3권 3호, 1954. 3. 1)

원시림에 새소리, 금강(金剛)은 국토의 자랑

나는 한 번도 남들 앞에서 내 고향 자랑을 해본 일이 없다. 왜냐하면 우선 나는 내 고향에 관해서 잘 알지 못할 뿐 아니라 강원도라고 하면 내가 말하지 않아도 누구나 먼저 알고 있는 것은 그 유명한 금강산을 연상하기 때문에 금강산에 비중 될 수 있는 다른 자랑거리를 나는 발견하지 못했다.

나는 인제에서 태어났다. 1년에 한두 번씩 지방 순회극단이 온다는 것이 내가 자라날 무렵의 마을 최대의 즐거운 일이며 그 다음엔 학교 운동회 이 정도밖엔 내 고향에서는 일이 없었다. 장마철 4, 5일간 비가 내리면 춘천에서부터의 산길이 무너져 자동차는 근 한 달 가까이 통행치 않아 교통 통신은 완전히 차단되고. 이것뿐이랴. 말뿐인 방파제는 아주 힘없이 파손되어 대홍수는 마을을 덮어 나는 예배당 종각 위에 올라가 우리 집은 물론 소, 돼지, 사람들이 떠내려가던 것을 본 생생한 기억이 남아 있다.

내가 소학교 3학년 때 우리 담임선생이 간성으로 전근되었다. 나는 근 60명에 가까운 학급생을 데리고 읍에서 한 20리나 될 관제리까지 전송을 했다. 돌아오는 길 소양강 아니 한강 상류인 마을 앞 강은 오대산에 그 원천을 두고 청명히 또는 줄기차게 흐르며 맑은 강물 아래로 수없이 생선[水魚]이 약동하는 것을 보았다. 그래서 그날 오후 이웃 동무들과 강가에 가서 고기잡이를 하고 밤늦도록 "달아 달아 밝은 달아 이태백이 놀던 달아"를 우렁차게 부르며 돌아왔다.

목사님이 애국가를 가르쳐주신 덕택으로 나는 8 · 15 해방 날 그것을 외울 수 있었으나, 그분은 형무소에 잡혀 갔다. 그래서 우리들은 손목에 수갑을 차고 경춘 버스를 타고 떠나는 목사님을 보고 울었다. 이것은 역시 지금으로부터 20년 전 일이다.

나는 아직 나를 자랑할 수 없으나 확실히 강원도는 순박하고 순수하고 그리고 인간의 정서를 말하는 곳 같다. 아니 강원도의 산은 푸르고 강물이 맑고 달은 밝다. 10리도 못 가서 물이 흐르면 울창한 원시림에서는 끊임없이 새소리가 들린다. 겨울이면 구르몽의 '시몽' 보담도 흰 눈이 내린다. 밤이 새어 창을 내다보면 어젯밤 눈은 오랜 절실과 같이 이어 내리고 있다. 그러나 우리는 추위도 모르고 눈사람을 만들었다.

봄이 온다. 긴 겨울을 보낸 마을 사람은 봄이 온 것을 무한히 즐기며 산으로 들로 천렵'을 나가 집을 비워도 도적을 맞은 사람은 하나도 없었다.

---

1   川獵 : 냇물에서 고기잡이하는 일.

　세월은 잡을 수 없고 인생은 늙었다. 나는 간성에서 기차를 타고 고성을 지나 금강산 구경을 했다. 비로봉…… 그것은 인간의 건실한 존엄성을 상징하며 외금강 푸른 물결과 접립(摺立)²한 바위는 수난에 살던 우리들 가난한 민족의 저항하는 정신을 소리 없이 지니고 있다. 이처럼 강원도의 모든 풍물은 고난과 질곡과 박해에 억눌린 우리 민족의 슬픈 표정을 간직한 것과 다름이 없었으며 이것은 즉 강원도만이 가질 수 있었던 최후적인 한국의 유물이라 해도 과언이 아닐 것이다.

×   ×

　별로 강원도에서는 출중한 인물이 나오지 못했다. 해방 후 두 명의 장관과 몇 명의 차관급이 강원도 태생이 되었다. 하나 그 벼슬과 같은 것이 무슨 소용이 있으랴! 그저 남을 해치기 싫고 그렇다 하여 짧은 인생에 과분한 욕심이 없는 강원인의 근성을 나는 배반할 수가 없다.

×   ×

　민족적인 동란의 화재³는 온 강원도가 받았다. 어질고 가난한 내 고향

2　접립 : 깎아 세우다. 원본에는 '습립'으로 표기됨.
3　禍災 : 재앙(災殃)과 화난(禍難)을 아울러 이르는 말.

사람은 오랜 조상이 살던 집을 포화에 날리고 양구, 화천, 금화, 고성, 춘천, 횡성, 원주, 홍천과 같은 도읍은 언제 인간이 살던 토지인가 하고 반문할 정도로 회진[4]으로 사라졌다.

얼마 전 나는 강원도를 찾았다. 내가 살던 집, 학교, 군청, 어디서 그 자취를 찾으랴. 그저 산과 물은 전과 다름이 없으나 그 외 모든 것은 모진 화열에 휩쓸리고 선량한 아직 때에 젖지 않은 사람들은 한없이 맑은 푸른 하늘만을 바라보고 있었다.

×   ×

갈대만이 한없이 무성한 토지가
지금은 내 고향
산과 강물은 어느 날의 회화

×   ×

인간이 사라진 고독한 신의 토지
거기 나는 동상처럼 서 있었다.

(『신태양』 제3권 4호, 1954. 4. 1)

---

4 灰塵 : 재와 먼지를 아울러 이르는 말. 남김없이 소멸하거나 멸망함을 비유함.

천필(泉筆)

　나는 지금까지 만년필을 천필이라고 부른다. 물론 남들 앞에서 이야기할 때 '천필'이라고 하면 알아듣는 사람은 별로 없다. 그러나 나의 가냘픈 취미인 동시에 나의 언어상의 멋이다.

　어느덧 실없는 글줄을 쓰는 것이 직업이었고, 글을 쓴 후에는 원고료를 받게 되는데, 대개의 원고는 천필로 쓴다. 그래서 천필은 내 수입을 도와주는 벗이라 할 수 있다.

　세월이 흐르는 동안 나의 나이도 늘고 키도 컸다. 이러한 변화와 수반하는 듯이 천필도 여러 가지가 되었다.

　얼마 전 갈가에서 잃어버린 것은 '파카 51'인데, 요즘 산 것은 '워터맨'이며, 이것을 또 잃어버린다면 다소 값은 차이가 있으나 '세퍼'¹라는 것을

1　Sheaffer : 1913년 월터 쉐퍼가 세운 미국의 만년필 및 필기구 회사. 발음이 쉐퍼(섀퍼, 셰퍼)이지만, 박인환의 표기대로 둠.

살 작정이다.

이유는 간단하다. 나의 딸의 이름이 세화(世華)이며, 그 계집애의 애칭이라고 할까 또는 닉네임을 우리들은 '세퍼'라고 부른다. 그러니 나에게 딸이 옆에 있는 것처럼 '세퍼' 친필을 사면 오래 함께 있어 줄 것이 아니냐.

원래 수필이라는 것은 심심할 때 쓰는 것이 아닌가 생각하고 있다. 별로 할 일이 없고, 그렇다 하여 책장을 뒤적거리는 것도 싱겁고 할 때, 수필을 쓰는 것으로 나는 믿어 왔다. 오늘 저녁은 유달리² 달이 밝아 창가에는 별이 졸고 이런 투로 쓰면 어딘지 서정시의 첫 줄이 될 것 같고, 심심할 때 술을 마시는 것은 너무 이유가 없는 것 같으니 이제부터 '천필'이라는 제목으로 수필을 쓰자고 마음먹으면 좋은 글을 쓸 것만 같다.

×   ×

부산에서 살 무렵이다. 며칠 동안 집에서 앓았다. 괜히 쓸데없는 짓 말하자면 남의 심부름만 하고 저녁때 대포 몇 잔을 먹은 것이 몸살이 되어 그 좁은 방에서 드러누웠더니 용돈이 없고 심지어는 담배꽁초를 말아 먹을 정도로 주머니가 서늘하다. 하는 수 없이 집의 사람(즉 나의 아내)을 회사에 보내 월급에서 얼마만 선불해 달라는 청을 올렸더니 얼마 후 내 아내는 집에 돌아오는 즉시로

"여보, 참 좋은 것을 당신에게 선사할게. 놀랄 정도로 싸게 샀어."

"도대체 뭘 가지고 그래."

---

2 원본에는 '음달리'로 표기됨.

"파카 만년필을 샀어."

나는 뛰어 일어났다. 한 2, 3개월을 천필이 없어서 연필로 지내는 형편에다가 무슨 건방진 생각인지 파카 외에는 다른 것은 살 의사가 없었다. 이왕이면 '최고'를 가져야지 그렇지 않으면 차라리 연필로! 이런 주의(主義)였다. 그래서 아내에게 "여보, 다음 달 월급을 받으면 꼭 파카를 사겠소." 이런 뜻을 몇 번씩 선언은 했으나, 막상 월급봉투를 받고 나면 가불이 절반에다가 외상을 지불하고 보면 겨우 담뱃값 정도이다. 이런 지나간 실정을 잘 아는 아내는 자기가 파카를 사 가지고 왔다.

나는 그의 말을 듣고 참으로 감사했다. 그래서 파카 천필을 뺏는 듯이 손에 쥐었다.

그러나 어찌 세상은 한심할 것인가?

내 아내가 사 가지고 온 것은 일본 놈이 상표만 따 가지고 만든 '이미테이션'³이다. 우선 모양이 조잡할뿐더러 잉크도 제대로 나오지 않으며, 펜이 갈라지지가 않아 글이 써지지 않는다.

예를 든다면 미제 GMC 트럭과 일산⁴ 트럭과 같은 것이다.

"여보, 왜 똑똑지 못하게 속고 사오는 것이야."

내 말이 떨어지자마자 아내는 울었다.

이어 그는 당신이 너무 천필 걱정만 하는 것을 들으니 하도 딱해서 언제나 돈의 여유만 있으면 자기가 사서 주려고 한 참에 회사에서 돈을 가지고 오는 길, 어떤 사람이 파카 천필을 사라는 소리를 듣고 만사를 제하

---

3 원본에는 '이어테이숀'으로 표기됨.
4 日産 : 일본에서 생산됨. 또는 그런 물건.

고서라도 꼭 사자고 흥정했다는 것이다.

　그 후 나는 아내에게 아무 말도 하지 않았으나, 그의 심정을 듣고서는 대단히 미안한 말을 했다는 것을 느꼈다.

×　　　　×

　글을 쓸 때 확실히 천필은 모양이 없다. 우선 글씨체가 마음먹은 대로 되지도 않고 무거워서 손이 아플 때도 있다. 그 반면에 펜으로 쓰면 고웁게 된다. 그것은 중학교 때 영습자(英習字)는 반드시 펜으로 쓰기로 되었다. 그리고 펜에서 잉크가 없어지면 병에서 찍는 것은 귀찮은 일이 아니라 좋은 기분이다. 펜을 잉크병에 찌르고 다음 글줄의 문구나 의도를 생각하는 잠시는 천필의 경우에서는 도저히 맛보지 못하는 노릇이다.

　그런데 왜 천필을 갖고 싶어 하는지, 천필로 글을 쓰려고 하는지 나 자신도 모를 모순이다.

　값이 고가가 되어서?

　모양이 좋아서?

　인간은 필요 없는 것을 희망도 하고 무엇이나 소유하려는 욕구에서 역사를 꾸며 왔다는 유명한 말이 있듯이, 나도 딴 사람처럼 하나의 관념의 인습에 사로잡히고 있는 것을 스스로 깨달을 때가 있다.

　일제 파카 사건 후, 속은 것이 원통하여 진짜를 하나 샀다. 이왕이면 본전을 뽑자고 집에 온 후 이삼 일을 들여서 긴 원고를 썼다. 쉽게 천필 값이 나왔다. 그런데 얼마 후엔 잃어버렸다.[5] 그러나 아무 걱정도 원통하지도 않고 내 것이 남의 수중에 들어가 그분이 요긴하게 쓴다면 다행이라는 생각이 들었다. 천필이 없어지니깐 펜을 쥐게 되고 잉크 찍는 맛이 도리어 재미있다.

요즘 가지고 있는 천필은 워터맨이다. 아주 구식이나 늙은 사람이 구수하게 말하는 것처럼 어딘지 매력이 있고, '시크'한 데가 있다. 해방된 다음 해 『세계미술전집』을 팔아 가지고 2천 원을 주고 산 것도 워터맨인데, 지금 파카 같은 것이 진출하여 값이 무척 내렸다. 겨우 1천 환만 주면 쓸 수가 있다. 허나 이것마저 얼마 가면 틀림없이 잃어버릴 것이다. 그러면 당분간은 펜을 사용하겠지만 역시 천필을 살 것이다. 그땐 세퍼로…… 이런 생각을 글을 쓰는 지금 생각하고 있다.

×   ×

천필은 확실히 편리하긴 하다. 잉크를 한 번 넣으면[6] 오래 쓸 수도 있고, 길가에나 다른 곳에서도 언제나 메모 내지 서신을 적을 수 있고…. 그러나 오늘날까지의 나에게 천필의 효용은 그다지 좋지 못했다. 수없이 잃어버리고, 속고, 친구에게 빼앗기고, 귀찮은 소지품이다.

나뿐만이 아니다. 어찌 많이 사람들이 잃어버리는지 양복 웃저고리[7] 겉주머니[8]에 끼우지 못하고 일일이 안주머니에서 꺼냈다 뺐다 하는 것은 참

---

5 원본에는 '잊어버렸다'로 표기됨. 이하 모두 '잃다'로 표기함.
6 원본에는 '누면'으로 표기됨.
7 웃저고리 : 겉저고리. 저고리를 껴입을 때 맨 겉에 입는 저고리.
8 원본에는 '곁주머니'로 표기됨. 이하 모두 '겉주머니'로 표기함.

으로 비극이다. 아마 전 세계에서 그런 풍습을 가진 나라는 우리나라뿐일지도 모른다. 겉주머니에 끼우면 어느 사이 없어졌는지도 모르게 사라지고 마니 할 수 없이 그런 치사스러운 보호법을 취할 수밖에 없다는 것이 비극의 이면 상이라는 것은 내남없이 알고 있다.

심심풀이로 수필을 쓰기 위해 '천필'이라는 글을 지금 쓰면서 요다음에 일선에 가는 일이 있다면 워터맨은 내가 아는 병사나 경찰관에게 선사하고 세퍼를 구할 작정이다.

천필은 전쟁하는 나라에서는 일선용으로 하는 것이 좋을 것이다. 왜냐하면 후방에서는 펜으로 일일이 잉크를 찍어서라도 글을 쓸 수가 있으나 일선 병사들은 펜과 잉크를 거추장스럽게 가지고 다닐 수는 없을 것이며, 그러니 천필을 내가 선사한다면 격무의 틈을 타서라도 어느 곳에나 기대앉아 쉽게 어머니와 아내에게 글을 쓸 것이다. 결국엔 잃어버릴 바에야 차라리 그런 분에게 주는 것이 의의 있는 일일지 모른다.

×   ×

세월이 바뀌고 천필도 각종 색색으로 되고 사람의 마음도 제각기 마음 먹는 대로 하는 그러한 시대에 나는 살아가면서 하필 '만년필'을 '천필'이라고 부르며, 하고많은 중에서 '천필'에 관한 나의 의견을 적어야만 되는지 자신도 모를 일을 내가 스스로 겪고 있다. 이런 짓이 나의 자유의사인지 정신의 이상인지 판단해 줄 사람이 지금 이 나라에 남아 있을 것인가.

나의 딸 이름이 '세화'라 해서 나는 '세퍼'란 이름의 천필을 사야만 되어 버리는 것이라면 차라리 고생하는 자에게 주겠다는 나의 심정은 순수한 감정에서 볼 때나, 결과적으로 □론한다 하더라도 하나의 자가당착[9]이며 이율배반임이 틀림없다.

글 쓰는 자에게 있어서의 만년필 '천필'의 위치나 대상과 동일하게 실업가에겐 금전, 정치인에겐 권력과 같이 우리는 필요 이상의 것을 소망하기 때문에 쓸데없는 부질한[10] 현상이 연이어 일어나고 있으며, 이런 '현상'은 안주머니에 있어야만 되는 만년필 '천필'의 비극적인 경우와 다름이 없다는 것을 말하고 싶다.

그저 펜으로 잉크를 찍어 써도 19세기의 문학과 예술은 오늘날까지 살아왔고, 영습자처럼 글씨는 아름다울 뿐이다.

오늘날 우리는 이 혼란 속에서 어떠한 것이 옳은 기준인가를 발견하는데 힘을 써야 할 것이다.

(『민주경찰』 제41호, 1954. 7. 15)

---

9   원본에는 '자아동착'으로 표기됨.
10 '부질없다'라는 의미인 듯.

즐겁지 않은 계절

우리들이 신록이라고 즐거워할 시절은 이미 지났다. 그 무엇이 우리를 변하게 하고 즐겁게 한단 말이냐. 나무가 푸르고 강엔 물이 흐르고 집과 산 위에 해가 지고 달이 뜬들 이것이 어떠하단 것이냐.

이것은 자연의 흐름 그 속에서 우리는 옛날을 이야기할 수가 없고 문학과 인생이 시든 이런 시대에 살면서 또한 신록을 노래할 것인가.

풍경은 우리의 마음에서 고갈되어 갔다. 눈엔 뵈일지 모르나 그것은 의미가 없었다.

우울하다기에는 늙었고, 외롭다는 소리를 들어주는 사람이 없다. 그저 이러한 계절이 온다면 얇은 유리잔 속에 든 진피즈를 마시면 된다.

올리브의 가냘픈 향기!

신록은 떠나는 것이다. 간직할 수 없는 허망이다.

(『서울신문』, 1955. 5. 29)

낙엽 일기

바야흐로 가을은 깊었다. 푸르른 수목과 청춘은 끝날을 생각하면서 외
로워질 때가 많다. 허기야 초겨울이면 낙엽은 진단다…… 내 메마른 가슴
에.

틀림없이 믿음을 위하여 세월은 가고 오늘 명동의 길목 처마 끝의 인상
처럼 혹은 고절(孤節)된 의식처럼 나뭇잎은 조용히 가라앉아 버린다.

×   ×

내 사람아 나뭇잎이 떨어진 숲속으로 가자.
내 사랑아 그대는 즐기는가 낙엽을 밟는 것이.
낙엽의 빛은 부드럽고 그 모습은 외롭다……
누구의 시처럼 나는 이러한 계절이면 술을 마시고 홀로 숲속이나 도시
의 처량한 계곡을 걷는 것이다.

×   ×

인생은 낙엽.

시는 처량한 것.

이러한 상태에서 낙엽처럼 옛날의 친구에게 낙엽을 띄운다.

회답이 없는 것이 마음에 어울릴 것 같다.

×   ×

낙엽 소리에 겨울의 비가 내린다. 어둠침침한 거리에 외로운 것이 진
다. 별로 다름이 없는 연월(年月)을 진다.

그러할 때…… 제3의 사람은 죽고 나는 그놈을 생각하면서 가로수 밑을
걷는다. 음악 소리처럼 더욱 지라의 애달픔처럼 들려오는 것은 바람이다.
유혹의 바람이다. 허나 울지는 말자.

오늘 1955년의 만추…… 기다리던 사람은 돌아오지 않았다.

그래서 나와 나의 그림자는 떨어지는 나뭇잎을 사랑스럽게 여겼다.

(『중앙일보』, 1955. 7. 12)

크리스마스와 여자[1]

크리스마스라고 하지 않아도 여자…… 라고 생각할 땐 나는 눈 내리는
시베리아 들판으로 유형(流刑)되는 카투사[2]를 생각한다. 또 눈이 내린다.
내 가슴에 가볍게 눈이 내린다 하면 크리스마스를 역시 연상케 하는 것이
다.

실상 나와 크리스마스와 여자와는 인연이 없다. 그러면서도 크리스마
스와 여자와는 웬일인지 나에게 인연이 깊은 것 같은 것은 지나친 나의
리리시즘의 정신이라고 하여야만 되겠다.

겨울날 밖에는 눈바람이 쌩쌩 부는데 따스한 방 안에서 처음 만나는 여
자와 손이라도 잡고 시인 구르몽의 시몬의 이야기라도 하고 싶다. 그리고
이야기가 멈출 때 양주라도 한 잔 마시며 창밖 풍경을 내다보는 것도 정

---

1 목차의 제목은 '크리스마스와 여인'으로 표기됨.
2 톨스토이의 소설 『부활』에 나오는 인물.

서적일지 모르나 요즘과 같이 준열한 시대에서는 요만한 낭만도 있을 성 싶지가 않다.

겨울은 외로운 계절이다. 무척 마음을 상하게 하는 밤들이 이어 온다. 그럴 때 여자를 만나 크리스마스 이브의 종소리를 들으면 잠들지도 못하고 그러면서도 고요한 거리……. 절대 눈이 내려야 하는 거리를 걷는다면 얼마나 좋을 것인가?

공상이나 잡념을 고만두고 좀 더 절실한 이야기를 하고 싶다. 암만 마음속으로 크리스마스와 여자에 관한 달콤한 얘기를 한댔자 기분이 어울리지는 못할 것이다.

지금으로부터 ×년 전 그곳은 부산이었다. 부산의 크리스마스이브는 눈이 오지 않았다. 이것부터가 우습다. 내가 일을 보고 있었던 회사[3]는 가톨릭계였기 때문에 나를 **빼놓은** 사원의 대부분은 초저녁부터 교회에 가는 것이다. 나는 혼자 이 집 저 집의 아는 주점을 찾아다니며 술을 마시고 혹시 산타클로스 할아버지나 만나면 용돈이나 달라고 싶은 심정이 되었다.

밤은 깊어졌다. 교회의 앞을 지날 때 요란스럽게 그러면서도 부드러운 찬미가 들린다. 마치 술 취한 나를 비웃는 듯이…….

골목길을 지나 막 다음 골목으로 **빠지려고** 할 때 한 소녀가 울고 있었다. 보통 때 같으면 물어볼 필요도 없었지만 술의 힘을 빌려 왜 우는가를 물었다. 아버지가 돌아가셨다는 것이다.

크리스마스 날 밤의 죽음.[4] 나는 술이 활짝 깼다. 집이라고는 말뿐 판잣

---

3 '경향신문사' 임.
4 원본에는 '주겸'으로 표기됨.

집 속 희미한 등불 아래에서 그의 어머니도 역시 흐느껴 울고 있다.

그래서 지나가는 행인의 친절로 주머니 속에 있던 돈을 모조리 꺼내 조위금으로 털어 버렸다. 그의 아버지가 무엇을 하던 사람인지, 그 소녀의 이름이 무엇인지 알 필요도 없이 나는 그들이 거절하는 것을 뿌리치고 산타클로스 할아버지의 역할을 했을 따름이다.

세월이 갔다. 벌써 4, 5년은 되는 것 같다. 그 소녀는 성숙했을 것이며 또한 미인이 되었을 것이다. 지금까지 솔직히 말하면 이런 제목으로 글을 쓰라고 청탁을 받기 전까지 그런 일을, 또 소녀를 조금도 생각지도 않았으며 사실상 잊어버리고 말았다.

크리스마스와 여인하면 무슨 신비스럽고 아기자기하고 흐뭇한 이야기가 있을 것 같아 이런 제목이 주어졌을 것이다.

그러나 막상 크리스마스와 여인을 관련해서 생각해 보려니 역시 구미를 돋울 만한 이야기가 나오지 않는다.

그저 잊어버린 기억에서 몇 해 전, 산타클로스 할아버지였던 이 기억이 가무레가무레[5] 떠오르는 것이다. 그리고 그 밖에 별다른 여인도 추억도 떠오르지 않은 채로 나는 좋다.

크리스마스 날 밤 아버지를 여의고 흐느끼던 그 낯모르는 소녀의 애처롭던 모습을 생각해 내는 것만으로서도 나에게는 흡족한 것이다.

올겨울의 크리스마스에는 눈이 오셨으면 원한다. 나는 그다지 흥취가 일어나지 않을 것이다. 좀 힘이 퍼져 집에 양주나 몇 병 사다 놓고 좋은 친구와 술을 나눌 때 그때의 소녀가 — 아니 지금은 성장한 여자가 되어

---

5 '가물가물' 의미인 듯.

점잖고 출중한 청년과 함께 크리스마스 날 밤에 작고한 아버지의 이야기
나 하며 걸어가는 것을 들창으로 바라다보았으면 좋겠다.

이것은 나의 지나친 환상도 아니며 가능성 없는 이야기도 아니다.

크리스마스와 여자……. 너무도 즐겁고 너무도 서러운 이야기가 되고
말았다. 시베리아로 간 카투사의 청춘의 날과도 같이…….

(『신태양』 제4권 12호, 1955. 12. 1)

미담이 있는 사회

　나는 우리나라 사회와 가정과 그리고 사람과 사람과의 접촉에 너무 미담이 없는 것처럼 생각된다. 이것은 지극히 쓸쓸한 일이며 휴머니즘이니 인간의 정의니 하는 요즘의 세상에서는 허망한 일이다. 신문 같은 것이나 잡지를 보면 언제나 살인, 이혼, 체포 등 말만 들어도 싫증이 나는 일만 보도되지 도무지 미담이라는 것은 없다. 이처럼 우리나라의 모든 현상이 전락되고 윤락만 되어 간다면 언제 어느 사이 나와 우리들 주변의 사람이 그러한 것에 휩쓸려 들어갈 날이 올는지 모르겠다. 참으로 생각만 해도 몸서리가 친다. 남의 좋은 일을 이야기하기 싫어하는 사람도 많다. 그저 다른 사람의 나쁜 점과 잘못을 제 자랑처럼 떠들어 대는 사람들이 남의 좋은 일을 이야기하는 사람보다 물질적으로 정신적으로 아무 걱정 없이 잘살고 있는 사회가 우리나라인 것을 나는 무척 부끄럽게 생각한다면 과연 나의 편을 지지해 줄 사람이 몇 사람이나 지금 남아 있는 것인가? 신문에서는 죄가 없는 사람도 마치 판사가 형을 언도한 것처럼 욕하고 때리고 보잘것없는 강도 사건을 대서 특기[1] 말한다면 우리는 과연 좋은 사회를 만들기 위하여 어떠한 보람을 거기서 찾을 수 있단 말인가? 아름다운 일과 아름다운 이야기가 없는 사회는 문화가 퇴화되고 사람들의 마음은 겨울날의 나무처럼 허전해지고 낙엽처럼 버석버석 고갈되어[2] 갈 것이다. 나는 이렇게 되는 것을 가만히 바라볼 수가 없다.

어느 날이든지 거리에 나가 차를 한 잔 마시면서 남의 좋은 이야기를 듣고 다른 사람들이 좋은 아름다운 행위를 했다는 것을 알게 된 후면 발걸음이 잘 걸리고 가슴의 무거웠던 짐은 사라지고 만다. 그래서 나는 이런 이야기를 다정한 친구나, 집에 돌아오면 안해[3]와 어린 것을 모아 놓고 이야기해 준다. …… 마치 자기 한 일을 말하듯이…… 눈물이 날 것 같고 가슴은 조니 워커나 진피즈를 한 잔 마신 것처럼 시원해진다. "얼마나 신나는 일이냐! 얼마나 눈물겨운 일이냐! 이 세상에서도 남을 위하여 좋은 일을 한 사람이 있단다. 너도 커서 그런 사람이 되렴." 하고 어린것에게 이야기할 때 그들의 눈은 신기해서 샛별처럼 빛난다. 아, 희망은 아직 남아 있는 사회이다.

그동안 나는 이런 이야기를 들었다. …… 마약 중독으로 고통받는[4] 친구를 위하여 그가 저지른 여러 사람에 대한 피해를 보상해주기 위해서 애쓰는 시인 구상(具常)의 일…… 어머니가 죽어 혼자가 된 어린것을 데려다

---

1 원본에는 '대서특히'로 표기됨.
2 원본에는 '고달되어'로 표기됨.
3 안해 : '아내'의 비표준어.
4 원본에는 '고통하는'으로 표기됨.

기르는 여류 수필가 전숙희(田淑禧) 씨의 자비심…… 목마른데 물 한 모금을 마신 것처럼 기분이 좋은 일이다. 사람들이 자신을 위한다는 것은 모든 인간의 본능이지만 남을 위해서 일해 준다는 것도[5] 본능에서 벗어나는 일은 아닐 것이다. 그러나 자기를 위해서 남을 해치고 욕하는 풍습이 오늘의 사회에 만연되고 있다. 이런 짓은 비단 우리나라 사회에서만 있는 일이 아닐지라도 전쟁이 끝나고 사회와 가정의 모든 일이 핍박해진 한국에서는 더욱 격심하다. 허지만 우리들이 보이지 않는 이런 압축된 불길한 환경에서 그대로 지배되고 스스로 긍정해 간다면 우리의 미래는 그저 암담해져 갈 것이다. 좋은 내일이 차라리 오지 않는다면 우리들은 오늘 죽어야 한다. 내일이 없이 오늘이 있을 수 없다. 간혹 오늘을 위하여 살아간다고 자포자기하는 사람이 있것만 그러한 허무의 정신은 구시대에 이미 사멸되고 말았다. 좋은 앞날은 결코 우리의 것이 되지 않을지 모르나, 우리들은 비록 비참과 고통의 연속에서 산다 하더라도 다음 세대의 사람들을 위하여 우리는 좋은 사회와 가정을 만들고 이끌어 나가야만 할 것이다.

삭막하고, 폐부에 찬바람이 스며들면 들수록 우리들은 남의 좋은 이야기를 해야 되고, 좋은 이야기를 하기 위해서는 서로가 좋은 행위를 해야 한다.

내가 지금까지 쓴, 무척 수신[6] 시간의 말과 같고 상식적인 이야기……

---

5 원본에는 '것은'으로 표기됨.

6 修身 : 갑오개혁 이후 소학교령에 따라 전통교육에서 근대교육으로 바뀌면서 생긴 교과. 오늘날 도덕과 유사한 과목으로 근대인으로서 가져야 할 가치관과 사회적인

그러나 우리에게서 제일 멀어져 가고 있는 것은 보편적인 상식이다. 미담을 할 수 있는 상식이 우리에게서 사라져 가는 세상이 돼 있고 사회의 무형의 제도가 변해 가고 있다. 신문이나 잡지에서 좋은 이야기를 보도해 줄 때 세상은, 아니 사람의 마음은 밝아지고 우리들이 살아가는 보람이 있을 것이다. (끝)

(『가정』 창간호, 1954. 12. 24)

예절, 근검절약 등 생활 태도에 대해 가르침.

꿈같이 지낸 신생활(新生活)

　나는 최근 불란서의 문학적 철학자 알랭(Alain)의 이러한 한 구절을 외우고 있다.

　…… 욕망이라는 것은 애정의 하위에 있는 것이며 아마도 애정에 이르는 길은 아니다……라는 것을.

　나는 이 말을 무척 좋은 명언이라고 생각했기 때문에 이 글의 서두에 서슴없이 올리는 것이다.

　대체적으로 결혼을 할 때 그것이 연애결혼이나 또는 중매결혼의 경우에 있어서도 누구나 처음에는 애정을 품고 느끼게 되는 것이다. 허지만 인간에 있어서 더욱 부부간에 있어서 애정의 '순수한 상태'는 오래 지속하기가 힘이 들며 자칫하다가는 애정의 하위인 욕망으로 변하기 쉬운 일이다. 그럼에도 불구하고 처음부터 무의식적인 욕망에서 결혼을 하였다면 그것은 현실이 아닌 우상에 대한 결혼이라고 나는 단언하고 싶다.

　어떤 사람들은 결혼 1개월간을 꿈같이 보냈다고 할지 모른다. 참으로 달콤한 도원경의 신비에 싸여 30일간을 한 시간에 못지않게[1] 즐겁게 보냈다고 할 때 나는 여기에 대해 말할 수 없는 불만을 느끼게 되는 것이다.

적어도 그 사람들이 진실한 애정으로 그 결혼이 이루어졌다면 장래에 대해, 피차의 상대에 대해, 가정에 대해, 경제적인 문제에 대해 진실한 상의와 비판을 서로가 가져야만 될 것이다.

결혼 1개월간은 계획의 시기에 지금까지 독신자로서 걸어왔던 것에 대한 참다운 반성의 시기여야만 한다.

육체적인 향락 같은 것엔 조금도 신심을 사용할 필요도 없고 어데까지나 앞으로 애정을 유지해 가기 위해 서로가 계획하고 검토를 해야만 한다.

모든 것이 출발이 중요한 것처럼 미지의 남녀가 한 가정을 이루어 나가기 위해 서로 합친 이상 그것은 가장 엄숙한 출발이어야 한다. 먼저 자기의 성격과 지나온 여러 일을 솔직하게 고백하고 청산하고 정리해 가면서 상대방의 장단점을 잘 골라야만 되며 그러기 위해서는 성실한 진실성을 나타내야만 되는 것이다.

나의 경우를 여기에 적는 것은 무척 쑥스럽다. 물론 현실의 억압과 자신의 과오로써 7년이 지난 오늘날 그때의 계획은 마음대로가 아니라 거의 실패에 돌아갔지만 결혼 1개월간의 이상은 참으로 높았던 것이다.

4월의 어느 날 무척 태양이 곱게 내리쪼이고 분수가 하늘을 찌르는 듯이 힘 있게 솟아오르던 오후에 결혼식이 끝났다.

지금 막상 생각하면 우리 두 내외가 진지한 생각을 했는지 안 했는지는 몰라도 아마 성실하게 상대방을 아끼고 좋은 일을 서로 많이 해 가자는

---

1 원본에는 '멋지않게'로 표기됨.

것을 맹세했는지도 모르겠다.

시기도 좋았으나 신혼여행 같은 것은 가지 않았다. 결혼식에 비용이 들어서 더 무리할 필요가 없었다. 허지만 우리들은 도리어 이것이 좋았다(지금 아내는 간혹 신혼여행을 가지 못한 것을 후회하지만). 낮에는 나는 볼일로 돌아다니고 밤에는 구경도 가고 책도 읽고 또한 그전 이야기를 했다. 책을 읽은 이야기에서 많은 합의점을 찾았다.

그 후 세월은 잘 가는 법이다. 7년이 지났으니깐. 1개월은 눈 깜짝할 사이, 요즘 말로는 제트기처럼 지나갔다. 무엇을 했을까? 무엇을 계획했을까? 처음에 쓴 말을 했다면 좋겠다. 아마 했을 것이다.

나는 이 글을 쓰면서 우리의 과거와 현재가 욕망이나 타성이 아니라는 것을 믿는다. 그러면 애정의 존재가 아닌가 생각한다. 1개월간에 있어서…… 부부 생활의 출발기에 있어서 불성의한 생각은 조금도 없었기 때문에 지금까지 이끌어 온 것이 아닌가 믿는다.

꿈같이 지났다는 것은 역시 좋지가 않다. 꿈이 아닌 것으로 변형된 성실한 시간이었다고 본다.

…… 욕망은 애정의 하위…… 결혼 1개월은 욕망에만 사로잡혀서는 안된다고 본다. 위대한 문학자의 좋은 명언을 여러분도 동감하고 외워 두는 것이 좋을 것이다. (시인)

(『여성계』 제4권 10호, 1955. 10. 1)

환경에서 유혹
— 회상 우리의 약혼 시절

1947년 초겨울에 약혼을 하였습니다. 4, 5개월간의 교제 끝에 두 사람은 앞으로 결혼을 함으로써 지나간 과거에 성실할 수 있다는 믿음 밑에 그 약속으로 약혼을 한 것입니다.

실상 약혼이라는 것은 생각지 않는 의무와 책임을 마음에 초래시키는 것 같습니다. 그 전까지 막연히 사랑을 속삭이던 입에서 이제는 결혼을 하면 어떻게 하자든가 또는 생활에 있어서의 경제적 문제는 이렇게 타개해 가면 좋을 것 같다고 말하게 되었습니다.

그 다음 해 4월에 결혼을 하기까지 약혼 시절을 5, 6개월 보낸 것 같습니다. 그러는 동안 우리는 하루도 빼놓지 않고 매일 만났습니다. 지금 생각해도 그렇게 매일 만난 것이 몹시 신기스럽고 힘든 일이었다고 마음속으로 웃고 있습니다.

우리는, 적어도 나로서는 앞으로 아내가 될 사람에게 나의 환경이라는 것을 알게 할 필요가 있었고, 상대편에서도 그것을 원했기 때문에 친구들과 선배에게 소개도 하고 인사도 시켜서 여럿이 함께 어울려 유쾌한 시간도 보냈습니다.

그 당시 가까이 지낸 분은 박영준(朴榮濬), 이봉구(李鳳九), 송지영(宋志英) 씨 등이며 박 선생은 우리 결혼식에 들러리를 섰습니다. 지금도 내 아내는 이분들을 제일 좋아하며 그때 여러 가지로 듣고 이야기해 주신 것을 잊지 않고 있습니다.

우리는 지금 경제적으로 그리 풍유한 편이 못 됩니다. 하지만 내 아내는 그러한 장려²가 되어도 참고³ 살아갈 것을 약혼 시절에 이미 각오한 모양이고, 이는 정신의 존귀성을 지니고 살아가는 사람들의 행복을 부러워할 줄 알아야 되는 것을 상기한 여러분한테서 배웠는지도 모르겠습니다.

나는 그 무렵 책을 많이 읽었습니다. 그리고 다 읽고 난 책은 반드시 상대에게 빌려주고, 남자를 이해하고 함께 오래 살아가려면 내가 본 책은 반드시 읽어 달라고 권했습니다. 며칠 후면 독후감을 이야기하는 것입니다. 그것이 화제가 되어 우리는 서적의 인물이나 작가의 의도와 사상에 관해서 참으로 진지한 의견도 교환하였습니다. 물론 다른 약혼자들도 그러할 줄 아오나, 좋은 일을 나도 했구나 하고 자찬을 합니다. 얼마 전 내 아내는 "요즘 나는 당신과 거리가 멀어진 것 같소" 하기에 나는 "당신은 어린애도 기르고 살림이 고된 까닭에 책을 보지 못해서 그런 게 아니오"라고 대답을 하였습니다.

---

1 원본에는 '아르킬'로 표기됨.
2 將慮 : 장래의 걱정거리.
3 원본에는 '참아'로 표기됨.

우리는 그때 아폴리네르의 시를 많이 읽었습니다. "미라보 다리 아래 센 강은 흐르고 나의 청춘이 흐른다 세월은 흐르고 나는 남는다"라는 그 것이 좋아서 밤이면 함께 거닐 때 서로 암송도 했습니다.[4] 나는 그를 되 도록이면, 정서의 세계에 접근시키려고 애썼고, 그러한 것을 아내 될 사 람이 또한 즐겼기 때문에 무척 마음이 행복했습니다.

남보다 유달리 오랜 약혼 기간이었기 때문에 피차 상대를 알기에 참으 로 도움이 되었습니다. 그때보다 내가 달라진 것은 술을 많이 마시게 된 것뿐이고 아내는 의외에도 살림에 열심인[5] 사람이 되었습니다.

나는 지금 회상하건대 약혼이라는 것은 반드시 있어야 하며, 그 기간이 참으로 중요한 시기라고 생각합니다. …… 남자 된 사람은 대체적으로 앞 으로 자기가 어떤 생활과 의견으로서 살아갈 것을 미리 알아채어서, 그것 을 형성할 환경과 정신적인 풍토[6] 속에 여자를 끌어들여야 하며, 또한 서 로 융합해 가지고 속히 이해의 길을 찾는 것이 좋을 것 같다고 생각합니 다. 약혼 시절의 글은 한 20년 후에 쓸까 했더니 불과 7, 8년이 된 오늘 그 일단을 적게 되었습니다. (시인)

(『여원(女苑)』 제2권 2호, 1956. 2. 1)

---

4 원본에는 '했었다'로 표기됨.
5 원본에는 '열심한'으로 표기됨.
6 원본에는 '품토'로 표기됨.

사랑은 죽음의 날개와 함께

우리 두 사람이 처음 만났을 때 그대는 라이너 마리아 릴케의 『말테의 수기』를 읽고 있었습니다. 밤이 깊어 가는 것도 서로 모르며 문학과 회화(繪畵) 또는 로만[1]을 중심으로 한 릴케의 생애에 관하여 이야기를 했습니다.

밖에 몹시 바람이 불고 전깃불이 꺼진 후(後) 비가 왔습니다. 우리는 신(神)에게 우리 두 사람이 오래도록 진실하도록 기도하였습니다. 그러나 신은 어디 계십니까.

×   ×

지금 우리들은 영원히 작별하였습니다. 꿈과 추억과 반항과 희망과 그

---

1   로만(roman) : 낭만. 원문에는 '로단'으로 표기됨.

어떠한 것을 구(求)하기 위해 서로가 자기의 내면의 길로 걸어갔습니다. 한때의 릴케의 여자는 무엇을 하는지조차 알 수 없고 오직 나만은 인간의 집요한 운명을 위해 이와 같은 사랑의 글을 또 쓰고 있습니다.

어젯밤 집 앞으로 제트기의 편대는 지나갔습니다. 금속성 음(音)은 나에게 그대와 함께 옛날 우인의 살롱에서 듣던 드뷔시의 음악을 회상케 하였습니다. 물질적인 가능과 정신적인 가능의 결정(結晶) 우리 두 사람이 희구(希求)하였던 것은 어찌하여 실현치 못했는지 아마 우리는 불가능[2]이라는 현실의 심연에 그대를 뺏기[3] 회피하였는지도 모릅니다.

×   ×

공원 분수 밑을 지나 비둘기들이 모이를 모두 먹고 날아간 후의 공허한 시간 그대와 나는 차디찬 악수를 하고 각자의 길로 떠났습니다. 내 눈에는 행복의 큰 그림자가 사라져 멀리 없어지는 것이 보였습니다. 정확한 환상, 열광적인 고뇌, 그리하여 나는 사랑에 패배한 가혹한 모습으로 회한과 의혹의 모험이였던 우리들의 지난날의 생활을 청산하기에 노력하였습니다.

집에 달려와 나는 블레즈 상드라르[4]의 『뉴욕의 부활제(復活祭)』를 읽어 보았습니다.

---

2 원문에는 '불(不)과농'으로 표기됨.
3 원문에는 '뺏기'로 표기됨.
4 Blaise Cendrars(1887~1961) : 프랑스의 시인, 평론가.

주여 나는 완전히 피로하며 나 홀로 어두운 마음으로 집에 들아갑니다.

나의 방은 무덤과 같이 벌거숭이입니다……

주여 나는 참으로 고독하며 그리고 열(熱)이 납니다.
나의 침대는 관(棺)과 같이 차디찹니다.

주여 나는 눈을 감고 그리고 이(齒)를 달떨 닦고 있습니다.

나는 참으로 고독합니다. 오한이 납니다 나는 당신을 부릅니다.

나는 생각합니다. 주여 나의 불행한 시간을……
나는 생각합니다. 주여 나의 떠나버린 시간을……

나는 이젠 당신을 생각지 않습니다. 나는 당신을 생각지 않습니다.

나는 엉엉 울었습니다. 절망과 우리 두 사람의 모순된 사랑의 이념을 이젠 신도 구하지 못할 것이라고 생각하니 더욱 의지할 곳이 없었습니다.

그다음 날 교회의 성종(聖鐘)도 울리기 전 나는 태양이 솟아오를 교외로 나갔습니다. 여름에서 가을에 걸쳐 우리 두 사람이 자전거를 타고 사랑의 산책의 발을 옮기던 원시림에선 장미의 향기가 풍겨오고 이름 모를 새들이 그전과 다름없이 울고 있었습니다. 청명한 대기 그러나 그대의 이름을 힘껏 불러도 이젠 울림조차 없는 곳 나는 『말테의 수기』의 다음의 구절을 연상했습니다.

"추억은 우리들의 피가 되고 눈이 되고 표정이 된다."

$$\times \qquad \times$$

그대의 얼굴은 고□한 동판화의 우아(優雅) 그리고 현대의 불안을 의지하는 눈 모딜리아니[5]의 여인들이 가진 육체…… 이 모두가 지금엔 지나간 환영 광막한 내 정신의 풍토에서는 삭풍만이 일고 그대를 생각할 때는 우리의 공동한 운명의 비참을 두려워합니다. 사랑함으로써 작별한 우리 두 사람 서로가 미래를 □□치 않고 오직 현실의 증오에서 이별한 두 사람. 나는 걸어갈수록 이녕[6]의 연속일 뿐…… 듣는 소식에 의하면 그대 역시 암담의 층계를 내려가고…… 아 릴케의 소녀여 우리는 인간이 가진 본질적인 비극에서 탈출할 수 없었을 것인가?

지금 밖에는 비가 옵니다. 지나간 사랑을 죽음의 날개와 함께 찾아옵니다. 나는 창문을 닫고 벽에 붙은 나의 그림자를 봅니다. 나의 그림자는 눈이 없고 코가 없고 입이 없습니다. 쉴 새 없이 기적 소리는 들립니다. 저 기차 속에는 전장으로 나가는 병사들을 싣고 있겠지요. 마리 로랑생과 헤어진 기욤 아폴리네르는 전장에서 입은 상처로 죽었습니다. 차라리 잊을 수 없는 여자를 위해 나도 비를 맞으며 저 기차에 몸을 싣고 이름 모를 토지로 가고 싶으나 나는 약합니다. 파멸한다는 것이 얼마나 힘든 일이라는 것을 알게 되었습니다. 서로의 사랑은 단절됨으로 더욱 몸부림친다는 것을 체득하게 되었습니다. 내 그림자 속에 사는 여자여, 곧 나의 눈과 코와

---

5 Amedeo Modigliani(1884~1920) : 〈첼로 연주자〉, 〈여인 두상〉, 〈잔 에뷔테른의 초상〉 등을 그린 이탈리아의 화가. 원문에는 '모지리아니'로 표기됨.
6 泥濘 : 땅이 질어서 질퍽하게 된 곳.

입을 가져간 여자여, 나는 이미 육체적 자살이 끝나고 반역의 선택권을 갖고 이 급진적인 사회기구에서 항구적인 사랑의 가치를 추구하고 있습니다.

"우리 두 사람이 헤어졌다." 이것은 나의 사랑에 대한 소극적인 반항이었습니다. 감지할 수 없는 미래의 두 사람의 방향은 내가 해결하기에는 너무나 큰 과제이었다고 생각합니다.

지금 상기(想起)하면 그 당시 우리는 철없는 연령, 무서운 것도 죽음의 위기도 모르며 함부로 약을 마시며 문학을 논의하고 서적을 보던 시절, 어찌하여 작별할 용기가 있었는지, 아마 이것만은 신(神)이 도와주신 것 같습니다.

고뇌가 끝이고 기묘한 자□적인 회의(懷疑)가 지나간 후 나는 유쾌해졌습니다. 그대와 떨어져 있으니 고독하였으나 독서할 시간도 사색할 여유도 많아졌습니다. 이렇게 되니 나의 유일한 애인은 고독이 되고 그대는 어느 화첩의 부인상처럼 나의 시각의 영역을 확대하여주고 있습니다.

×　　　　×

"그러나 영원히 사랑합니다. 부두의 동상과 같이 비와 바람이 부는 날이라도 영원히 기다리겠습니다. 기다리는 것만이 사랑에서 오는 기쁨이라면 그냥 기다리겠습니다. 낡은 레코드와 같이 나는 당신을 사랑합니다. 나는 당신을 사랑합니다." 사랑하는 여자여, 하늘을 쳐다보고 나는 간혹 이렇게 지껄입니다. 그대는 지금 어데 계시며 얼마나 고통에 헤매이시는지, 나의 최후의 목소리를 듣고 계시는지, 거처도 모르는 나는 새로운 형

이상학적 자살을 구해 이러한 글을 쓰고 있습니다.

　사형장으로 걸어가는 수인(囚人)은 어머니를 생각합니다. 저를 먹이기 위해 고생한 어머니, 자기를 길러준 어머니, 이와 마찬가지로 이유 없이 불안에 졸도한 나는 그대를 필요로 합니다. 나의 마지막 기원은 신에게 올리는 것도 아니며, 서적이나 음악에 보내는 것도 아니며, 나의 정신의 양식과 위안을 자아내신 그대에게 보내는 것입니다.

　항구적인 사랑의 가치는 릴케의 작품과 함께 영원히 그대 곁에 있습니다. 나는 이상(以上) 진실하도록 기록하고 그대와 다시 만날 날만 아무도 없는 적막한 방에서 기다립니다.

(최영 편, 『사랑의 편지』, 태문당, 1963. 11. 15)

불안과 희망 사이

나는 불모의 문명, 자본과 사상의 불균정(不均整)한 싸움 속에서 시민 정신에 이반(離反)된 언어 작용만의 어리석음을 깨달았었다.

자본의 군대가 진주(進駐)한 시가지에는 지금은 증오와 안개 낀 현실이 있을 뿐……. 더욱 멀리 지난날 노래하였던 식민지의 애가(哀歌)이며 토속의 노래는 이러한 지구(地區)에 가라앉아간다.

그러나 영원의 일요일이 내 가슴속에 찾아든다. 그럴 때에는 사랑하던 사람과 시의 산책의 발을 옮겼던 교외(郊外)의 원시림으로 간다. 풍토와 개성과 사고의 자유를 즐겼던 시의 원시림으로 간다.

아, 거기서 나를 괴롭히는 무수한 장미들의 뜨거운 온도.

(합동시집『새로운 도시와 시민들의 합창』에서)

나는 10여 년 동안 시를 써왔다. 이 세대는 세계사가 그러한 것과 같이 참으로 기묘한 불안정한 연대였다. 그것은 내가 이 세상에 태어나고 성장해온 그 어떠한 시대보다 혼란하였으며 정신적으로 고통을 준 것이었다.

시를 쓴다는 것은 내가 사회를 살아가는 데 있어서 가장 의지할 수 있는 마지막 것이었다. 나는 지도자도 아니며 정치가도 아닌 것을 잘 알면서 사회와 싸웠다.

신조치고 동요되지 아니한 것이 없고, 공인되어 온 교리치고 마침내 결함을 노정하지 아니한 것이 없고, 또 용인된 전통치고 위태에 임하지 아니한 것이 없는 것처럼, 나의 시의 모든 작용도 이 10년 동안에 여러 가지로 변하였으나 본질적인 시에 대한 정조와 신념만을 무척 지켜온 것으로 생각한다.

여하튼 나는 우리가 걸어온 길과 갈 길, 그리고 우리들 자신의 분열한 정신을 우리가 사는 현실사회에서 어떻게 나타내 보이며 순수한 본능과 체험을 통해 본 불안과 희망의 두 세계에서 어떠한 것을 써야 하는가를 항상 생각하면서 작품들을 발표했었다.

(『선시집』에서)

(『52인 시집』, 신구문화사, 1967. 1. 30)

제2부

전쟁 수기

서울 재탈환

서울이 아국(俄國) 군 6185 부대에 의하여 재탈환되었다는 것을 나는 병석에서 들었다.

지난 2월 초순에서 월말에 걸쳐 나와 그 외 2명의 동료는 탱크대(隊)의 사진(砂塵)[1]이 자욱하고 쉴 새 없이 포성이 요란한 서부전선, 특히 안양과 과천 부근에서 보낸 일이 있었다. 기총 소사로 어린애를 업고 쓰러져 있는 어머니의 참혹한 시체가 있는가 하면 보기 좋게 사살된 중공군의 산적(山積)된 최후의 광경은 내가 평생 잊을 수 없는 충동적인 것이었다.

2월 9일 저녁 한강 최전선에 도달한 국군 장병은 매일처럼 서울 돌입의 상부의 명령만 기다렸으나 상부에서는 전연 그러한 명령을 내리지 않아 종군(從軍)했던 우리 일행도 기다리는 지루함에 그대로 대구로 귀환하

---

1 사진 : 연기와 같이 자욱하게 일어나는 모래 섞인 흙먼지.

지 않으면 안 되게 되었다. 그리하여 나는 언제 다시 볼지 모르는 서울을 전망코자 노량진 부근에 갔다. 한강은 의연히 유구한 역사와 함께 흐르고 있었다. 전쟁에 죽어 간 어머니와 어린이들이 얼마든지 있다는 것도 모른다. …… 정든 서울을 버리고 100여 만의 서울 시민이 이 강물을 건너 남으로 떠났다는 것은 더욱 모르는 모양이었다. 구(舊) 시가의 일부는 화염으로 흑연(黑煙)이 가득하고 수천의 건물들은 어딘지 창백한 또한 음울한 표정을 노정하고 있다.

서울아, 다시 요 다음에 너를 보자! 우리들 언제 너를 포옹할 것인가? 마음속으로 이러한 생각을 하며 내가 편승한 차는 움직이지 않는 내 가슴을 끌고 혼잡한 대구로 달렸다. 그러나 내 정신과 나의 기억은 서울의 아롱거리는 모습을 망각할 수 없었다.

얼마 안 되는 여독(旅毒)으로 나는 어린애처럼 울며 앓았다. 병석에서 서울이 재탈환되었다는 호외(號外)를 보고 나는 하루 바삐 서울로 가고 싶었다. 그리하여 4일 후 나는 약 1개월 전 서울을 전망했던 지점에 도달할 수가 있었다. 수십 수백의 트럭과 기외(其外) 차량은 마포 강에 가설된 다리를 넘고 서울 시내로 향하고 있다. 피란민은 장사진을 이루고 영등포에서 서울로 가는 공로(公路)를 보행한다. 나는 생각하였다. — 나도 그러하지만 저들은 무엇 때문에 서울로 가는지, 설혹 집이 남아 있다 하더라도 그 무시무시한 죽음의 도시로 누가 기다리기에 돌아가는가. — 그러나 1초라도 속히 아현동 고개에서 서대문을 지나 광화문통 그 네거리에서 바라보이는 중앙청이며 북악산 종로 거리가 보고 싶었다.

어려서부터 밤낮을 가리지 않고 헤매던 거리, 애인과 팔목을 잡고 꿈길처럼 다니던 사랑의 거리. 아, 가난한 우리 민족의 영원한 수도 서울이여……. 어느 틈에[2] 나는 우리 집 대문 앞에 서 있었다.

×   ×

집이란 말뿐이지 가재(家財)는 겨울바람에 날아가 버렸는지 없다. 그러나 벽에 건 마티스(불란서의 화가)의 여인은 여전히 향기로운 얼굴로 나를 맞아 준다. 그대 얼마나 고독하였으며 고생하였는가.

이곳저곳에 흩어져 있는 나무 조각을 모아 80여 일 만에 방에 불을 땠다. 주인의 귀가를 환영하는 듯이 방은 따뜻해진다. 어린애를 깔리던 요를 펴고 한잠을 이루고자 했으나 사방에서 하늘은 터지고 집은 날아갈 듯이 중포성(重砲聲)이 진동하기 시작했다. 어떤 쓸데없는 공포와 집에 돌아온 흥분은 나로 하여금 지난날 행복했던 서울에서의 생활을 회상케 한다.

특히 이 방에서 나와 나의 처의 처음의 생활이 시작되었다. 우리들은 앞으로 닥쳐올 미래를 설계하며 라디오를 듣고 책을 보고 그러는 사이 어린애를 낳았다.[3] 어린애는 나무처럼 자랐다. 쌀이 없어도 돈이 없어도 이 방에 우리 가족들이 모이면 즐거움이 있었고, 밖에 비가 올 때면 사랑하는 친우들이 모여 와 밤이 새는 것도 모르게 문학과 회화에 관한 한없는 이야기를 했다—. 그러나 이것은 모다 꿈 같은 옛말. 작년 12월 엄동 출생하여 불과 2개월밖에 안 되는 계집애에게 옷도 입히지 못하고 화물차 지붕에서 4일씩 자면서 우리는 서울을 도망쳤다. 자유가 그리워 남으로

---

2 원본에는 '에'가 누락됨.
3 원본에는 '났다'로 표기됨.

갔다. 집이 있는 서울과 자유가 있는 곳. 아 자유 너는 인간의 본령인가.

×   ×

충무로의 회신(灰燼)을 뚫고 내가 탄 차는 달린다. 영양 부족인 어머니가 맨발인 어린애를 데리고 잿더미 속에서 그릇을 찾는다(저 그릇에 무엇을 담을 것인가).

경찰서 마당에서 양(洋)쌀을 배급한다고 수백 명의 부인들이 모여들었으나 그 절반은 헛수고를 했다. 수송 관계로 인천에 있는 구호미(救護米)가 아직 서울에 입하(入荷)되지 못하고 있다.

70여 세를 넘은 할머니는 나를 보고 자기 아들이 국민병[4]으로 나갔는데 그 애는 지금 어데 있으며, 잘 있을 것이냐고 묻는다. 나는 홀로 서울에 남아 있던 그가 자식을 걱정하는 마음의 쓰라림을 알 수 있었다.

동대문시장은 싼 물건으로 번창하다. 자동차에서 내린 '남방의 손님'들이 물건 사기에 바쁘다. 여자들의 구두와 옷감을 사는 경찰관, 거울을 사가는 군인들, 기외(其外) 병정 구두를 싸게 사서 즐거워하는 사회부 구호반원. 어디서 전쟁을 하는지, 서울 선착(先着)의 의의는 결코 이런 것이 아닐 것이다. (필자는 시인)

(『사정보(司正報)』 제14호, 1951. 4. 9)

---

4 1950년 12월 16일 통과된 '국민방위군설치법'에 의하여 만 17세에서 40세 미만의 제2국민병으로 조직되었던 군대.

추억의 서울

서울역에서 남대문까지

수도 서울의 표정. 서울역의 웅장한 건물과 그 앞 광장의 일부에는 폭격으로 인한 처참한 상흔을 입고 있다.

이 폭격은 국군이 3일간의 전투에서 단장(斷腸)의 후퇴를 한 1950년 6월 28일이 20일 지난 7월 16일의 유엔군 전폭기의 폭격 때문이었다.

장안을 뒤흔드는 B29의 폭음이 들리자마자 유엔군의 전략 폭격은 개시되었던 것인데, 이것은 서울에 유잔(留殘)하였던 수십만 시민에게 커다란 환락을 주었다.

용산에 있던 탄약 저장소는 수 시간에 걸쳐 폭발되었다. 이 요란한 폭음 때문에 서울의 일부 시민은 국군이 노량진 방면에서 반격 작전을 개시하였다는 소문까지 만들었다.

나는 이 폭격이 있던 다음 17일, 소설가 김광주 씨와 함께 유엔군의 통쾌한 폭격 구경을 하러 나갔다.

우리 두 사람은 밀짚모자를 쓰고 남대문을 빠져 서울역 부근으로 갔다.

그렇게 사람들이 군집했던 서울역 광장은 쓸쓸하고 이곳저곳에 파편이 산재하고 있는가 하면, 시체는 치워 버렸으나 북한 괴뢰군의 모자가 수삼 (數三) 남아 있었다.

남대문은…… 그렇게 서울 시민에게 매혹의 대상이었던 남대문은, 적 (敵) 치하의 고통을 반영하는 암담한 자체(姿體)로밖에는 나에게는 보이지 않았다.

9·28 미 해병대의 분전(奮戰)으로 말미암아 서울이 재수(再收)되자 아메리카의 주간지 『타임』을 나는 입수하였다.

오래간만에 보는 미지(美紙)이기 때문에 반가이 뒤져 보니 거기 『라이프』지[1]의 특파원 데이비드 더글러스 던컨(David D. Dancan)의 전선 사진이 크게 게재되어 있었다.

이는 서울역에서 남대문을 향하여 진격하는 탱크대(隊)와 그 후속인 해병들이 백열한 시가전을 하는 감격적인 장면이었다.

남대문 쪽에서 괴뢰군이 발사하는 초연이 희미하게 보이는가 하면, 7월 16일의 폭격으로 파인[2] 서울역 광장에 엎드려 적을 향하여 M1총을 겨누는 사병과 탱크대병(隊兵)의 씩씩한 자체가 캐치되어 있었다.

아마 내가 알기에도 서울역전에서 남대문에 이르는 시가전은 좀 치열했던 모양이다.

D. D. D 씨의 사진이 말하는 듯이……. 그리하여 역전에서 남대문에

---

1 Life : 1936~1972년에 뉴욕시에서 발간된 주간 화보잡지. 보도사진 분야에서 선구적인 역할.

2 원본에는 '파지어진'으로 표기됨.

이르는 현대적 건물의 대부분은 파괴되었고, 이 슬픈 지구(地區)의 모습은 그대로 전화(戰火)로 말미암아 회신(灰燼)된 서울의 상징이라 할 수 있다. 마치 서울역의 과거의 번화가 서울의 표정이었던 아름다웠던 시절과 같이……. (끝)

(『신태양』 제1권 4호, 1952. 11. 1)

전란 수기

암흑과 더불어 3개월

불과 3일간의 싸움을 하고 우리 군대는 서울을 떠났다. 한 밤을 자고 나니 비는 개고 듣지도 못한 탱크 포성이 서울을 진동시켰다.

불길한 감정을 품고 새벽 거리로 나갔다. 정막을 뚫고 탱크의 맥진하는[1] 요란한 소리가 나의 의식을 빼앗아 갔다.

자유가 사라진 죽음의 고장 서울.

얼마 되지 않아 나는 축 늘어진 어깨와 비틀거리는 의식을 가다듬고 집으로 돌아오는 길, 괴뢰군의 수 발의 총성을 들었다.

그것은 패주한 국군 용사를 향해 난사하는 발악의 총성이었다.

길 위에 쓰러진 자유의 군대⋯⋯. 이름 모를 젊은 군인이 눈앞에서 죽는 것을 본 것이 이것이 처음이다.

---

1 驀進하다 : 좌우를 돌아볼 겨를이 없이 힘차게 나아가다. 원본에는 '막진하는'으로 표기됨.

살육과 체포, 납치는 서울 도처에서 벌어졌다. 가옥에 대한 불법 침입과 물품 강제 압수는 매일 밤이면 밤마다 일어났고, 젊은 청소년은 소위 인민군대라는 이름으로서 잡혀갔다. 그리고 이들의 대부분은 그 후 죽었다.

×   ×

정막보다도 무서운 공포.

말[言語]과 행동을 잃은 시민은 그저 눈을 뜬 시체라고 형용하는 수밖에 없다.

×   ×

6월 28일 아침, 나는 울었다.

이제부터 나와 같은 자유인은 어떻게 살아간다는 말이냐. 어제까지의 모든 희망과 꿈은 다 사라졌다.

우리가 믿었던 정부와 군대는 아무 소리도 없이 도망쳐 버리고 불쌍한 자유 시민만이 이 죽음의 도시를 지키기에는 너무도 힘이 들었다.

지나간 죽음뿐만 아니라 간단없이 아무 죄 없는 사람이 또다시 쓰러져 간다. 나와 알지 못하는 청년이 아니라 친척 집에서 이웃집에서 사람이 끌려가 사직공원이나 미아리 밖에서 총살된다.

이것뿐이라면 좋았다. 어제까지 우익을 가장했던 사람이 급진적인 공산주의자가 되었고 범죄 전과자들이 인민위원장이 되어 노력 동원을 강요한다.

전향을 신문지상에 공포한 문학자와 미술가 들이 해방의 날이 왔다고 거리에 날뛰며, 이곳저곳에서 김일성이의 초상화를 그리고는 만화가들이 의기양양하게 뛰어다녔다.

괴뢰군을 위해 빵 가게를 연 여류 소설가는 며칠 전까지는 공산주의 반대자이다.

무서운 기만과 표변의 계절은 무더운 날씨와 함께 우리의 주변을 휩쓸고 말았다.

호흡은 하나 정신의 내부는 기절 상태이며, 입에서 말소리는 들려오나 그것은 의미가 없다. 친한 친구와 손을 잡을 때 싸늘한 냉기가 표정을 긴장시킨다. 이런 일은 비단 나만의 경험이 아닐 것이다.

×   ×

나에게 있어서 지금 6·25를 회상할 적에, 참으로 좋은 체험을 했다고 생각한다. 그 전까지는 막연한 공산주의에 대한 비판만 해왔고, 이북에서 남하한 사람들의 이야기는 솔직한 것으로 듣기에는 나의 하나의 편협된 개념이 수긍치 못했다.

허나 6·25부터 불법 침입한 공산군은 수도 서울을 휩쓸고, 방비력이 약한 우리 군대는 남으로 쫓겨 가, 남한의 대부분이 그들의 치하에 임시나마 굴욕당했다. 그들은 입으로는 인민의 복리와 자유를 외쳤으나, 실은 이것은 허위이며 몇 사람의 상부 특수층을 위한 착취에 불과했다.

인권은 전연 유린되고 사유 재산은 몰수되었다.

언론과 집회의 자유…… 이런 말이 있다는 것을 그들이 아는지 모를 지경으로 개인의 모든 의사는 박탈되었다.

나는 처음에는 그저 어리둥절했다. 한 일주일 동안은 명동에 나와 차를 마시고 단파 방송에서 청취한 뉴스……. "유엔군이 참전했다"는 것을 알고 미국의 현대 과학 무기의 사용은 공산군을 여지없이 무찌르고 앞으로 수일간이면 서울이 다시 탈환될 것이라고 믿고 살았다. 허나 나의 믿음은 하나의 수포가 되고 날이 갈수록 우리의 판도는 좁아져 괴뢰군의 남진은 계속된다.

가두 검색과 가택 수색은 연일 심해, 서울은 그들의 모든 거점으로서 등장되어 갔다.

7월 18일 소설가 김광주 씨와 만났다. 그래서 우리 두 사람은 반가웠다. 앞으로 살아가기 위한 방도를 이 이야기 저 이야기 하며 그 전날 유엔 공군에 의하여 폭격된 서울역과 용산 일대를 두 사람이 산보했다. 그것은 우리 자유 군대가 처음으로 서울 시민에게 힘의 위력을 알려 준 것이며 많은 가옥이 파괴되고 민간인이 사상되었다 할지라도 괴뢰군에게는 큰 손상을 준 것이었다.

여기저기 아직 연기가 솟아올랐다. 사람들이 울며불며 오고 가고 했으나 행복과 자유를 찾기 위해서는 부수되는 현상으로밖에 해석하여야 한다.

"폭격의 위력은 실로 위대하다."

우리는 이러한 말을 주고받으며 마음 한구석 든든한 희망을 품고 집에 돌아갔다.

24시간을 무사히 보낼 때마다 지금까지 믿어본 일이 없었지만[2] '하나님, 감사합니다' 라고 속으로 기도했다.

'내일도 무사하기를.'

×   ×

나의 아내는 잠을 자지 않아 가면서 대문 소리만 나도 숨으라고 했다. 자기 친구 집에 가서 우정[3] 방송 소리를 듣고 와 "유엔군은…" 어떻게 하고 있다는 뉴스를 알려 주었다.

집에 좀 늦게 돌아와도 걱정을 하고 마음을 졸였다는 것이다. 지금 생각해도 그때 나에게 해준 일이 고맙다.

7월 달도 흐지부지 지나고 마음의 고통만이 늘었다. 집에서 시를 한 편 썼다. 제목은 「검은 준열의 시대」라는 것이다. 그러나 시가 나를 위로해 주는 것도 아니며 자유를 가지고 오지 못했다.

물자와 금전의 결핍으로 온 가족이 영양 부족이 되었다. 하는 수 없이 선풍기, 트렁크, 양복, 그 외 것을 들고 남대문시장에서 나 자신이 장사를 했다.

장만영 형이 이 광경을 보고 비통한 표정으로 지나가는 것이다.

"우리 서로 무사합시다."

---

2 원본에는 '없던'으로 표기됨.

3 '일부러'의 강원 방언.

　소설가 이봉구, 시인 김경린, 김광균 씨 등은 그동안에 있어 가장 친했고 자주 만난 사람이다.

　"이렇게 자유가 그리웠던 시절이었다"라는 시인 경린의 고백은 아직까지도 내 귀에 남는다.

　거리에 나가면 골목길을 걷고, 집에 오면 다락 속에서 책을 보았다.

　혹시 아는 사람을 만나도 악수 이외는 다정한 말, 나의 진실한 뜻을 전해본 일이 없다. 스스로 판단하는 것은 '내 양심이 준 자유를 마음속으로 간직하고 내일도 모레도 유지한다면 반드시 기다리던 날이 오겠지' 이것을 믿고 살았다.

　8월 말경 친구 세 사람과 서울을 탈출하여 부산으로 갈 것을 약속하고, 30일 날 아침에 출발했다.

　내 아내는 그 달이 만삭이어서 혹시 어린애를 낳으면 이름을 어떻게 지어야 하는가를 물었다. 그리고 우리의 결혼 기념 반지를 팔아 도중의 여비로 쓰라고 주었다. 내가 집을 나올 때 무슨 일이 있더라도 무사히 살아서 만나자고 말하는 것이다. 아마 집에 들어가서는 울었을 것이다.

　동대문에서 기동차⁴를 타고 광나루에 내린 다음 하루에 100리를 걸었다.

　그다음 날은 80리, 폐허가 된 집터에서 자고 나서는 아직도 안개 짙은 새벽길을 떠나 70리를 지나고, 9월 23일 결국엔 소위 보안대원에게 세 사

4　汽動車 : 가솔린 기관 또는 디젤 기관을 장치하고 운행하는 철도 차량.

람이 잡혀 이천 보위부에서 밤새도록 취조를 받은 후 겨우 석방되었다. 그간의 경위를 여기에 적을 필요는 없고, 다시 서울에 오는 수밖에 도리가 없었다.

그 후부터가 더욱 곤란이었다. 집에 있기에는 너무 대담해서 여기저기 아는 집을 찾아다니며 잠을 잤다.

반가워 맞이해 주는 집도 있고, 위험하기 때문에 귀찮은 표정으로 대해 주어도 별수 없이 들어갔다.

유엔군의 폭격은 날이 갈수록 치열해지고 괴뢰군은 아마 당황한 모양이다. 인원 보충을 위해 집집에서 젊은 사람을 군대에 끌어가 편입시키고 매일처럼 노무 동원을 한다.

"잘살게 해 준다"는 것은 결국 고통과 압박을 준다는 뜻에 그치고, 이들의 슬로건은 자체의 허위성을 말하는 것이었다.

15일, 인천 상륙을 고하는 방송을 들었다. 허나 2, 3일이면 탈환될 것으로 믿었던 희망은 10여 일이 지났다.

참으로 지지한 작전이다.

그간 많은 인명이 그들에게 **빼앗겨** 갔다. 발악한 그들은 방화, 약탈을 하고 서울은 생지옥이다.

형무소에 수감된 사람이 대부분 피살되었다는 소식과 아울러 유엔군이 한강 도하 작전에 성공했다는 것을 알았다.

포성과 기총의 요란함은 온 장안을 부수는 듯 진동하였으며, 밤은 낮과 같이 밝다. 중요한 시가지가 불타오른다.

9월 25일 아침, 아내는 폭격 아래서 계집애를 낳았다. 불과 100미터 앞은 불바다다.

그래서 나의 딸의 이름을 '세화'라고 부르기로 했다. "세상이 평화롭게 되었다"는 뜻에서이다.

그 후 이틀 후, 서울은 굴욕과 박해의 칠흑[5]에서 해방되고, 우리는 갈망하던 자유를 찾았다. 지나고 나니 좋은 경험을 했으나 자유를 찾기 위해서는 수만의 사람이 죽고, 도시가 불타 버리고, 마음마저 황폐한 세상이 되어버렸다.

(『여성계』 제3권 6호, 1954. 6. 1)

---

5 원본에는 '치혹'으로 표기됨.

밤이나 낮이나

— 중부 동부 전선초(戰線抄)

바람이 부는데도 우리들은 떠났다. 바람이 끝나면 비가 오기 시작했다. 짧은 평야의 길을 지나면 높은 고원지대의 좁은 길 위를 지프차는 사정없이 질주하였다. 그럴 적마다 진흙은 놀랜 듯이 튀오른다.

전선이 가까울수록 군용도로는 넓어진다. 여하한 한국의 도로보담도 가장 넓고 깨끗하고 아름답게 포장된 길 위에 무수한 트럭이 산적한 군수물자들을 끌고 목적지를 향해 달려가고 있다.

비가 그치고[1] 팔월의 백열과 같은 태양은 내려쪼이고 있다. 하늘은 참으로 청명해지고 산그늘에는 아름다운 소녀와도 같이 해바라기가 빛난다.

이러한 고장은 여러 곳에 있었다. 포탄이 터진 곳은 어디며, 우리의 용사들이 죽어간 구릉은 어느 곳인지, 나는 전연 분별하지 못한다.

이러한 평화의 산□에 또 다른 전화(戰火)가 있을 것인가. 나는 다음날

---

1 본문에는 '끝이고'로 표기됨.

을 생각하는 것이 무서워졌다.

인간이 살던 토지, 초가(草家) 없는 곳, 주인은 죽고 개만이 하늘을 꾸짖어보는 마음의 풍경을 전망하면서 나는 나의 목적지를 시급히 찾는다.

하늘에 연이어 바늘과 같은 기계가 에메랄드처럼 번쩍인다. 저 바늘은 오래전부터 내 가슴을 찌르고 음악과 같은 파장을 남긴 채 북방의 산맥을 꾸리렸다. 노하면 불을 토하고 그 화염은 악(惡)의 사람을 죽이었다.

오늘도 떠나는 하늘의 빈객(賓客)이여.

×   ×

다음날 나는 옛날 우리의 조상들이 가족을 이끌고 최후의 만찬을 베푼 날 내가 이 세상에 태어났던 그러한 도읍의 이름을 마음속에서 불렀다.

밤나무 밑에서 서로 얼굴을 비벼대던 소녀는 죽고 홍수에 밀려가는 가옥을 바라보며 울고 밤을 세우던 언덕 위 예배당 종소리가 들리던 그러한 꿈의 마을이 건립되었던 내 고향 산천을 생각하면서 가슴은 설레이었다.

그러나 수십차의 탈환전(奪還戰)이 벌어졌던 그 마을은 지금은 아주 자취도 없다. 연기조차 오르지 않는다. 꺼멓게 타 버린 땅덩어리, 뼈만 남은 시체와 같은 거리, 검은 나비들이 힘없이 나는 어떤 청춘의 고장, 토착민은 산산이 흩어지고 아메리카의 공병(工兵)들이 길을 만들고 있다.

이들은 휘파람을 불며 즐겁게 일한다.

다시 돌아오지 못할 고향은 바라볼 것도 없으며 기억에 남을 아무것도 없다. 옛과 다름없이 강은 흐른다. 그러나 물소리는 잠잠하다. 어두운 밤이 길 같게² 내려와 있었다. 어려서 원족(遠足) 가던 길목엔 나이 어린 헌

병이 우리들에게 미소를 띠며 동상처럼 서 있다.

잘 있거라.

밤으로 달리는 내 마음속에 하느란 □□처럼 어려서의 어머니의 부르심이 들려온다.

즐거웠던 운동회날의 교가가 바람 □□ 합창처럼 □한다. 밤으로 밤으로 □어가는 강원도의 □□ □□ 없는 사람들은 남방 어디를 □□의 일을 □□□□을 바라보는가.

전선은 가까워진다. 십자포화 네이팜탄이 □□ 폭음이 □□□□다.

내가 낮이 되면 만난 사람들은 발에 피가 흐르고 손에 밝은 □붕대를 감은 그러한 자유의 전사들이겠지. 그는 어려서부터 오늘까지 같은 한국의 풍림 속에서 살던 알고 보면 내 □□ 출생의 용사들일 것이다. 눈을 감으면 뚫어진 집터 집 흙 속에 핀 붉은 양귀비들의 □□한 모습이 생생히 떠오른다 (팔월 말일)

(『사정보』 제26호, 1951. 9. 10)

---

2 본문에는 '길것게'로 표기됨.

밴 플리트[1] 장군과 시

어느 날 나는 무심히 찻집에서 친우들과 떠들어 대며 차를 마시고 있었다. 그 얼마 전 제8군 사령관 밴 플리트 대장의 영식(令息)[2] 제임스 중위가 북한 폭격에 참가하였다가 원인 모를 행방불명이 되었고, 또한 제임스 중위는 밴 장군의 외아들로서 장군의 환갑(還甲)을 축하하기 위하여 한국 전장[3]을 방문한 후 공군 장교인 그는 역시 한국에 있어서의 공군 작전에 참가하게 되었으나, 신문의 보도와 같이 그는 또다시는 돌아오지 않았던 것이다.

이와 같은 제임스 중위의 불상사는 한국에 있어서의 커다란 뉴스였을

---

1 James Award Van Fleet(1892~1992) : 미국의 군인. 제1차 세계대전 참전. 제2차 세계대전에 연합군의 노르망디 상륙작전의 사단장으로 지휘. 1951년 한국전쟁 때 미군 제8군 사령관으로 임명. 공군 조종사로 함께 참전했던 외아들을 잃음.
2 영식 : 윗사람의 아들을 높여 이르는 말.
3 원본에는 '한국 전쟁'으로 표기됨.

뿐만 아니라, 일반 시민에게도 큰 감명을 주었다. 우리나라 신문은 대대적인[4] 보도를 하였고, 이 대통령도 밴 장군에게 위로의 서간(書簡)을 보내었다는 것도 알려졌다.

그리하여, 다방에 모여 앉은 우리들은 제임스 중위 행방불명에 관한 외신의 이것저것, 또한 육군은 템포가 늦어 공군을 지망하였다는 그의 현대적 감각, 이혼한 그의 아내는 현재 뉴욕 브루클린(Brooklyn) 근교에서 이 비보(悲報)를 들었을 것이라는 AP(The Associated Press of America)의 기사가 참으로 감명적이었다는 것을 주고받았다.

더욱이 화제의 발전은 한국 고관의 자식들은 전사는 고사하고 일본으로 도피하거나, 그렇지 않으면 병정마저 기피하여 버리는데, 외국에서는 이런 일이 있기보담도 솔선, 자제들이 전쟁에 참가하여 공산군과 싸우고 있고, 또한 전사(戰死)를 하는 데는 경탄치 않을 수 없었다고 이야기를 하였다.

이러한 우리들의 대화 도중, 공보원(公報院)에 있다는 V. 브루노 씨가 찾아왔다. 그는 나와 처음 만나 반가이 악수하면서 '시'를 한 편 써 달라는 것이다.

한 편의 시란 지금까지 우리를 화제의 중심이었던 밴 플리트 장군에게 보내는 헌시(獻詩)라는 것이다.

나는 우연히 생기는 일체(一切)의 현상에 놀란 일이 한두 번이 아니나, 밴 장군에게 보내는 시를 써 달라는 데도 좀 놀랐다.

시인이 대통령을 위해서, 국무총리를 위해서 시를 썼던 시절은 이미 지났다.

---

4 원본에는 '대대ㅁ인'으로 표기됨.

옛날엔 궁정 시인이나 계관 시인(桂冠詩人)도 있었던 것인데, 현대에 와선 시인(개인) 자체가 사회적 지위를 확립함에 있어서 어떤 권력 있는 자의 관력(官力)에 아부하던 시대는 지났다고 생각된다. 그래서 다소 고민하였다. 밴 플리트 장군의 환갑을 한국 정부와 미 대사관에서 공동으로 경축하는 식석(式席)에서 무초 미 대사가 장군에게 바치는 시를 쓴다는 데 대해서……. 허나 결국엔 시를 썼다.

그 이유는 우리 한국 인민의 자유와 행복을 보장하기 위하여 침략자와 싸우는 미 제8군 사령관인 밴 플리트 장군에게 한국의 시민의 하나인 나는 시인으로서보다도 인간으로서 최대의 경애와 감사의 마음으로 보답하여야 할 것이며, 더욱이 이역(異域) 수만 리 황폐한 싸움의 터전에서 초연(硝煙)과 파성(破聲)의 요란함을 받아 가며, 아들 제임스 중위의 행방불명(거의 전사일 것이다)이란 괴로움을 참아야 할 심정인 장군의 환갑 축회를 마음껏 축하하는 것도 한국 사람 된 도리일 것이다.

브루노 씨는 나를 데리고 모 중국 요릿집으로 갔다. 조용한 방 한구석에 앉아 나는 근 80행에 달하는 시를 썼다.

브루노 씨는 원래가 화가라 하며, 시에 대해서도 제법 견식(見識)이 높았다.

"당신의 시도 좀 E. E. 커밍스(Edward Estlin Cummings, 1894~1962, 미국)와 같은 조자(調刺)의 맛을 띠었으면 좋겠소."

그는 제언했으나 그리 반갑지 않았다.

내가 쓴 시의 제목은 「당신은 지금 얼마나 행복하십니까」인데, 이를 영역(英譯)으로 옮긴 것 'WHANGAP(還甲)'으로 되어 있고, 또한 시구에, "북한 어느 이름 □□곳에서 제임스 중위가 당신의 오늘을 축하하듯이 우리도……."

이런 구절은 삭제하였다. 왜 그 구절을 마음대로 고쳤느냐고 브루노 씨에게 물은즉, 환갑 축하식에서 그런 소리가 나오면, 다소 마음이 쓰라리게 될 것이라고 한다. 일리 있는 것이라고 긍정하였다.

보잘것없는 나의 헌시는 영문으로 완역되어 도안 문체(圖案文體)로 청서(淸書)되고, 이것을 밴 플리트 장군에게 무초(John J. Muccio)[5] 대사가 바친 것을 그 후에야 알았다.

시를 써 보느라고 여러 해 동안 애를 썼고, 더욱이 천성의 비극의 하나로 시에 뜻을 바친 이상, 나는 시를 쓰는 데만은 성실하려고 했다. 그러나 살아 있는 그 누구에게 헌시는 해 본 적이 없다. 대수롭지 못한 몇 줄의 글 나부랭이라 할지라도 내 시의 정신을 그리 쉽사리 남에게 바치기 싫었고, 반면 자존심이기도 했다.

밴 플리트 장군은 무척 즐거웠던 모양이다. 몇 번이나 읽었다고 한다. 전연 이름 모를, 알지도 못하는 한[6] 한국의 젊은 시인이 보내 준 시 한 편에 장군의 전고(戰苦)가 위로되었고, 환갑 축하회가 빛났다면 유엔 장병의 용전분투(勇戰奮鬪)로…… 그들의 피의 대가로 우리가 안정하고, 자유롭게 살 수 있는 터이므로, 나는 시민의 한 사람으로서 참으로 당연한 일을 했다고 생각한다.

(『세월이 가면』, 근역서재, 1982. 1. 15)

---

5 존 무초 : 1948~1949년 특사 자격으로 남한에 머물렀고, 1949~1952년 주한 미국 대사를 역임.
6 원본에는 '일(一)'로 표기됨.

제3부

여행기

19일간의 아메리카

— 미국의 웅대성 삼림이 말하는 듯 무성한 수목엔 감탄을 불금(不禁)

(상)

　사실에 있어서 위대한 나라로 온 세계에 알려진 아메리카를 겨우 19일간의 체재(滯在)로써, 더욱이 워싱턴 주와 오리건 주의 일부 도시만을 본 필자가 운위(云謂)한다는 것은 지극히 난센스한 일이다. 그러나 19일간이나 단 하루일지언정 나에게는 내 스스로의 인상과 감명이 있을 것이며, 10년이나 20년을 지내도 진실한 아메리카의 진상을 파악하기 힘이 든다면 차라리 단기간의 견문이 다른 각도의 의의를 갖고 있는 것이 아닌가 생각도 된다. 솔직한 말로서 나는 아무 계획도 기대도 없이 '남해호(南海號)'라는 배로 떠났다. 시를 쓴다는 것이나 영화 평론을 한다는 일이 이 나라에서는 생활적인 직업이 되지 못하여, 나는 대한해운공사¹의 그늘진

1　大韓海運公社 : 1949년 해운업 및 수출입업을 위해 설립된 교통부 산하 공기업. 광복 이후 대한민국 최초의 국영기업. 1957년 주식회사로 전환. 1968년 민영화. 1980

책상 옆을 몇 개월간을 나갔다. 물론 고정된 수입도 없이 막연히 생활은 어떻게 되겠지 하며 친우들이 말리는 것도 뿌리치고 월급의 날을 기다렸다. 그러한 어느 날, 별로 일 같은 일도 하고 있지 않았던 나에게 배를 타고 아메리카를 한 번 가 보는 것이 어떠냐는 사장의 말이 떨어졌다. 꿈같은 일이라고 하기에는 너무도 우스운 일이었다.

×　　　　　×

모든 일을 선의로 해석하자는 것이 나의 금년에 들어서의 신조였다. 회사에 하루 종일 나가 있는댔자 신통한 일도 없고, 잠시나마 이곳을 벗어나는 것은 별로 불쾌한 일은 아니다. 그러면 떠나자. 여기저기서 빚을 얻어 가지고 몇 푼의 미화(美貨)로 바꾸고, 3일 후인 3월 5일에는 부산항과 작별을 했다.

그 익일인 6일에는 일본 신호항(新戸港)²에 기항(寄港)³, 9일 야반(夜半)에 내가 탄 배는 태평양으로 나갔다.

14일간을 고독과 풍랑과 싸우며 나는 나로서 22일 아침에 워싱턴주의 수부(首府)인 올림피아의 거리를 바라다볼 수가 있었다. 어찌 된 셈인지 어떤 목적인지 나도 모르는 사이에 아메리카에 오고, 배의 한 인원이 된

년 대한선주로 사명 변경. 1988년 3월 대한상선으로 사명 변경. 1988년 12월 한진해운에 합병.

2 신호항 : 고베항.

3 기항 : 배가 항해 중에 목적지가 아닌 항구에 잠시 들름.

의무로서 그 후 기항한 터코마, 에버렛, 아나코테스, 포트앤젤, 포틀랜드와 그 부근의 도시, 촌락 10여 개소를 구경했다. 교통비가 비싸서 먼 곳은 갈 수도 없고, 세부에 걸쳐 관찰한다는 것은 내 자신이 피하고 말았다. 여기서 말하고 싶은 것은 아메리카의 도시의 성격이나 구조는 인구의 비례에 따라 참으로 균형되어 있다. 터코마는 시애틀의 축소판이며, 건물의 높이가 인구를 말할 뿐이다. 도심 지대에는 회사와 백화점이나 극장이 있고, 그 테두리에는 공장과 학교, 교외로 나가면 주택지, 이러한 구조가 어느 곳이나 단일한 성격으로서 나타나고 있는 것을 나는 보았다. 여하튼 이런 이야기는 많은 사람의 입으로 우리나라에 이미 전해지고 있고, 제약된 매수로 상식적인 이야기는 되도록 피하는 것이 좋을 성싶다.

× ×

▲ 삼림…… 우선 놀라운 것은 산이 푸르다. 우리나라와 같이 붉은 산만 보던 나로서는 무서울 정도로 산의 수목들이 무성한 데 감탄하지 않을 수 없었다. 헴록(Hemlock), 유(Yew)의 이름으로 알려지고 있는 북서부의 수목들은[4] 거대한 아메리카의 자원임에 틀림이 없다. 우리들이 싣고 온 것도 결국 재목(材木)이었다는 뜻에서가 아니라, 가는 곳마다 삼림의 바다였다. 웨스턴 유의 평균 길이는 40피트이며, 100피트의 헴록은 온지대(溫地帶)에서는 200피트에까지 이르고 있다. 아나코테스에서 약 10여 마일 떨어진 곳에 있는 워싱턴 주립공원의 삼림의 아름다운 우아한 모습은 참으

---

4 원본에는 '樹들木은'으로 오기됨.

로 잊을 수 없는 것이다. 그리하여 내가 가 본 어떠한 도시의 대부분도 거의 재목 공장이 아니면 펄프 제작 회사의 간판을 내걸고 있었다.

여기서 생각되는 것은 '오늘의 아메리카의 원동력은 삼림에 있지 않은가?' 느껴지는 것이다. 최근의 아메리카 영화가 사진(砂塵)의 서부극에서 삼림과 하천의 서부극으로 옮겨진 것과 같이 재목은 집을 만들고, 예전의 다리(橋)가 되고, 철도의 침목(枕木)이 되고, 지류(紙類)로 변했다. 건물과 철도와 신문, 서적은 문명국으로서의 아메리카와 결부시킬 수 있으며, 오늘의 서부 영화가 도달한 풍물도 이러한 데 있지 않은가 한다. 창해(蒼海)와 같은 삼림은 아메리카의 웅대성을 말하는 동시 그 민족성을 나타내고 있다.

▲ 질서…… 민주주의는 자유와 질서의 발달을 의미한다는 말을 들은 적이 있다. 그렇다고 하여 과연 어느 정도의 자유가 아메리카에 보장되어 있는지 단기간의 견문으로써 나는 알 수 없으나, 그 질서의 확립에는 확실히 동의하는 바이다. 자동차가 보행하는 사람을 먼저 보내고 지나간다든가, 오전 2, 3시 보행하는 사람이나 달리는 차 하나도 없는 교차점에서 두 가지의 신호등을 지킨다는 것도 쉽게 거리에서 볼 수 있는 질서라고도 할 수 있지만, 그들은 일상의 어느 한 잠시간도 마음의 질서를 버리고 사는 것 같지 않다. 판매원이 없어도 그 대금을 놓고 신문을 들고 가는 것은 물론이고, 노동자가 시간을 조금도 어기지 않고 작업에 열중한다는 것도 질서의 정신이다. 백화점은 폐점 시간이 단 1분이 지나도 어떠한 고가(高價)의 물품도 판매치 않으며, 버스의 출발은 시간의 단 1분도 늦지를 않는다.

▲ 약속 시간의 엄수…… 우리나라 사람은 필히 배워야 될 일이다. 나는 내가 머무르고 있는 동안 매일 신문을 샀으나, 단 하나의 범죄 기사를 보지 못한다. 영화나 책에서 보고 들은 범죄의 나라 아메리카와는 판이할 지경이다. 백화점과 귀금속상 그리고 은행의 문이 철문을 내리고 있는 것도 한 번도 보지 못했으며, 겨우 조그마한 열쇠로 짤깍 잠글 뿐이다. 쇼윈도에는 많은 물건을 그대로 진열해 놓고 낮보다도 밝은 전등을 조명시키고 있다. 그러나 어떠한 사람도 유리를 깨뜨리지 않고 그저 보고만 갈 뿐이다. 거리의 청결도 그들의 질서를 말한다. 한국에서는 가는 곳마다 벽에 포스터가 더럽게 붙어 있으나 아메리카에서는 한 장의 광고 포스터도 보지 못했다. 겨우 영화 포스터가 그 극장 쇼윈도에 몇 장 걸려 있을 뿐이지, 참으로 거리의 벽들이 깨끗하다. 이러한 예는 아메리카의 자랑이며, 그들이 여러 면에서 질서의 관념을 버리지 않고 있다는 것을 말한다.

(하)

동양인에 대한 감정 호전(好轉)
정신면의 과대평가 불요(不要)

▲ 정신적 연령…… 나는 별로 상류 계급에 속하는 인사들과 접하지 못했다. 그럴 필요도 없었을 뿐 아니라 그런 여유와 환경이 되지 않았다. 그래서 배에 나와서 작업하는 노동자, 식당 주인, 서점의 주인, 자동차 회사의 세일즈맨, 중학교의 선생, 도서관장, 오일 회사의 사무원 등 중류 계급

이 아니면 하류에 속하는 사람들밖에는 모른다. 아메리카인들은 독서를 하는 것 같지가 않다. 신문을 사도 겨우 1면(정치, 해외, 외교, 그 외 오스카상 수여식 같은 톱뉴스가 게재된다)을 훑어보고 대부분은 광고란을 보는데, 그것은 물가의 저락(低落)과 생활품의 변동이 어떻게 되었는가에 대한 관심이다. 다시 말하자면 그들은 새 지식이나 문학 또는 철학에 정신을 돌리지 않아도 인생을 즐겁게 보낼 수 있는 시대와 생활 속에서 살고 있다는 것이다. 우리나라와 같이 일상의 생활이 빈곤하고 항상 마음의 불안이 있는 곳에서는 국민이 신문을 열심히 읽는다든가 소설을 보고 하면서 자기의 새로운 지식을 얻는 것이 다시없는 즐거움이 되는데, 그들은 이에 반하여 아침 일어나면 좋은 음식으로 식사를 하고, 좋은 자동차로 각자의 직장에 나가 즐겁게 일하고, 하루의 일이 끝나면 친구들이나 가족과 춤을 추든가 영화관에 가서 시간을 보낸다. 집에 돌아오면 텔레비전의 음악 소리를 보고 들으면 잠잘 시간밖에 남지 않는다. 이런 것은 너무도 평면적인 관찰이고 예(例)에 불과한지 모르나, 아메리카인은 여하튼 상식적인 것밖에 모르고 사는 것이다. 상식적이란 결코 소홀히 할 수 없는 것이지만, 우리는 상식에서 어떤 정신적 연령을 찾지는 못할 것이다. 자기가 맡은 일에 대한 것 외에는 알 필요도 없고, 그 외의 더 이상의 것을 안다는 것은 그들에게 있어서는 정신의 소화(消化)이다. 나는 그들이 정신적으로 연령이 어리다고 여기서 말할 수는 없으나, 우리 한국의 어떤 일부의 대표적인 사람과 그곳 일부의 동일한 자격의 인간을 비한다면, 오히려 우리들이 정신적으로 지식적으로 높은 위치에 있지 않는가 생각한다. 물론 아메리카 전반의 대가(大家)의 문화 수준은 우리가 비할 수가 없으나, 그러나 우리들이 조금도 정신적으로 뒤떨어져 있다고는 믿고 싶지가 않다. 그들이 노래하고 춤추고 자동차로 드라이브를 할 때 우리들은 열심히 지식을 흡수한다면 아메리카 문화와 다른, 새로운 문화가 우리나라에 생기고 사회와 가정의 생활이 높아질 것이다.

▲ 전쟁에 대해서…… 만나는 사람마다 한국과 미국 사람은 '죽음의 친우'라고까지 해서 나는 참으로 감격하고 말았다. 더욱이 내가 간 워싱턴과 오리건 주는 태평양 연안인 관계인지 몰라도 거의 대부분의 청년이 지난번의 싸움에 출정했었다. 현재 트럭 운전사가 된 R이라는 청년은 서울에서 온 나를 만난 것이 기쁘다고 함께 술을 나누었다. 그리고 돌아가면 YOUNGDONGPO⁵에 사는 어떤 여자를 꼭 찾아가, 지금도 사랑하고 있다고 전해 달라는 것이다.

그는 한국에서 다시 전쟁이 일어나면 다 가게 되고, 그 여자를 만날 수 있는데…… 그러나 사실은 전쟁은 싫다는 것이다. 만나는 사람마다 휴전이 되어 얼마나 좋으냐고 물으나, 내가 우리나라의 통일은 북진하는 길밖에는 없고, 전쟁만이 한국을 완전한 통일된 나라로 만들 것이라고 하는데는 쓴웃음을 지을 뿐이다. 아메리카는 근래 수년간 몹시 물가가 앙등(仰騰)⁶되었다 한다. 그 원인은 한국전쟁 때문에 세금(TAX)이 많아진 까닭이라고 한다. 지극히 피상적인 생각 같으나 사실일 것이다. 거기에 전쟁에 나간 청년은 많이 돌아오지 않았다. 그들 청년의 가족, 친척, 지기(知己)들 거의가 다 이곳 주민들이다. 다시 전쟁이 없으면 하고 원하는 사람은 나

---

5 영등포.
6 앙등 : 물건값이 갑자기 많이 오름.

와 만난 사람의 전부라고 해도 거짓말이 아니다.

한국인인 나와 그들 간의 의견의 오직 하나의 중대한 차이는 '전쟁'에 관한 것뿐이었다.

▲ 동양인에 대한 감정…… 여기서 동양인이라고 하는 것은 한국인과 일본 사람과 중국인이다. 내가 간 지방에는 일본 이민이 많이 살고 있으나 한국인은 별로 많지가 않다. 그러나 미국 사람들이 제일 좋아하는 것은 한국 사람이다. 함께 전쟁을 했다는 것도 그 원인이 되어 있고, 이승만 대통령과 같은 훌륭한 지도자를 가진 국민은 동양에서 제일 행복하고 좋은 민족이라고 한다. 일본인에 대해서는 아직도 2차전[7] 때의 적개심을 갖고 있으며, 심지어 포틀랜드의 어떤 고물상에서는 일본 선원에게 출입을 금지시키고 있는 데가 많다. 우리들도 간혹 일본인인 줄 알고 멸시에 가까운 시선을 받은 적이 있으나, 한국 사람이라고 안 후부터는 많은 환대를 받았었다. 중국인은 미국 사람의 관념으로서는 전부 공산주의자가 된 것처럼 생각하고 있다. 사실 대만에 사는 수백만과 그 외 외지에 나가 있는 천여만의 화교(華僑)들이 자유 진영에 남아 있으니 그렇게도 생각할 것이다. 일본서 온 이민들은 종전(終戰)이 되자 수용소에서 나와 당분간을 고생했으나, 재빨리 그전의 토지와 가옥을 찾고 사업에 종사한 관계상 지금 그들의 생활은 많이 향상되고 있는 모양이다. 그러나 직접적으로 어떤 억압을 그들에 주고 있지는 않으나 일본인에 대한 감정이 전쟁이 끝나고 10년이 되는 오늘날에도 의연히 나쁘다는 것은 일본인 전체가 그리 좋은

---

7 제2차 세계대전.

민족성을 가지고 있지 않다는 데 기인될 것이다.

×　　　×

　불과 19일간의 아메리카를 보고, 더욱 수매(數枚)의 글로 적는다는 것은 나로서는 몹시 위태로운 모험이 아닐 수 없다. 결론적으로 말하면 아메리카에는 많은 선량한 사람이 좋은 나라와 화회(和會)를 만들기 위하여 살고 있으니, 그러기 위한 첫걸음으로 서로 즐거운 개인과 가정생활을 하고 있다는 것이다.

(『조선일보』, 1955. 5. 13 · 17)

아메리카 잡기(雜記)
서북 미주의 항구를 돌아

떠나기까지

지난 3월 5일 부산을 출항하여 아메리카로 향하는 기선 남해호를 타기까지 나는 불과 1주일간의 여유가 있었다. 즉 2월 25일 저녁, 필자가 생활을 위하여 근무하고 있던[1] 대한해운공사(海公) 사장은 월급날인 그날의 월급 대신에 한번 미국 구경을 하지 않겠느냐는 말을 던졌다. 참으로 영문 모를 이야기에 잠시 놀랐다. 하지만 박 형처럼 문학을 전공하는 분으로서 한번은 태평양을 넘어[2] 미국의 풍물을 보는 것이 도움이 될 것이라는 사장의 부언에는 많은 그의 진의(眞意)를 엿볼 수 있었다. 사실 그 무렵 나는 무척 우울했다. 돌아온 지금 역시도 그때와 다름은 없으나 우두커니 회

---

1 원본에는 '있고'로 표기됨.
2 원본에는 '넘고'로 표기됨.

사에 나가 어떠한 부서에도 소속되어 있지 않은 '책상' …… 그것도 회사에서는 제일 낡은 물품……을 앞에 놓고, 남들이 일하는 것을 보고 있는 것 외에는 할 일이 없는 일을 근 3개월간 지속해 왔다. 이것은 참으로 어리석고 그리고 용이한 일이 아니었다. 허지만 회사에 나가는 길밖에 어찌 할 도리가 없다. 몇 줄의 시나 영화 평론을 들고 이 신문, 저 잡지사를 돌아다닌댔자 생활을 영위해 나갈 수도 없고, 더욱이 우리나라에서는 문필은 사회적인 직업으로 알아주지 않았기 때문에 어떤 큰 회사의 사원이라는 것이 도리어 체면을 만든다면 어찌 나로서는 피할 수 없는[3] 일이 아니겠는가? 여하튼 남궁(南宮) 사장[4]과 개인적인 친면이 있기도 해서 해공에 나가기로 했던 것이다. 2, 3만 환만 회사에서 얻으면 이 험난한 세상에서 겨우 가족의 생계는 해결되겠지, 분야는 다르지만 전에도 근무해 본 일이 있는 회사니깐 좀 실무를 배워가지고 안정해 보자는 이런 '각오'로 지난해부터 3개월 이상을 그 책상 옆을 지켰다. 그러나 사령도 없었을 뿐만 아니라 도대체 일거리를 주지 않는다. 추운 겨울날 남들은 땀을 흘리면서 사무를 보는데, 나는 떨면서 옛날 신문철이나 뒤적거려야 한다. 그분들을 보기에도 미안하고 나 자신도 무척 처량해진다. 그러나 이러한 몇 달을 보낸다는 것도 나에게 이처럼 해 주고 있는 사장에게 어떠한 뜻이 있는 것처럼 나에게도 생각이 있었다. 물론 사령이 없으니 월급도 나오지는 않았다. 겨우 사장의 호주머니 돈을 얻어 쓴 일이 몇 번 있었고…….

　그러나 한 1년 동안은 지속할 힘이 나에게는 있었다.

3　원본에는 '있는'으로 표기됨.
4　남궁련(南宮鍊) : 1954~1959년 국영 대한해운공사 사장.

…… 이러한 상태 하에 2월 말 미국에 갔다 오라는 것이다. 꿈이라고 할 수는 없으나 평상적인 일은 절대 아니다. 그래서 머릿속이 어찔해졌다. 사실 선박 회사의 직원이 해외에 간다는 것은 쉬운 일이다. 남들처럼 몇 달을 걸려 여권을 만들 필요도 없고, 승선 발령서 한 장만 받으면 선원 수속을 하여 그 선박의 직무를 형식적으로 얻으면, 일본이나 비율빈[5]이나 독일이나 세계 어느 곳이고 배가 기항하는 곳이면 마음대로 함께 갈 수가 있었다.

그래서 나도 이와 똑같은 절차를 밟았다. 원외(員外) 사무장이란 직함으로 선원수첩을 해사국에서 얻고, 3월 3일부터 남해호의 한 인원이 되었다. 원래는 4일 밤 부산을 떠날 것인데, 배의 전기사(電氣師)가 개인적인 사정으로 출항 시까지 승선하지 못했기 때문에 5일 정오에 기선은 기적을 울렸다.

기적 소리는 언제 들어도 처량한 것이다. 해방 후 처음으로 고국을 떠나는 나로서, 더 말하자면 심리적으로 무척 고통을 당하고 있던 나는 이 기적 소리가 귀에 들리자 무한한 정막에 사로잡혔다. 그전까지 혼란한 이 나라를 탈출해 봤으면 속이 시원해지겠다고 늘 생각했으나, 막상 떠나게 되니깐 마음이 서운해지는 것이었다. 허나 마음 한구석으로는 즐거운 기분도 있었다.

---

5 比律賓 : 필리핀(Philippines)의 음역어.

한국의 시인은 태평양을 건너 미국에서 무엇을 보았나?
술, 여자, 유학생!

일본

배는 현해탄을 6시간에 걸쳐 16마일의 속도로 달리고 있었다. 몹시 롤링[6]이 심하여 머리가 아프다. 그러나 뱃멀미는 별로 하지 않는 셈이다.

저녁 8시경 시모노세키와 모지 간을 지났다. 사방은 어둡고 거대한 남해호는 이 암흑을 조용히 뚫고 나가고 있다. 멀리 일본의 촌락에서 불이 빛난다. 그 불은 나에게 잠을 가리키는 것이다.

새벽 5시경 나는 처음으로 세토나이카이(瀨戶內海)의 풍물을 접할 수가 있었다. 바다는 아직 잠든 듯이 조용하다. 현해탄의 노기에 비하면 이것은 천사의 얼굴이다. 많은 섬과 어선들이 좁은 바다에 아름답게 떠 있고, 멀리선 붉은 태양이 점잖이 모습을 나타낸다. 배의 진로에 따라 태양은 바다에서 떠오르는 것 같고 또는 섬의 산봉우리에서 하늘에 올라가는 것 같다.

태양의 빛은 바다에 반사되어 푸른 물결은 어느 사이 붉게 물들고 있다. 마치 천연색 영화와 같은 아름다움이다. 여러 서적과 사람들이 이 좁은 바다의 우아한 미를 이야기한 것과 더욱 다름이 없는 인상적인 풍경이다. 이러한 몇 시간이 지나고, 배는 더욱 육지와 접근되어 기항지 고베(神戶)를 향하고 있었다.

일본의 해안 도시들이 눈에 환히 나타난다. 많은 공장의 굴뚝에서는 검

---

6 rolling : 배의 일렁거림.

은 연기가 오르고, 새벽부터 화물차는 짐을 재하고[7] 달리고 있다……. 움직이는 나라.

고베에 가까울수록 공장과 도시의 모습은 웅대하다. 여러 섬과 항구를 향하여 경쾌한 속력으로 떠나고 있는 신조 화물선은 아담하기 짝이 없으며, 우리의 배 부근에는 작은 어선들이 수백 척씩 일단이 되어 어로에 열중이다. 대강 두 사람씩 탄 2, 3톤의 어선들은 전부 합치면 수천 척이 될 것이다. 그들은 덱[8]에 매달린 나에게 손짓을 한다.

☆

오전 11시, 부산을 떠난 후 23시간 후 남해호는 고베에 입항했다. 가와사키(川崎) 조선 공작소 앞 독[9]에는 2, 3만 톤 급의 조선 중인 배들이 4, 5척이 있다.

이미 모든 풍경은 한국과는 딴판이다. 우리들은 해방이 되어 혼란한 몇 년을 보내고 다소 안정되어 생산에도 힘쓰며 살아가려고 할 때에 불의의 전쟁이 발발되고, 국토는 황폐화한 고장이 되고 말았는데, 일본은 그저 건설과 재건에 힘을 썼다. 고베와 오사카(大阪)의 거리는 완전히 복구되고, 새로운 고층건물이 많이 신축되어 있다.

4일간은 일본 구경을 했다. 고베, 오사카, 교토(京都) 등지를 편리한 전

---

7 載하다 : 싣다.
8 deck : 배의 갑판.
9 dock : 부두. 선창.

차를 타고 왔다 갔다 했다.

우선 크게 눈에 띈 것은 파친코라는 영업이다. 그것이 일본 국민에게 도움이 되는 일인지 어떤지는 알 수 없으나, 이 세 도시의 도심 지대에는 파친코밖에 없다. 교외에서는 공장이 움직이고, 환락가에서는 파친코 소리가 요란하다. 남녀노소를 막론하고 전 시민이 모여들고 있는 감이 있는데, 어떤 큰 영업 장소에는 천여 명 이상을 수용할 수 있다는 이야기를 들었다. 고베의 메인 스트리트의 대부분은 술집이다(물론 파친코도 많고). 아침 일찍부터 한두 시까지 술을 팔고 있으나 일본은 최근 불경기가 되어 우리와 같은 한국인이나 외국 사람이 오면 대환영을 받게 된다. 간사스럽고 애교가 많은 일본 여자들의 교태에 빠진 남해호의 선원들은 즐겁게 밤을 보내지 않을 수가 없다.

나는 기선 속에서 바라다본 육지의 세계와 상륙한 후의 육지의 내부가 참으로 다르다는데 놀라지 않을 수 없었다.

술과 파친코가 문제가 아니라, 일본은 기묘한 새로운 형태의 현실을 만들고 있다. 그것이 건전한 것인지 불건전한 것인지 내가 판단하기에 4일간이란 일자는 참으로 짧다. 허지만 내가 만난 몇 사람의 상류층(지식적으로)의 사람들은 무척 비관적인 전망을 하고 있다.

일본인은 술집과 상인을 제외하고 대체로 한국에 대하여 또는 한국인에 대하여 좋지 않은 감정을 가지고 있다. 아직 그들은 어리석은 우월감을 버리지 않고 있으며, 내가 욕설까지 한 어떤 일본 관리는

"이 대통령의 인기는 나쁘지요?"

라고 나에게 건방진 태도로 말했다. 그래도 나는

"적어도 그 국민에게 그 나라 원수의 얘기를 할 때, 너는 조그마한 경

의도 없이 참으로 실례로운 말을 하고 있지 않는가. 너희들의 민주주의는 그러한 것인지 모르나 우리 국민은 대통령을 시정적인 인기에 비해 볼 바도 없고, 더욱 너희들에게 우리 대통령의 훌륭한 얘기를 한댔자 알아듣지도 못할 것이다."
라고 말했다.

물론 이러한 것은 내가 겪은 단 한 사람이었으나, 대체적으로 여러 사람이 우리를 대하는 태도가 멸시적이라는 것엔 틀림없다.

앞에 있을 때는 웃고 좋은 낯을 보이나 뒤돌아서면 달라지고 있는 것이 일본인인 것이다. 이러한 단적인 예는 한일회담이나 최근 하도야마의 대공(對共) 정책에서도 쉽게 볼 수가 있다. 생산은 훌륭히 하고, 예술적이고, 많은 좋은 점이 있으나, 결국 일본은 대수롭지가 않은 것 같다. 더욱 미국을 보고 난 후인 지금,[10] 일본을 생각할 때 일본이 낳은 토이(玩具)가 세계적으로 우수한 것처럼 일본은 토이의 나라밖에 되지 않는다. 파친코로 소란스러운 거리는 '장난감' 자동차가 왔다 갔다 하는 것을 상기시키며, 아직 성숙지 않은 토이의 주인공들이 남의 흉내만 내고 있는 것 같다.

태평양에서

여행자의 기분으로 여하튼 즐겁게 술을 마시고 구경을 다닌 4일간의 일본을 뒤에 남기고 남해호는 9일 밤 고베를 떠났다.

배는 13일간 태평양을 건넜다.

며칠 동안은 갈매기도 있었다. 온몸이 흰 것도 있고 전부가 까만 것도

---

10 일정상 일본 여행이 앞서지만, 이 글을 쓴 때가 미국 여행을 마친 뒤이다.

있고 그렇다가는 동체만 희고 날개만 까만 여러 가지의 갈매기(조류학적으로 이름은 다를 것이나 나는 그것을 모른다)들이 날아왔다.

하늘은 거의 어느 날치고 갠 날이 없다. 구름과 안개에 가려 태양은 보이지도 않고 차갑다. 그래서 바람은 차고 진행하는 배의 덱에도 추워서 잘 나가지도 못하고 좁은 실내에서 담배를 피우거나 책을 읽는 수밖에 없다. 그 덕택으로 나는 테네시 윌리엄스의 『욕망이라는 이름의 전차』[11]를 세 번이나 읽었고, 다른 10여 권의 책을 독파할 수가 있었다.

같은 선내에서의 수일간의 생활이 지나자, 나는 처음으로 만난 선원들과 친교를 얻게 되었다. 선원 생활 35년이 되는 스토커 영감, 20년이 되는 보승, 그 외 20여 명의 고급 선원들과 이야기를 하게 된다. 책을 읽지 않으면 잠자고, 깨면 식사를 하고, 그 후엔 여러 선원들과 접하며 그들의 지난날의 환희와 비애에 잠겼던 체험의 이야기를 듣는다. 그래서 덕택에 많은 인간의 세계를 알게 되었다. 지금 생각해도 다행한[12] 일이다.

사실 선원들에게서 사회에 나와, '육지에 올라와' 배울 만한 것을 얻을 수는 없다. 그들은 육지의 사회, 아니, 현실적인 사회와 격리되어 있고, 그들은 육지를 무서워하고 있다. 배에서 담불[13] 소지[14]를 하고, 덱에 페인트를 칠하고, 엔진에 기름을 주입시키는 일 외에는 모르는 그들은 육지에

---

11 테네시 윌리엄스가 발표한 희곡 작품. 박인환은 극단 신협의 제38회 공연을 위해 이 작품을 번역했다고 밝히고 있다.

12 원본에는 '다행된'으로 표기됨.

13 담불 : 곡식이나 나무를 높이 쌓아 놓은 무더기. 이 글에서는 배 위에 놓인 물건들을 의미하는 듯.

14 掃地 : 땅을 쓺. 이 글에서는 청소하다는 의미인 듯.

올라가면 고아와 다름이 없게 된다.

외국 항구에 들어가 여자들을 껴안고 술을 마시면 그것으로 족하고, 1년에 두세 번 돌아가는 부산에 가서, 첫날 어린것과 아내를 만나면 벌써 바다와 외국의 항구가 그리워질 뿐이다. 그러나 선원들에게는 도저히 육지의 사람들이 가지고 있지 않은 좋은 점이 있다. 그것은 '순진'과 '버릴 수 없는 외로움'이다. 나는 이것에 매력을 느꼈다.

7시 반의 아침 식사가 끝나면 그들은 각자가 맡은 작업을 한다. 자기의 집을 거드는 것처럼 선내의 일을 한다. 갈매기들이 머리 위를 오고 가는 것을 보고 휘파람을 불며 적적함을 푼다. 롤링이 몹시 심해도 조금도 겁내지 않고 갑판 위를 뛰어다닌다. 기관부의 선원들은 기름으로 젖어 버린 작업복을 입고 기계와 기계 속 요란한 엔진 소리도 귀에 들리지 않는 듯이 책임 맡은 일을 소정의 시간까지 이행해 나간다. 그들은(몇 사람은) 내실에 가끔 들어와서는 옛날이야기를 하는 것이다. 앞으로 어떻게 하겠다는 것은 거의 생각지 않고, 그저 과거에 살고 있는 것이다. 쉽게 말해서 선원들에게는 희망보다도 회고가 앞서는 것이다.

남해호의 고급 선원들은 아직 젊다. 해양대학을 나온 26, 27세 정도가 대부분이다. 그들은 젊어서 그런지 또는 학교를 나오자마자 배의 사람이 되어서 그런지 아직 인간적으로도 미숙한 점이 많다. 허지만 훌륭히 배를 운항시키고 있는 것이다. 기술적으로 뒤떨어지지 않기 위해서는 열심히 항해에 관한 서적을 읽고, 컴퍼스와 해도를 가지고 한국민의 손으로 태평양을 용이하게 항해하고 있는 것이다.

남해호가 180도선(일부 변경선)을 지나, 며칠 후 아메리카 대륙에 가까워지자 바다는 잠잠해지고 속도는 평균 17~18마일로 달리고 있다. 샌프란

시스코와 캐나다 방송이 보내는 경쾌한 재즈 뮤직이 스피커를 통해 선내에 퍼진다. 삼각파[15]로 인한 피칭[16]의 공포에서 벗어난 나는 배에서 배급주는 맥주를 마시고 잠이 들었다.

이젠 저기압도 없다는 말을 선장이 했다. 2, 3일이면 아메리카에 도착한다. 배의 입항을 앞둔 청소 작업도 끝나고, 여러 사람들은 머리를 깎고, 깨끗이 면도를 한다. 웅대한 자연, 그저 푸른 파도와 푸른 하늘과 그 외엔 아무것도 없는 태평양을 건너서 온, 세계의 한촌 한국 사람은 아메리카에 간다는 것이 무한히 즐거운 일인 것처럼 생각하고 있다. 과연 무엇이 우리들을, 아니 나를 기다리고 있을 것이며, 무엇을 나는 보아야 할 것인가.

21일 밤 10시 5분 정각에 케이프 플래터리의 등대가 보였다. 이것이 처음 본 아메리카의 불빛이다. 배는 캐나다 밴쿠버섬과 아메리카 워싱턴주 사이의 해협을 달리고 있다. 나를 비롯하여 여러 사람들이 덱에 나가 담배를 피우고 있다.

아메리카 상륙

22일 아침은 하늘이 높이 개고, 우리들의 배는 내가 처음으로 보는 아름다운 풍경, 조용한 바다와 수목이 우거진 산과 그림처럼 고운 집들이 환히 보이는 좁은 해협을 지난 후, 오전 11시 45분 정각 아메리카 최초의 항구 올림피아에 입항하였다. 인구 3만가량의 이 작고 깨끗한 도시는 워

---

15 三角波 : 진행 방향이 다른 둘 이상의 물결이 부딪쳐서 생기는 불규칙한 물결.
16 pitching : 배나 비행기 따위가 앞뒤로 흔들리는 일.

싱턴주의 주부[17]이며, 그 청사는 우리나라의 중앙청과 비슷한 스타일의 건물이다. 세관에서 배에 올라와 몹시 까다로운 서치(수색)를 했다. 그들이 목적하고 있는 것은 혹시 아편이나 귀금속을 숨기지 않았는가 하는 데 있으며, 중국선 같은 데서는 그러한 물품이 적발될 때도 있는 모양이다. 그러나 우리들의 배에서는 그 여하한 것도 나타나지 않았으며 한국 선원들은 아편을 밀수시킨다는 것은 생각조차도 하지 않은 일이다. 그만큼 선량한 사람들이다.

상륙 허가증이 하부되었다. 그것을 가지고 있으면 남해호가 미국에 있는 동안에는 어디든지 갈 수가 있으며, 어떠한 곳도 들어갈 수가 있다. 그 후의 일이지만 사실 미국에서 어떠한 사람도 우리의 허가증을 보자는 사람도 없었고, 제복을 입은 경찰관은 시애틀에서 교통 정리를 하는 몇 사람 외에는 본 일이 없다.

올림피아에 2일간, 터코마, 시애틀, 에버렛, 아나코테스, 포트앤젤, 포틀랜드 등, 나는 여러 곳을 돌아다녔다. 올림픽 국립공원, 워싱턴주의 주립공원 등 가볼 수가 있는 데까지는 아침 8시부터 밤 한두 시까지 발목이 닳도록 왔다 갔다 했다.

◇ 술…… 제일 많이 들어간 곳은 역시 술집이다. 태번이란 곳에선 맥주와 와인을 팔고, 칵테일에 들어가면 위스키나 브랜디를 마실 수 있고, 카바레에서는 춤을 추거나 좋은 여자들을 만날 수도 있다. 대체적으로 미국의 맥주는 우리의 입에 맞지가 않는다.

---

17 主部 : 주요한 부분.

한국이나 일본에 와 본 일이 있는 사람을 만나면 오비(O.B) 맥주와 일본제 맥주를 찾는다. 그만큼 미국 맥주는 신통치가 않다. 심지어 광고문에 '이 맥주는 물이다' '칼로리가 없다' 까지 쓰여 있는데, 원인인즉슨 가정[18]에 맥주를 침투시키기 위해서는 주부(여자)가 애용하여야 되고, 맥주에 칼로리가 많으면 몸이 비대해지니깐 여자들이 피하게 된다. 그러니 하는 수 없이 몸이 퉁퉁해지지 않는 맥주를 많이 팔아야 하고 선전하여야 한다. 우리나라에서도 많이 볼 수 있는 블루리본, 버드와이저 같은 것은 미국에서 최고의 맥주이며, 한 병에 그것도 여기 사이다 병 정도의 것이 30~40센트 되니깐 참으로 비싼 것이라 하겠다.

우리들이 말하는 양주…… 위스키나 브랜디는 작은 잔으로 75센트에서부터 1달러를 받는다. 대개 술값은 어느 곳이나 비슷하나[19] 양주만은 각 주에서 직영하는 판매소에서 팔고 있는데, 한 병에 평균 6, 7불이니깐 우리나라에서 양주를 사 먹는 편이 되니 돈이 적게 든다……. 미국에서도 대개 칵테일에 들어와 위스키를 마시는 부류면 대체적으로 수입이 많은 사람들이거나 중류 이상에 속하는 사람들이다. 나는 사실 미국에 가면 싸게 좋은 술을 많이 먹자고 생각을 했으나, 이에 반하여 한국에서보담도 2, 3배에 가까운 돈을 쓰게 되었다. 허지만 술집의 구조나 분위기가 참으로 좋았으니 그게 그 값이다.

◇ 여자들…… 미국의 여자들은 대체적으로 건강하고 인물이 곱다. 물

---

18 원본에는 '가령' 으로 표기됨.
19 원본에는 '비슷하여' 로 표기됨.

론 좋은 옷을 입고 있다. 나는 한국에 온 미국 여자들밖에 그전까지 보지를 못했으니깐 대수롭지 않을 것이라고 생각을 했는데, 직접 그곳에 가서 가장 놀란 것은 그들이 참으로 곱고 아름답다는 것이었다. 백화점에 와서 물건을 사는 여자들, 거리를 보행하는 여자들, 칵테일이나 카바레에 나와 술을 마시고 춤추는 여자들…… 모두가 개성적인 미에까지는 이르지 못했으나 제법 조화가 된 화장을 하고 화려한 옷을 입고 있다. 그래서 그들은 훨씬 광채를 띠고 있는 것이다.

가정부인들도 심심하거나 생각이 나면 혼자서 술집에 들어가 맥주를 마시고, 좋은 친구를 만나면 춤을 춘다. 여학생들은 술집에까지 발을 뻗치지 못하나 카페에 들어가 커피나 아이스크림을 먹고 담배를 피운다. 그러한 여자들이 대체적으로 우리가 생각했던 것보담도 건전하고 잘생겼다. 내가 가장 의아하게 생각한 것은 미국에선 어린 중학생이나, 여학생까지도 모두 담배를 피우는 것이며, 그 부형들이 묵인하고 있다는 것이다. 어느 일요일 우리의 배 구경을 온 13, 14세 정도의 소년 소녀들이 모두 담배를 피우고, 한국제 담배를 좀 달라는 것이다. 그래서 '공작'[20] 담배가 교제용으로 환대를 받았다.

어느 기회에 알게 된 미스터 몬은 그의 딸 돈나 캠벨을 나에게 소개해 주었으며, 그의 집에서도 여러 번 가 보았다.

자동차 회사의 세일즈맨인 몬은 제법 생활을 윤택하게 하고 있고, 돈나는 귀여운 칼리지 걸이다. 우리들은 호숫가를 산보도 했고, 함께 살롱에서 음악도 듣고, 리처드 라이트[21]의 소설 얘기도 했다. 그래서 무척 친해

---

20 孔雀 : 대한민국 전매청에서 생산한 담배.

진 줄만 알고 나는 그에게 영화 구경을 함께 가자고 했더니, 먼저 혼자 가서 기다리라는 것이다.

"당신은 내일이면 떠날 사람이고, 나는 이 거리에 오래 살 사람이니, 함께 다니는 것을 사람들이 보면 자기에게 좋지 않다."

라고 돈나는 말하는 것이다.

◇ 유학생과 이민들…… 나는 5, 6명의 유학생과 세 가정의 이민 가족을 만났다. 유학생들은 우리들을 보고 참으로 기뻐하며 한국 이야기를 묻는다. 한국 소식은 그곳 신문에는 보도되지 않는다 해도 과언이 아니다. 그들은 많은 향수에 젖어 빨리 한국에 돌아갔으면 하고 원하고 있으나 학교의 졸업이 남았기 때문에 기다리는 수밖에 없을 것이다. 기숙사에 있다는 세 사람은 우선 책을 사고 용돈을 쓰는 데 큰 걱정이며, 일반 가정에 하숙하고 있는 학생은 자동차가 없어서 곤란을 받고 있다고 한다.

처음 도착하여 입학할 때에는 환영도 받았고 파티에도 여러 번 초대되었으나 지금은 그렇지도 않고, '돈'이 모자라 마음이 안정되지 않는다고 한다. 더욱 놀란 것은 그중의 한두 사람은 학교에 가지도 않고, 야간 공부에서 노동을 하고 놀고 있는 것 같았다.

미국에서 공부를 한다는 것은 참으로 용이한 일이 아니다. 더욱 외국에서 간 사람들에게 있어서는 학교보담도 빠지기 쉬운 여러 가지 것이 있다. 학생들은 단순히 미국에 와 있다는 어리석은 우월감에 사로잡히고,

---

21 Richard Wright(1908~1960) : 미국 미시시피주 출신의 흑인 작가. 백인에 대한 항의 소설 『흑인의 아들』(1940), 자서전 『흑인 소년』(1945), 에세이 『검은 힘』(1954) 등 흑인의 평등권을 주장했다.

미국에서 돌아가면 한국에서는 무엇이든지 할 수가 있다는 생각만으로 그날그날을 보내고 있지 않을까.

이민 가족들은 우리를 우정 찾아왔고, 나는 그분들의 차로 그들의 농장과 집 구경을 했다. 포틀랜드에서 한 30마일 떨어져 있는 그레섬에는 10여 년 전 몬태나주에서 나와 사는 박 씨, 김 씨, 황 씨의 세 가족이 있다. 대체적으로 그들은 하류 계급의 생활상태이며, 25에이커의 스트로베리 농장을 가지고 있는 박 씨 부인은 한국에 오고 싶으나 여비가 없다는 것이다. 2세들은 얼굴과 그의 부모만이 한국이지 그들에게, 다른 한국적인 것은 도저히 찾을 수도 없으며, 우리들 한국인이 찾아가는 것도, 그의 어머니가 우리들을 만나러 오는 것도 반갑게 여기지 않는다.

그리고 한국에서 30년 전에 이민했다는 현재의 집주인들도 한국에 나가면 장관이 아니면 높은 벼슬자리, 큰 이권이 반드시 있을 것이라고 믿고 있는 모양이다. 그리고 독립운동에서 많은 돈을 거출했다는 것과 자기들은 왜놈과 싸운 후에, 살 수가 없어서 미국으로 왔다는 것이다.

이민들이 우리를 찾아오는 심정은 두 가지 이유가 있다. 첫째는 한국 사람이 만나고 싶은 것, 둘째는 자기들이 한국에 사는 사람보담 훌륭하게 생활하고 있다는 것을 자랑하고 싶은 것⋯⋯.

끝으로 그곳에 사는 이민들은 서로 대립되어 잘 만나지도 않는 모양이다. 일본인들은 잘 합심하고 있는 데 비하여 한국인들은 정치적인 견해의 차이로 이웃에 살면서도 만나지도 않는다. 여기 관해서 구체적으로 적을 필요도 없지만, 한국인은 어디 가든지 정치에 관심이 많고 잘 분열되는 모양이다. (끝)

(『희망』 제5권 7호, 1955. 7. 1)

특종 기사

미국에 사는 한국 이민
― 그들의 생활과 의견

지금으로부터 30, 40년 전, 일본 제국주의의 대륙 침략이 치열의 고도에 달하였을 때 많은 우리나라 사람들은 제물포와 부산항을 떠나 태평양 저편을 향해 배에 몸을 실었다.

물론 이들의 대부분은 빈곤한 농민들이었으나, 그중에는 일상의 생계에는 풍유한 소작인도 있었고, 또한 일제의 발호에 항거한 끝에 하는 수 없이 그리운 조국 강산을 등지고 망명의 길을 낯선 나라로 택한 사람도 있었다.

오늘날…… 우리들은 이들을 미국으로 간 이민이라고 부른다. 미국뿐만 아니라 멕시코, 브라질로 간 사람들도 있으나, 여하튼 그들은 대지(大志)를 품고 거센 파도를 거쳐 새로운 세계로 향해 갔었다. 마치 메이플라워호에 몸을 맡긴 영국의 청교도와도 같이 박해와 굶주림에 시달리며, 더한 고초가 기다릴지도 모르고 혹시나 희망이 있을지도 모르는 미지의 땅을 찾아간 것이다.

태평양의 중심에 자리 잡은 하와이섬에 많은 사람은 내렸다. 그들은 미개발의 땅을 갈고 갖은 고난을 무릅쓰고 이 섬을 개척한 끝에 지금에 와서는 그곳으로 하여금 지상 낙원이라는 이름을 듣게 하였는데…… 그리고 수천 명에 달하는 한국 사람들이 지금도 제일 많이 거주하는데…… 필자가 찾아간 곳은 하와이가 아니라 미국 본토 오리건주의 한국 이민의 일촌락이었다.

불과 며칠간이 되지 않는 짧은 기간에, 더욱 일 촌락의 세 세대만 보고, 미국에 있어서의 한국 이민에 관해 글을 쓴다면 지극히 편견적일지 몰라도, 나는 그들의 생활과 의견을 솔직히 보도함으로써 아마 그것이 전체를 축소한 하나의 진실한 모습이 아닐까 하고 감히 붓을 들게 된 것이다.

찾아가기까지

오리건주 최대의 도시 포틀랜드는 태평양에서 컬럼비아강을 따라 150마일을 올라가야 한다. 태평양 연안에서는 굴지의 도시로 알려진 포틀랜드는 농업과 상업의 도시로서 춘하추동 일기가 청명하고, 교통도 무척 발달된 인구 50만의 조용한 거리이다.

나는 이곳에 이르자마자 어느 식당에서 점심을 먹었다. 바로 그때 문을 열고 25, 26세쯤 되어 보이는 동양 여성이 들어온다. 그리하여 유심히 나의 눈은 그 여성에게로 쏠리고, 그도 역시 나를 쳐다보는 것이다. 직감적으로 나는 그가 한국 사람이 아니라면 일본인으로 알고 곧 말을 걸었다. 잠시 후 우리들은 참으로 공통적인 화제를 발견할 수 있었다. 그것은 한국과 대통령 이승만 박사에 관한 것이었다.

그는 한국 이민의 제2세이다. 그림과 얘기로밖엔 한국을 알지 못하면서도 한국을 제2의 자기 고향으로 그리워하는 메이 박이라는 여성인 것이다.

함께 커피를 나누고 나서 우리들은 그 식당을 나와 메이 박의 자동차를 탔다.

그는 나에게 함께 자기 집으로 가자고 한다. 그리하여 나는 그것은 참으로 좋은 제안이며, 오래도록 내가 보고 싶고 알고 싶던 일의 하나라고 대답했다.

1953년형의 시보레는 45마일의 속도로 포틀랜드의 거리를 빠져나왔다. 자동차의 핸들을 잡은 그의 얼굴은 미소로 가득 찼고, 휘파람을 불며 가끔 나를 쳐다본다. 그래서 나도 웃음을 띨 수밖에 없었다. 지난 4월 5일의 포틀랜드의 하늘은 구름 한 점 없이 곱게 개고, 수목과 정원의 잔디는 눈부실 듯이 푸르다. 포틀랜드에서 20마일 떨어져 있는 그레셤(Gresham)까지의 연도에는 연이어 집이 있고, 어느 한 극장에서는 한국전쟁을 주제로 한 파라마운트사 영화 〈도고리의 다리〉'라는 것을 상연하고 있는데, 그는 차를 멈추더니 어제 저 영화를 온 가족들이 다 함께 구경했고 집에 와서는 한국 레코드를 틀었다는 것을 말한다.

우리들은 오리엔탈 부락이라는 곳을 지나고 한 5분 만에 그의 집 현관 앞에 이르렀다. 이 마을을 오리엔탈 부락이라고 한 것은 그곳 부락의 개발은 전부 동양인들의 손으로 이루어졌기 때문이고, 현재도 중국인 일본

---

1 〈THE BRIDGES AT TOKO-RI〉: 1954년 마크 롭슨(Mark Robson) 감독이 한국 전쟁을 제재로 제작한 미국 영화. 우리나라에서는 〈원한의 도곡리 다리〉라는 제목으로 개봉됨.

인 들의 몇 세대가 살고 있다는 것이다.

처음 만나고

그때 시간은 오후 두 시였다. 멀리 마운틴 후드라는 유명한 산이 보인다. 그 산봉우리에는 흰 눈이 내려 쌓이고 백열과 같은 태양을 반사하는 그 모습은 참으로 절경이라고밖에 표현할 수가 없다. 이 산은 미국에서 가장 알려져 있는 것의 하나이며, 우리 한국 이민의 세 세대는 그러한 좋은 풍경을 바라볼 수 있는 즐거운 곳에 영주의 집과 농장을 거느리고 있다. 메이 박은 지금으로부터 3년 전에 작고한 박용현 씨의 둘째 딸이다. 그는 박용현 씨의 미망인 즉 ─그의 어머니─ 멜슨 박 여사를 나에게 소개해 주었다. 그 부인은 나의 손을 힘 있게 쥐더니 즉시로 눈물이 글썽거린다.

"참 잘 오셨습니다. 반갑습니다."

떨리는 목소리로, 그러면서도 정확한 우리말로 이야기한다.

박용현 씨의 부처는 지금으로부터 32년 전에 한국을 떠났다는 것이다. 일본 놈에게 쫓겨 망명의 길을 미국으로 택하고, 처음 이른 고장은 이 오리건주 서북쪽 몬태나주이며 그곳에서 19년간 갖은 노동과 고초를 겪고, 겨우 얼마 안 되는 자금을 만들어 가지고 오리건으로 이주한 것은 13년째가 된다고 한다.

박 씨는 그가 생존하는 동안 한시도 한국을 잊은 적이 없으며, 열렬한 동지회 회원이었던 그는 조국 광복을 이룩하기 위해 가난한 생계에서도 푼푼이 돈을 모아 혁명 운동에 거출했다는 것이다. 부인은 죽은 남편을 위해…… 그를 나에게 잘 인식시키기 위해…… 눈물을 흘리면서 이야기한다.

"혹시 장석윤 씨를 아십니까?"

하고 나에게 묻는다.

"잘 알구말구요…… 내무부 장관을 지낸 후 지금은 국회의원입니다."

라고 내가 대답했더니 단번에 눈물을 씻으며 즐거워하는 것이다.

그전에 장석윤 씨와 함께 몬태나에 살았으며, 그는 용현 씨의 가까운 친구요, 동지였다는 것이다. 장 씨는 태평양 전쟁이 일어나자 미군 지원병으로 떠나고, 그 후 전혀 소식을 몰랐다고 한다.

나는 박 씨 부인의 안내로 응접실 겸 침실로 들어갔다. 집은 그리 크지 않은 목조이며 시가 6천 불이라고 한다.

벽에는 이승만 대통령의 사진이 걸려 있고, 그 옆에는 이 대통령으로부터 죽은 박 씨에게 보낸 감사장…… "대한민국의 건국을 위하여 귀하는 많은 노고와 자금을 거출한 데 대해서 참으로 감사하다"는 요지의 글을 적은 것을 나란히 걸었다.

생활과 의견

그들은 미국에서 최하 중류의 생활을 하고 있다. 그러므로 식생활에는 조금도 걱정이 없다.

직업은 스트로베리(딸기)를 전문으로 하는 농업에 종사하고 있다. 25에이커의 농장을 가지고 있으며, 앞으로 한 5에이커의 땅을 더 구입할 작정이라고 한다. 이곳의 토지 매매 시세는 1에이커당 500달러라고 하니 소유하고 있는 토지만 해도 1만 3천 불에 가깝다. 부인은 아침 일찍이 일어나 세수도 하지 않고 트랙터를 몰고 농장에 나간다(집은 농장 가운데 있다). 해가 뜰 때까지 부지런히 밭을 갈고, 그 후에 식사를 끝마치면 역시 밭에 나가 씨도 뿌리고 김도 맨다는 것이다.

일 년 열두 달…… 하루도 쉬지 않고 일을 하는 것만이 이 부인의 전부이며, 또한 이렇게 일하는 것은 한국과 자식을 위한 것이라고 한다.

박 씨에게는 딸 넷하고 지금 17세가 되는 아들이 하나 있다. 딸들은 모두 하이스쿨과 칼리지(대학)를 마쳤으며, 아들은 지금 하이스쿨에 다니고 있다. 부인은 30여 년의 미국 생활을 보내도 한국말을 잊어버리지 않고 있으나 2세들은 '어머니', '아버지'…… 이러한 몇 마디의 한국말을 알 뿐 그 외는 전혀 말하지 못한다. 그러나 메이 박과 그의 언니(이름을 잊었다)는 우리말을 거의 전부 알아들었다.

부인은 자식들이 훌륭하게 되어 한국에 나가서 나라에 도움이 될 수 있는 인물이 되기를 바라면서 살아간다는 것이 자기의 제일 큰 희망이라고 말하는 것이다. 그러나 그들은 어머니와 아버지한테서 들은 한국에 대해 그리 큰 애착심을 갖고 있는 것 같지는 않으며, 역시 세계에서 제일 좋아하고 사랑하는 고장은 미국이라고 나에게 솔직하게 말하였다. 메이 박은 나에게 이런 말을 했다.

"아버지는 한국 땅에 돌아가서 죽겠다고 하셨고, 어머니는 언제나 우리들이 한국에 갈 수 있느냐고 하지만 우리는 그 이유를 모르겠어요."

박 씨 부인의 분에 넘치는 접대를 받고, 해가 질 무렵 나는 그곳을 떠나야만 되었다.

부인은 한국에 돌아가면 장석윤 씨한테 자기 남편이 작고한 소식을 전해 달라고 나에게 부탁을 하고, 죽기 전에 꼭 한국에 돌아온다는 것이었다.

"한국이 좀 더 편해지고 살기 좋아진다면 될 수 있는 한 나오십시오."

하고 필자가 마지막으로 말하자 부인은

"그것만이 나의 꿈이며, 애들도 전부 데리고 나갈 작정입니다."

라고 쓴웃음을 지었다.

날은 어두워지고 내가 탄 시보레는 포틀랜드에 들어왔다. 나는 메이 박과 그의 남동생을 데리고 어느 카페로 들어가, 그들에게는 맥주를 사 주고 나는 위스키를 마셨다. 모든[2] 아메리카의 여자들처럼 담배를 피우는 메이는 역시 미국 여성이 틀림없는 것이, 5센트짜리를 뮤직 박스에 집어 넣고 〈파파 러브스 맘보〉[3]라는 음악을 듣는다.

"한번 코리아에 오시오."

"글쎄 돈 많은 남자와 결혼하기 전에는 힘이 들어요."

"그 전에라도 한번 와 보시지. 좋은 곳입니다."

"여비만 해도 몇 천 달러가 될 텐데, 어떻게요?"

나는 이제 할 말이 없어서 그곳을 일어나야만 되었다.

(『아리랑』 제11호, 1955. 12. 1)

---

2 원본에는 '모두'로 표기됨.
3 〈papa loves mambo〉: 미국의 가수 페리 코모가 부른 노래.

몇 가지의 노트

　아메리카에는 전통이 없다, 또는 경박하다, 역시 우리들을 매혹시키는 곳은 서구라고 하는 사람이 많다. 허지만 이것은 어디까지나 정신적인 면에서만 하는 말이지 그 외의 아무것도 아니다. 실상 우리들의 개념으로서의 전통이란 무엇일까. 여기에 대해서 동양 사람인 우리들은 하루 이틀에 서구적인 전통이 없다는 것을 곧 아메리카에 말할 수는 없을 것이다.

　아메리카, 나는 이곳에 대해 아직까지 어떻다는 것을 확정(確正)하게 말할 수 없다. 아메리카에 사는 사람들 역시 자기의 나라가 무엇을 지니고, 어떠한 인상을 남에게 주고 있는가를 모르고 있을 것이다.

　여하튼 아메리카는 광대한 곳이다. 마천루와 바벨의 탑과는 관련이 없건만 그들이 원대한 야욕을 품고 있다는 것을 솔직히 말한다.

　지금 회고하면 아메리카는 야욕에 불탄 이단자의 나라다. 구라파가 잠자고 그들이 발전에의 꿈을 버렸을 적에 아메리카의 사람들은 그곳을 벗어나 새 나라를 만들었고, 그들은 꺾지 못할 청춘의 힘을 그대로 지니고 있다.

전통이 없다? 경박하다? 하는 소리를 아메리카가 듣지 못할 리 없으며, 도리어 많은 그러한 비난을 받아가며 살아가려는 것이 아닐까.

결국 서구를 노년기로 본다면 아메리카는 청년기이며, 청년이 가지는 자랑스러운 힘으로써 생활하며 사고하며 행동하는 것처럼 나에게 보였다.

그들은 물론 전통을 무시하거나 자기만족에만 살고 있지 않다. 한 걸음 더 나가 좋은 현재와 그 생활의 환경을 만들고, 그것으로 하여금 다음 세대의 사람으로부터 비판을 받으려고 한다.

내가 타고 떠난 배는 우리나라에서 가장 크고 훌륭한 리버티 형(型)의 화객선이었다. 이것은 2차 대전 중에 미국에서 건조한 수송선이며, 현재 한국 해운계에서는 큰 자랑거리다. 허지만 아메리카에 도착하자마자 놀란 것은 시애틀을 지나 터코마에서 워싱턴주의 수부인 올림피아항에 이르는 해상에 수백 척씩 계선(繫船)[1]하여 놓은 천여 척의 리버티 형의 수송선이다.

이것을 볼 때 우리의 빈약성은 고사하고 아메리카가 가진 놀라운 힘에 먼저 경탄하여 버렸다. 그 후 다른 서적에서 본 바에 의하면 허드슨강에도 천여 척이 계선되어 농작물의 그레인[2] 창고로 선창(船艙)[3]을 사용하고

---

1 계선 : 배를 항구 따위에 매어 둠. 또는 그 배.

2 grain : 곡물.

3 선창 : ① 물가에 다리처럼 만들어 배가 닿을 수 있게 한 곳. ② 작은 배를 한 줄로 여러 척 띄워 놓고 그 위에 널판을 건너질러 깐 다리.

있다는 것이다.

캐나다와 서북쪽으로 접경을 이루고 있는 워싱턴주 북방은 무성한 삼림으로 알려져 있다. 헴록[4], 유[5]의 수목들은 요즘에 와선 재목이 되는데, 웨스턴 유의 평균 길이는 40피트, 100피트의 헴록은 온지대(溫地帶)에서는 200피트에까지 이르고 있다. 그리하여 내가 가 본 여러 도시의 대부분도 거의 재목 공장이 아니면 펄프 제작 회사의 간판을 내걸고 있었다. 그래서 생각되는 몇 가지 일 중 아메리카의 원동력 속에는 이러한 삼림의 힘도 크지 않을까 하는 점이다. 최근의 아메리카 영화가 사진(沙塵)과 암석의 서부극에서 삼림과 하천의 서부극으로 옮겨진 것과 같이 재목은 집을 만들고, 예전의 다리가 되고, 철도의 침목이 되고, 펄프는 지류(紙類)로 변했다. 건물과 철도와 신문, 서적, 도서의 발달은 현재의 문명국으로서의 아메리카와 결부시킬 수 있으며, 창해(蒼海)와 같은 삼림은 아메리카의 웅대성을 말하는 동시 그 민족성을 나타내고 있다.

민주주의는 자유화 질서의 발달을 의미한다는 말을 들은 적이 있다. 사실 개인과 사회에 있어서의 자유나 질서는 가장 중요한 일이며, 내가 단기간의 견문으로 느낀 것은 그들의 참다운 질서의 확립이다. 자동차가 보행하는 사람을 먼저 걸어가게 하고 지나간다든가 밤 한두 시 보행하는 사람이나 달리는 차 하나도 없는 교차로에서 적(赤)과 청(靑)의 두 가지 신호

---

4 hemlock : 미국 솔송나무.
5 yew : 주목(朱木). 주목의 재목.

등을 지킨다는 것도 쉽게 거리에서 볼 수 있는 질서라고도 할 수 있지만
그들은 일상의 어느 한 잠시간도 마음의 질서를 버리고 사는 것 같지가
않다. 판매원이 없어도 그 대금을 놓고 신문을 들고 가는 것은 두말할 것
없고 노동자는 자기가 맡은 작업에 조금도 시간을 어기지 않고 열중한다.
백화점은 폐점 시간이 단 1분이 지나도 어떠한 고가의 물품도 팔지 않으
며, 버스의 출발은 결정된 시간의 단 1분도 늦지를 않는다.

  나는 그곳에 있는 동안 매일 신문을 샀으나 별로 큰 범죄 기사를 읽지
못했다. 범죄의 나라 아메리카라고 생각했던 것과는 너무도 판이하다. 백
화점이나 귀금속상, 그리고 은행의 문이 이곳처럼 무겁고 두꺼운[6] 철문을
내리고 있는 것도 보지 못했으며, 겨우 조그만 열쇠로 짤깍 잠글 뿐이다.
대낮보다도 눈부신 쇼윈도 속에는 많은 물건을 그대로 진열해 놓았으나
유리를 깨트리고 훔친다는 것은 할리우드의 시나리오 라이터나 소설가의
창작에 그치는 것 같다. 결국 아메리카는 경제적으로 개인과 사회가 이미
안정해졌기 때문에 거기에는 혼란이 적어졌으며, 사람들은 양심이 가리
키는 질서의 즐거움을 맛보는 것이 생활에 있어서의 하나의 엔조이로 되
고 말았다. 넓은 서점 속에서 남자 사무원이 혼자서 일을 보고 있고, 주점
의 주인이 손님에게 술은 한잔 권할 땐 반드시 자기 주머니에서 돈을 꺼
내 계산기에 집어넣는다. 그것은 탈세를 하지 않겠다는 질서의 정신이다.

  여러 도시에서 많은 사람과 만났다. 그리 저명한 상류층의 사람이 아니
라 노동자, 식당 주인, 서점의 주인, 자동차 회사의 세일즈맨, 도서관장,
오일 회사의 사무원 등 아메리카의 사회를 구성하고 있는 중추층의 사람

---

6 원본에는 '두터운'으로 표기됨.

들이다. 그들은 모두 선량하며 양심적이며 친절하기 짝이 없다.

중학교의 선생인 M 씨는 나의 사진을 한 장 찍어주었는데, 내가 그것을 송부해 주었으면 고맙겠다고 부탁을 한즉, 한국에 돌아와 보니 이미 그 사진은 잘 포장되어 나의 집에 도착되어 있었다. 한국에서 근무해 본 일이 있는 K 씨는 자기는 이곳에서 만나는 한국 사람이면 누구나 후대하고 있다고 말하며 이곳에는 만나는 한국 사람이면 누구나 후대하고 있다고 말하며 이 대통령을 극구 찬양한다. 아나코테스에서 만난 화란(和蘭)[7]계의 H 씨는 우정 영업도 그만두고 나를 데리고 워싱턴주의 주립공원으로 안내해 주는 등 아메리카인은 내가 생각하기에는 세계 어느 나라의 사람보다도 친절한 것 같다. 그들이 흑인에 대한 인종 차별 때문에 많은 오해와 역선전(逆宣傳)을 듣기는 하지만, 본질적으로는 선량하며 서구 사람처럼 인색하지가 않다. 여행자에게 고맙게 해 준다는 것은, 더욱 그것이 이해관계를 떠나서 그러하다면 그것처럼 반가운 일은 없을 것이다.

오리건주에서 나는 어떤 한국인의 이민 가족을 찾았다. 포틀랜드에서 20여 마일 떨어진 곳에 있는 Gresham[8]이라는 곳이다. 오리엔탈 부락이라고 불리는 마을에 사는 세 세대의 한국 사람들 — 아니, 그의 가장인 부모만 빼놓고는 제2세부터는 아메리카 사람인데 — 은 지금 모두 생활에는 걱정이 없다. 마운틴 후드라는 백설이 휘날리는 유명한 산 밑에 자리 잡은 그들은 스트로베리의 농장을 경영하고 있으며, 그전까지는 백인의 소

---

7 화란 : '네덜란드'의 음역어.
8 그레셤 : 미국 오리건주 멀트노머 카운티에 위치한 도시. 미국 남북전쟁의 장군인 월터 Q. 그레셤의 이름을 따서 지어짐.

작인 노릇을 하였으나 이젠 자기들의 것이라 한다.

여기서 놀란 것은 가장 한국적 현상인 분열 상태가 그대로 남아 있다는 것이다. 이들 세 세대는 이웃에 살면서도 서로 반목하고, 만나 보지도 않고 있으며, 내가 이 집에 들렀다 다른 집으로 가 보는 것조차 싫어하고 있다. 원인인즉 국민회[9], 동지회[10], 흥사단[11]의 세 갈래로 독립운동의 단체가 다르다는 것이다. 적이 서러운 일이다.

나는 그중 30여 년 전에 도미하여 3년 전에 작고했다는 박용현 씨의 미망인이 사는 집에서 저녁 식사를 했다. 벽에는 이 대통령의 사진과 독립운동에 물심으로 많은 원조를 한 것을 감사한다는 우리 정부의 감사장이 걸려 있었다.

식사가 끝나자 미망인은 오래된 우리나라의 레코드를 틀고, 고국 생각이 난다고 눈물을 흘린다. 마치 불란서 영화 〈페페 르 모코〉[12]의 다미아와 같은 정경이나, 훨씬 감동적이다. 그는 오랫동안 침묵에 잠겨 아무 말도 없는데, 딸과 아들은 어머니의 그런 표정이 우습다는 듯이 그 옆에서 떠들고 있다. 피는 같으나 부모의 나라와 자기들의 나라가 다른 가족, 그들

---

9 國民會 : 1908년 장인환, 전명운 등이 통감부의 외교 고문인 친일 미국인 스티븐스를 샌프란시스코에서 권총으로 저격한 사건이 발생하자 미국 교포들의 항일 애국열이 고조되어 1909년 2월 1일 창립.

10 同志會 : 1921년 7월 이승만, 민찬호, 안현경, 이종관 등이 하와이 호놀룰루에서 만든 독립운동 단체.

11 興士團 : 1913년 5월 안창호의 주도로 미국 샌프란시스코에서 결성. 8도를 대표하는 청년들을 포함하여 25인 발기인으로 발족.

12 〈Pépé Le Moko〉 : 줄리앙 뒤비비에(Julien Duvivier, 1896~1967) 감독이 1937년에 만든 프랑스의 흑백영화. 주연은 장 가방(Jean Gabin).

이 이루고 있는 농장, 참으로 기묘하다. 그리고 이민들의 아들들은 아메리카 시민으로서 떳떳하게 자기 나라를 위해 일을 보고 있으나, 늙은 사람들은 죽기 전에 아니 죽어서라도 뼈는 한국 땅에 묻히고 싶다는 것이다.

끝으로 박 씨에게는 딸이 넷이 있다. 모두 혼기에 있는데 결혼을 하지 못했다. 중국인이나 일본인에게 결혼을 시키고 싶지는 않고, 백인과 결혼을 한다는 것은 아주 빈곤한 자를 빼고서는 몹시 힘든 모양이다. 그래서 마땅한 한국 사람을 찾아보는 모양인데 제2세의 한국 청년을 찾기 드물다. 외견으로서는 단순하지만 참으로 복잡한 심정이 이들을 지배하고 있다고 나는 생각하였다. 역시 한국 사람에게 있어서는 자기 나라에서 살고 결혼하고 생활하는 것이 좋을 성싶다.

(『세계의 인상』, 진문사, 1956. 5. 20)

제4부

서간

이정숙에게

그날 저녁 9시 10분에 부산에 도착하였습니다.

나와 내 친우들은 아직도 사람들이 살아 있는 최후의 거리인 바닷가의 무덤을 걸어 각자의 목적지로 향하였습니다. 이 편지를 쓰고 있는 시간은 이 집에서 나만이 눈을 뜨고 있는 조용한 새벽입니다. 어젯밤 나는 소설가 김광주 씨와 어느 술집 지붕 밑 2층에서 폭음하였으나, 정신은 참으로 명백하였습니다. 그러므로 나는 김 씨의, 저의 내부환영(來釜歡迎)을 즐겁게 받았으나, 지금 생각하니 나는 하루바삐 부산을 탈출할 생각입니다. 어디가 도시의 중립이며, 내 위치를 결정하여야 옳을지 도무지 분간 못하고 있습니다. 신문사 사장을 만났더니, "참 잘 오셨소. 여러 맹장(猛將)들이 내부(來釜)하였으니, 나는 안심이오." 하고 그는 반 야유의 말을 하자 그만입니다. 그래서 "나는 곧 얼마 있다 가족 있는 곳에 가겠습니다." 라고 확답하였습니다.

저는 부산에 방을 얻어서 내려온 것도 아니며, 무엇을 하러 왔는지 도무지 모릅니다. 그저 어떤 불안 때문에 내려온 것 같은데, 그 불안의 정체는 언제까지나 신비로운 것이 될 것이며, 그것은 인식 못 하고, 보지 못하고, 우리의 생명이 종막을 지을 것 같습니다. 김경린 씨를 만났습니다. 그와 오랫동안 문학에 대하여 이야기했습니다. 그와 함께 있을 때 나는 즐거웠습니다. 그리고 그만입니다.

앞으로 3일 후엔 대구에 가겠습니다. 신문사에 사표를 내고 가야 할지, 그것도 나 혼자서는 결단을 내릴 수가 없어서 여러 사람과 협의하겠으나, 지금의 심정은 그만둘 작정입니다.

이순용 장관께서는 참으로 요새 기분이 좋으십니다. 남들은 그만두실 것이라고 추측하나 내가 보기에는 좀 더 일할 것 같습니다. 참으로 훌륭한 분입니다. 얘기 한마디가 모두 격언 또는 그의 경험에서 우러나오는 것입니다.

오늘 이 편지 받으실 무렵 저는 어디 있을는지 모릅니다. 11시에는 이 (李) 통신과장(通信課長)과 만나기로 했습니다.

세형[1]이 보고 잘 이야기해 주시오. 아빠가 곧 대구에 돌아간다고, 참으로 사랑하고 있습니다. 누구라는 것은 당신이 스스로 생각하십시오. 다방에 오랫동안 나가 계시지 마십시오. 코티[2] 하나 사 보냅니다.

11월 5일 아침

편집 주 : 이순용(李淳鎔) : 1951년 5월 17에서 1952년 1월까지 조병옥 씨 후임으로 6대 내무부 장관을 지냄. 1952년 1월에 3대 체신부 장관에 임명되다.

(『세월이 가면』, 근역서재, 1982. 1. 15)

---

1 世馨 : 박인환 시인의 맏아들. 1948년 12월 8일 출생.
2 Coty : 프랑스제 화장 분.

사랑하는 아내에게

　그날 무사히 도착하였습니다. 그리고 지금까지 아무 변동 없이 지내고 있습니다. (……중략……) 세화[1]가 아프다니 걱정입니다. 우선 음식 조심시켜야 합니다. 당신의 책임은 어린애들을 잘 기르는 것입니다. 아프다는 세화가 불쌍합니다. 그 귀여운 얼굴로 몸이 아파서 찡얼찡얼거리며 '아빠, 아빠' 하고 나를 부르고 있을 것이니 더욱 귀여웁고, 더욱 애절합니다. 세화가 빨리 건강해지도록 오늘 저녁 자기 전에 하나님에게 기도 올리겠습니다. 세화보고 전해 주시오.

　세화야, 아빠는 네가 보고 싶다. 참으로 귀여운 세화야, 아빠는 네 곁에 있어야 할 것인데, 가족이 무엇인지 나보담도 우리 가족을 위해 지금 너와 떨어져 있단다. 세화야, 세형이 오빠하고 즐겁게 놀도록 빨리 회복해라. 할머니가 너무 먹을 것을 많이 주더라도 먹지 말고, 잘 네 몸 조심해

1　世華 : 박인환 시인의 딸. 1950년 9월 25일 출생.

라. 아빠는 네가 몹시 아프다는 말을 듣고 손에 아무 맥이 없다. 그리고 눈물이 난단다. 너, 내 사랑하는 딸 세화야, 빨리 나아라. 그리고 어머니 걱정시키지 마라. 세형이하고 잘 놀아라. 빨리 내가 집에 돌아갈 것이니 (원문대로—편집자) 우리 다 함께 즐겁게 만나자.

세화— 생각을 하니 또한 세형이 모습이 오고 갑니다. 그놈은 요즘 무엇을 하고 있습니까? 길가에 나가지 못하게 하시고, 직접 전해주시오.

세형, 길가에 나가지 말고 집에서 엄마하고 있어라, 응.

(……하략……)

박인환

(『세월이 가면』, 근역서재, 1982. 1. 15)

사랑하는 나의 정숙이에게

오늘 저녁 나는 당신에게 또다시 붓을 들었습니다.

나는 오늘처럼 우울했던 날이 없었습니다. 당신을 대구에 두고 나만이 부산의 거리(당신도 이 거리를 나와 함께 걸은 일이 있겠으나)를 헤매고 있는 것이 슬펐습니다. 나는 행운의 사람인데도 어째서 이다지도 쓸쓸한 것일까? 나는 나 혼자 여기 와서 우울한 것이 어디 있는가? 자문자답하여도 속이 시원하지 않습니다. 나는 당신과 떨어져 있는 것이 한없이 서럽습니다.

당신이 있는 곳에서 나는 살고, 나는 죽어야 합니다. 당신이 지금 내 옆에 없으니 울고 싶고, 웬일인지 죽을 것 같습니다.

방이 뭐냐, 돈이 뭐야?

나는 당신이 있는 곳이 한없이 그리워질 뿐입니다.

나를 당신은 욕하시오. 미워하시오.

당신이 말할 수 있는 모든 말로써 나를 꾸짖어 주시오. 나는 반가이 받아들이겠습니다. 당신이 내 곁에서 떨어진 것이 아니라, 내가 당신 옆에서 떠난 것 같습니다. 허나 나는 당신의 품안에서 지금 울고 있는 것 같은 심정입니다. 사는 것이 무엇이기에…….

나는 혼자서 바닷바람을 마시는지.

아! 용서하시오. 나는 너무도 무기력한 놈이 되고 말았습니다. 용기는 옛날에 팔아 버렸지요? 울고 웃으며 나는 이렇게 허무한 세상을 살고 싶지도 않습니다. 나는 지금 죽어도 좋으니, 웃음의 친구도 울음의 친구도 되고 싶지 않습니다. 오직 우울합니다.

절망입니다. 처자를 시골에 내던지고 죄진 자처럼 썩은 바다의 도시를 헤매고 있습니다. 아, 불행한 것이 나는 아니겠지요.

×   ×

사랑하는 나의 정숙,

나는 지금이 곧 당신의 무릎을 껴안고 힘 있는 대로 당신의 목을 끌고 싶습니다. 당신 없이는 세상에서 죽을 수도 없습니다.

술 한 잔 먹지도 않고 멀쩡한 정신으로 지금 미친놈처럼 나의, 나 혼자만의 독백을 붓이 움직이는 대로 솔직하게 쓰고 있습니다. 당신과 함께 영원히 지내도록 하나님에게 기도합니다. 우리 가족이 함께 모여 살 수 있도록 나는 나의 모든 정열에 바라고 있습니다.

사랑합니다. 사랑합니다.

돈이 없어 죽겠습니다. 그러나 사랑은 돈이 아닙니다. 이것은 나의 무한한 유일의 재산이며, 영원한 당신의 것이올시다. 안녕히 주무십시오.

14일 아침에 대구에 떨어집니다.

박인환 12일 밤

(『세월이 가면』, 근역서재, 1982. 1. 15)

정숙, 사랑하는 아내에게

신문 편에 보낸 편지 받으셨습니까?

부산에서 나는 언제나 당신이 어린애들을 데리고 넉넉지도 못한, 경제적 박해와 싸우면서 미래만은 꼭 행복할 것이라는 막연한 희망만으로 살아가고 있다는 것을 생각하니, 더욱 당신이 측은히 그리워집니다. 행복을 위하여 살아가는 것이 남의 부인이 된 당신일 것이라고는 또한 믿어지지 않습니다. 우리 두 사람이 어린애들을 사이에 두고 사랑하고 있다면 현재나 미래가 비참의 연속이라 해도 무엇이 두려울 리 있겠습니까?

나는 이렇게 믿습니다. 더욱 비참하여라. 이것을 이겨 나가는 것이 우리들의 생활이며, 또는 진실한 행복일 것이다라고. 18만 원의 월급 때문에 처와 별거하며, 이곳에 와서 돌아다니는 것이 아닙니다.

부부 생활이 이해와 사랑으로 결속된 이상, 나는 사회인으로서도 결함이 없도록 진력하여야 한다고 생각하고 있으며, 당신도 나의 성격을 그동안 ― 이것은 비가 많이 내려오던 1947년의 7월 하순부터 ― 알았을 것이므로 지극히 협조자라고 자신 있게 믿어지고 있습니다. 나는 지금 좋은 일을 하고 있다고 생각합니다(처자와 떨어져 있는 것은 나쁜 일이지만). 우선 신문사 일을 열심히 보고, 또는 문학 지망자라는 견지에서 남들은 나 같은 놈을 시인이라고도 합니다만…… 사물의 판단과 남이 하고 있지 않은 새로운 것에 대한 정신적 의욕의 충만에 노력도 합니다. 그리고 끝으로는 이순용(李淳鎔) 장관을 위해 최후까지 같이할까 합니다. 내려오던 날 밤(17일), 그다음 다음 날(19일), 오늘 밤(21일), 세 번 만나고 있는데, 3, 4일간의 대화가 의견의 일치를 보고 있습니다. 그분은 당신의 삼촌이라기보담 나의 존경하는 분입니다. 훌륭합니다. 태연자약(泰然自若)합니다. '모든 것'이 호전(好轉) 중입니다. 걱정하지 마십시오. 신(神)은 그를 버리지 않았습니다. 나는 그분을 위해 스스로 일하고 있다고는 생각지 않고, 남에게도 절대 그러한 것을 나타내지 않으나 장관은 저에게 감사하고 있습니다. 한국에서 최초와 최후를 겸한 분입니다. 앞으로 2개월 후면 늦어도 2개월 반이면 좋은 소식이 있을 것입니다. 진리는 그의 뒤를 따르고, 그는 인간으로서 가장 성실한 분입니다. 당신은 좋은 삼촌을 모시었고, 나는 그를 1948년에 알게 된 데 대해 당신에게 감사 올립니다. 체신부 장관은 얼마 하지 않을 것이며, 다른 곳으로 가게 될 것입니다. 누구가 무어라고 모략하더라도 귀를 기울이지 마시고 믿으십시오.

×   ×

돈도 없을 것이고…… 걱정도 됩니다. 스웨터는 2만 5천원 □을 보았습니다. 다른 것을 사려고 돌아다녀도 좋은 것이 없으므로 큰일입니다. 정 없으면 돈을 보내겠습니다. 명일(23일) 아버지가 이곳에서 6시 반에 출발하여 10시에는 대구에 내릴 것이니, 그때까지는 어떻게 합시다. 요즘 잠은 장관 댁에 있습니다. 내 일은 모든 것이 순조로우니 걱정 마시오. 한편 '공짜' 방도 구하는 중이고, 가능성도 불일(不日)¹ 내(內)로 있을 것입니다. 내 걱정 말고 잘 있으시오. 많은 키스, 키스 보냅니다.

정 씨 부처가 신문사에 찾아와 만났습니다. 당신이 26, 27일²까지는 꼭 올라오라고 한다는 말 듣고 명심하고 있습니다. 당신의 장구한 건강과 세형, 세화의 충실한 발육 있기를 빕니다.

박인환

김기□ 씨가 이번, 부인과 함께 살게 되었습니다.

아카데미 아주머니 류 여사에게 안부 전하시고 친하게 지내시오. 다방에 너무 오래 있지 마시오.

(『세월이 가면』, 근역서재, 1982. 1. 15)

---

1 불일 : 며칠이 걸리지 않는 동안.
2 원본에는 '일'이 누락됨.

정숙이

지금 막 고베(神戸)를 떠나려고 합니다(9일 7시). 앞으로 적어도 20일간은 당신에게 편지 못 합니다.

잘 있으시오. 쪼끔도 잊지 않습니다. 사랑합니다.

애들에게도 안부 전해주시오.

앞으론 더욱 행복하기를…….

선창에서 눈부시게 고베의 네온이 보입니다.

당신과 어린애들의 눈동자가 뵈입니다.

밤에는 잠 잘 자시오.

9일 밤 7시

박인환 서

(『세월이 가면』, 근역서재, 1982. 1. 15)

정숙이

13일간의 항해를 오늘 밤으로 끝마치고, 내일 아침에는 시애틀(Seattle)에 도착합니다. 4, 5일간은 뱃멀미로 고생했으나, 지금은 좋아졌고, 걱정은 잠을 하루에 두세 시간밖에 자지 못해서 큰일입니다. 집안일은 어찌 되어 가는지 궁금하기 짝이 없으나, 알 길도 없고, 그저 낙관주의로 지내기로 했습니다.

세형, 세화, 세곤[1]이나 잘 놀고 있습니까? 밤마다 당신과 애들을 꿈에 보고 헛소리를 합니다. 참으로 보고 싶습니다. 미국에 거의 20여 일이나 머물다가 한국에는 늦어도 4월 말까지 돌아갈 것이니 그때 즐겁게 만납시다. 집안이 무척 그리워집니다.

배 속에서는 하는 일이 없어서 하루에 책을 두 권가량 읽으며, 영어 공부도 제법 많이 했습니다. (······중략······)

---

1 世崑 : 박인환 시인의 2남 1녀 중 막내아들. 1953년 5월 31일 출생.

세형이 학교는 무슨 일이 있더라도 수송 초등학교[2]에 보내시오. 식모는 구했습니까? 얼마나 혼자서 애를 쓰는지. 이젠 돌아가면 절대로 고생시키지 않을 작정이며, 당신의 애정을 잘 알게 되었습니다. 내일 육지에 올라가 또 쓰겠습니다.

21일 밤

(『세월이 가면』, 근역서재, 1982. 1. 15)

---

2 원본에는 '국민학교'로 표기됨.

무제

그동안 안녕하십니까? 저는 별일 없이 이곳에 도착했습니다. 3, 4일간은 뱃멀미 때문에 꼼짝을 못 했는데, 얼마 후부터는 좀 괜찮습니다.

제 식구를 모두 내던지고 저 혼자 이렇게 편히 이곳에 오게 되니 참으로 죄송하옵니다. 그러나 좋은 시련과 체험이 되어 앞으로 살아가는 데 도움이 되면 좋겠습니다. 미국은, 더욱이 이곳은 캐나다 인접 지경이 되어서 대단히 춥습니다. 시애틀에 2, 3일간 있은 후 터코마(Tacoma), 올림피아(Olympia) 등을 거쳐서 포틀랜드(Portland), 그 후는 어찌 되는지 알 수가 없으나 두세 곳에 더 들른 후, 한국에는 4월 말이나 5월 초순까지는 돌아갈 것입니다.

그러면, 귀국한 후 뵈옵겠습니다.

안녕히 계십시오.

박인환 올림

(『세월이 가면』, 근역서재, 1982. 1. 15)

정숙이

22일 새벽 네 시, 우리들의 배는 빅토리아(Victoria)섬과 워싱턴(Washington)주의 좁은 해협을 통과했습니다. 그 지점은 붉고 푸른 등화(燈火)로써 배의 진로를 가리켜주는 케이프 플래터리(Cape Flattery)을 걷다 보라는 곳이며 캐나다와 미국과의 접경 사이를 배는 지나가는 모양입니다.

날이 밝자 유달리도 붉은 태양은 바다에 그 모습을 반사시키고 대안(對岸)을 두고 미국과 캐나다의 고요한 산과 집이 전망되어 옵니다.

유구한 삼림, 호수와 같은 조용한 바다, 적(赤)과 백(白)으로 이룬 인간의 가옥, 벌써 연기가 흐르는 집도 있습니다.

배는 먼저 올림피아시로 가기로 했습니다. 그래서 길게 뻗쳐져 있는 시애틀 항 앞을 지나가고 있습니다. 아침 여덟 시의 태양은 그 거리의 고층건물을 내리쬐고 있고, 우리들은 추위도 모르고 황홀히 그곳을 바라다봅니다. 해변가에 꿈에 나타나는 집처럼 아름다운 미국의 농촌이 보입니다. 택시(taxi)가 어느 집마다 그 뜰 앞에 한두 대는 꼭 있습니다. 한 한 시간쯤 시간이 지나간 후 정확히 말하자면 9시 35분, 배는 섬과 육지 사이에 가로놓인 길이 2천 미터가량 되는 다리 아래를 지나갔습니다. 그 웅장하고 우미(優美)한 다리의 모습은 뭐라고 표현할 길이 없습니다.

22일 오전 11시 45분에 올림피아에 도착했습니다. 이곳은 워싱턴주의 수부(首府)이며, 인구는 그리 얼마 많지 않은 곳입니다. 비가 내리고 있습니다. 상륙 수속 때문에 하루를 배에서 자고 23일 상륙했습니다. 이곳에 2, 3일 있은 후 터코마, 에버렛을 거쳐 포틀랜드에 가겠으니, 그땐 꼭 당신의 편지 받았으면 합니다. 그동안 한 달 동안만 참아 주십시오.

집안에 아무 일 없기를 바랍니다.

2, 3일 내로 또 편지하겠습니다.

3월 23일
박인환

(『세월이 가면』, 근역서재, 1982. 1. 15)

정숙이

오늘은 3월 28일입니다. 그동안 올림피아와 터코마와 시애틀, 에버렛을 거쳐 오늘 포트 앤젤레스로 갑니다. 아무 일 없습니다. 당신 스프링과 사이즈를 몰라 양복지를 샀습니다. 어린애들 것도 모두 샀습니다. 집의 생각이, 더욱이 당신 생각이 간절합니다. 돈도 거의 떨어져서 마음이 쓸쓸합니다. 세형, 세화, 세곤이에게 뽀뽀합니다. 4월 5, 6일경 포틀랜드에 갔다가 8, 9일경에는 향한(向韓)이 될 것입니다. 또 편지하겠습니다.

영원히 사랑합니다.

이 사진은 시애틀 시입니다(그림엽서의 뒷면을 말함. 화보 참조 ─ 편집자).

(『세월이 가면』, 근역서재, 1982. 1. 15)

무제

　28일 에버렛(Everett)을 떠나 지금은 아나코테스(Anacortes)라는 도시에 와 있습니다. 다음은 포트앤젤레스(Port Angeles), 포틀랜드이며 4월 10일경에는 미국을 떠날 것이며, 한국에는 늦어도 4월 이십오륙 일경에는 도착할 것입니다. 이 편지가 들어갈 때에는 세형이도 학교에 다니게 될 것인데, 참으로 그 모습이 보고 싶으며, 보지 못하는 것이 가슴 아픕니다. 생활은 어떻게 하는지, 여기서 걱정한댔자 소용이 없으나, 미안합니다. 얼마 동안만 참아 주시고, 앞으로는 행복하게 지냅시다. 그리워 죽겠습니다. 많은 것을 보고 배우고 있습니다.

　영원히 당신을 사랑합니다.

3월 30일

(『세월이 가면』, 근역서재, 1982. 1. 15)

무제

　4월 3일 마지막 도시 포틀랜드에 도착했습니다. 여기서 3, 4일 있다가 한국으로 떠납니다. 그러하니 18일경 본사에 조회(照會)하면 부산이나 인천에 도착하는 일차(日次)를 알게 될 것입니다. 인구가 51만이나 되는 참으로 크고 화려한 도시입니다. 이다음에 돈을 많이 벌게 되면 당신과 다시 한번 함께 오고 싶습니다.

　세형이는 학교에 가게 되었는지 궁금합니다. 여비는 오지 않았습니다. 내일 또 하겠습니다.

　4월 4일

　회사에는 한 17일경에 가서 물어보십시오. 황 경사한테 알아 달라고 해도 좋습니다.

(『세월이 가면』, 근역서재, 1982. 1. 15)

이봉구 형

오래간만에 인사드립니다.

폐허의 도시를 방황하는 명동(明洞)의 집시 ─ 형이 『서울신문』 지상에 글을 쓴 것을 보고 새삼스러이 형과 또한 우리들 청춘의 영원한 묘지인 서울이 한없이 그리워집니다. 지난해 초겨울인가 만추(晩秋)인가 기억은 없으나 부산에서 유서를 써 놓은 그 이름 '명동 할렐루야'를 우리 부부는, 서울도 갈 수 없고, 부산에도 내려갈 수 없었던 시절에 읽어 본 일이 있습니다.

요즘 죽지도 못하고, 그저 정신을 잃고, 바닷가의 무덤을 헤매고 있습니다. 부산은 참으로 우리와 같은 망각자가 살아 나가기에는 너무도 가열(苛烈)의 지구(地區)입니다. 저의 처와 어린 것은 그대로 대구에 남겨 놓고 나는 무엇이 그리워서, 또는 무엇이 그다지도 무서워서 부산을 걸어 다니는지 모르겠습니다.

서울은 참으로 좋은 곳입니다. 모든 수목과 건물이 삶 있는 자에게 인사하여 주는 곳이고, 만일 죽어 넘어진 것이 있더라도 그 어떤 정서와 회상(回想)을 동반하여줄 것입니다. 1946년에서 1948년 봄에 이르기까지 우리의 아름다운 지구(地區)는 역시 서울이었습니다. 그리고 서울은 모든 인간에게 불멸의 눈물과 애증을 알려주는 곳입니다. 마치 형의 글 속에 나타나는 '갈대'와 '성 명동 사원(聖明洞寺院)의 종소리'가 울리는 것처럼……

봄이 오기 전에 나도 명동에 나타나겠습니다. 군복은 절대 입지 않고 돌아가겠습니다.

송영란 여사는 행복하신지? 그리고 박태진(朴泰鎭) 씨도 안부를 전하여 주시오. 또한 듣는 바에 의하면, 옛날(6·25) 여인 소극장에 계시던 황경운 여사가 서울에 계시다는데, 혹시 만나시거든 살아 있어서 고맙다고 전언해 주시오. 좋은 시를 쓰셨던 분입니다.

끝으로, 이 형의 몸조심을 바랍니다. 체중이 느셨습니까?

16일 어(於) 부산

박인환

2, 3일 후 대구로 돌아가겠습니다.

(『세월이 가면』, 근역서재, 1982. 1. 15)

이봉구 학형

오래도록 뵈옵지 못했습니다. 언제나 생각이 나고, 또한 제(弟)가 올라가 뵈어야 하겠는데, 이토록 늦게 되었습니다. 가끔 편지나 해 주십시오. 신문사는 고만두고 지금 해운공사(海運公社)에 있습니다. 부산시(釜山市) 하면 편지가 오니 해 주십시오.

형의 건강을 빕니다.

인환

1953년 환도 전의 편지 ─ 편집자

(『세월이 가면』, 근역서재, 1982. 1. 15)

제 5 부

전기

칭기즈 칸(成吉思汗)

내가 죽더라도 싸움은 멈추지 말라고 외친 세계의 정복자 칭기즈 칸의 파란 많은 생애의 전모!

시대와 환경

바이칼호는 세계에서 가장 아름다운 호수의 하나이다. 어두운 삼림으로 덮인 높은 절벽, 거기에 수원(水源)을 뻗치고 있는 여러 급류, 넓은 호수를 뒤덮고 있는 안개, 상쾌한 공기, 고독과 정막, 이러한 모든 것은 여러 영웅적 인물을 출생시키는 데 적합한 곳이었다.

바이칼호의 동쪽에 있어서는 토지는 다시 광야로 되고, 거기에 많은 산악이 있으며 아무르강의 수원이 되는 많은 지류가 있다. 이들 지류의 하나인 오논강 연변에 후에 칭기즈 칸이라고 불리게 된 몽골인 테무친이 출생했다. 때는 서력 1162년이었다.

바이칼 지방과 그 동쪽은 산과 숲이 많고, 여러 하류(河流)는 건조되어 있다. 참말로 몽골의 국경은 광대한 초원이며, 봄은 녹색, 여름은 회색, 겨울이 되면 거의가 다 짙은 회색으로 변하고 만다. 거기에는 강물의 폭도 넓고, 수목이라면 여기저기의 계류에 얼마밖에 되지 않는 느티나무의 고목이 있는 데 불과했다. 남방 저쪽에는 고비 대사막이 있고, 그곳은 단지 모래와 먼지와 건조한 흙만이 있을 뿐이다. 이곳저곳에 사구가 있으며, 초록은 정류(檉柳)[1]와 가시덤불의 관목이 있을 따름이다.

사막은 편편하지 않고, 바람 때문에 기묘한 모습으로 되어 있어, 그 형상은 초기의 독일 예술 영화의 환괴한[2] 세트를 연상시킨다.

중앙아시아의 광막한 전 지방에는 가장 오랜 시대부터 둥근 텐트에 살고, 양육(羊肉)을 먹고, 말젖[馬乳]을 마시는 방목 민족(放牧民族)이 살고 있었다. 테무친[3]이 출생한 12세기경에는 원래부터 한 민족이었던 이 민족은 터키인, 퉁구스인, 몽골인의 세 가지의 주요한 부족으로 갈라져 있었으며, 각자 독특한 언어, 풍습을 가지고 있었다. 이 최후의 몽골족에 관해서 12세기에 이르러 그 추장 카불 칸[4]이 중국의 금조(金朝)에 대해서 반역할 때까지 거의 아무것도 알려진 바가 없었다.

몽골족에는 하나는 산림 속에서 사냥을 하고, 하나는 광야에서 방목 생활을 영위하는 것이었다. 그 내상을 모르는 문명인에게 있어서는 그 상쾌

---

1   정류 : 한국, 중국 등지에 분포하는 위성류과의 낙엽 활엽 교목. 높이는 5미터 정도. 가지와 잎은 약용하고 정원수로 재배함.

2   幻怪하다 : 덧없고 괴이하다.

3   Temuchin : 칭기즈 칸의 본명.

4   Khabul Khan : 칭기즈 칸의 증조부.

한 공기 속에서 광막한 대원야에서 자유로운 행복된 생활을 보내는 것처럼 생각되지만, 그들의 생활은 절대로 자유롭지 못했다. 그들의 방랑 그 자체가 가장 복잡한 도시 생활과 같은 엄격한 규칙에 의하여 지배되어 있기 때문이다.

또한 행복이라는 것에 관해서는 그것은 주로 주관적인 일이기 때문에 얘기할 필요도 없다. 이들 유목의 민족은 양, 소, 사냥 말을 기르고 있었다. 낙타는 아직 이 무렵에는 그리 보이지 않았다.

춘하추동, 일 년의 각 계절마다 다른 목지가 필요했기 때문에 그들은 말과 소와 개와 텐트와 부녀자를 데리고 이류하는 것이다. 여름에는 강기슭에 텐트를 치고 겨울에는 남방의 고비 지방의 호수 사이에 가을과 봄에는 이 양쪽 지방의 중간에 일시적인 텐트를 치는 것이었다. 이 텐트는 유목민의 창조이며, 그 중심이었다. 손쉽게 세울 수 있으며 또는 옮길 수 있고, 그것은 아시아의 광야의 사나운 바람과 비에 대한 훌륭한 보호이었다. 사냥은 또한 중요한 경제적, 사회적인 기능의 하나일뿐더러 유목민의 모든 시가(詩歌)이기도 했다.

이러한 전형적인 몽골인의 풍모는 어딘지 체구가 왜소하고, 머리는 둥글고, 골격은 튼튼하며, 갈색빛의 눈은 풍우와 모래알 때문에 충혈되어 있으며, 얼굴에는 털은 적으나 수염이 있다. 머리는 깎지 않고 바늘과 같은 검은 머리는 편발(編髮)을 하여 양쪽으로 내리고 있다. 이(齒)는 빛나는 것처럼 희고, 여러 사람들과 함께 있을 때에는 쾌활하고 사교적이나 간혹 침울한 표정을 할 때도 있다. 그러므로 이 글의 주인공 칭기즈 칸이라 할지라도 아마 이 표준에서 그리 다르다고는 생각되지 않는다.

몽골 사회의 기초는 족장적(族長的) 씨족(氏族)이며, 그것이 또한 여러 가족으로 나누어져 있다.

동 씨족 사이에서는 서로의 결혼이 용서되지 않으므로 젊은 청년은 그가 속하는 씨족 이외에서 아내를 구하지 않으면 안 된다. 이러한 결혼의 습관이 지배하는 모든 사회와 똑같이 허용된 씨족 간에서 아내를 발견한다는 것은 참으로 어렵고, 그 때문에 쉴 사이 없이 습격과 약탈이 일어났다.

테무친이 출생한 12세기경[5]이 되니까, 옛날부터의 낡은 씨족은 이어 분열되고, 새로운 적은 씨족이 무수히 생겼다. 이들의 족장의 의무는 그들 여러 사람에게 식물과 의복을 주는 것을 필요로 했으나 천연의 산물은 적고 이와 같은 원시적 경제 사회에 있어서는 충분한 의식[6]을 찾아낸다는 것은 곤란했기 때문에 틈만 있으면 다른 씨족을 습격하고 약탈하려는 호시탐탐한 상태였다.

족장의 무용과 지모[7]가 훌륭하면 훌륭할수록 그 부하는 안전했으며, 그러한 족장 아래에 점점 많은 부하가 모여들었다. 즉 무용 황금의 시대였다.

그러나 이러한 부단의 투쟁 속에 사람들은 암암리에 일대의 영웅이 나타나, 전 몽골 민족을 통일하고 질서를 이루며 의식의 분배를 한층 더 풍부하게 해줄 것을 기대한 것도 일면의 진리라고 하겠다.

중세기는 구라파에서도 가장 암흑의 시대로 되어 있는데, 이것을 동양의 그것과 비교할 때에는 아직 전자에 있어서 어딘지 젊고 씩씩한 것이 엿보인다. 이것에 반하여 아시아는 낡은 문화가 이미 퇴폐하고, 지배자는

---

5 원본에는 '13세기경'으로 표기됨.

6 衣食 : 옷과 음식을 아울러 이르는 말.

7 智謀 : 슬기로운 꾀.

토민의 고혈을 착취하는 데만 급급한[8] 시대였다.

즉 테무친의 몽골 통일의 과업이 겨우 이루어질 때 중국에 있어서는 송조(宋朝)의 세력이 차츰 약해지고, 북방에서 궐기한 금조(金朝) 때문에 그 북반(北半)을 빼앗기고 양자강 이남에 겨우 명맥을 유지하는 상태였다.

또 중앙아시아에 군림한 셀주크 대제국의 왕 무하마드는 용기는 있었으나 지모가 없고 자부와 탐욕만을 알았다. 칭기즈 칸이 몽골 통일을 이루었을 때 그는 이미 51세, 그리하여 66세에 죽을 때까지 겨우 15년간이었다. 그러나 그동안에 중국의 태반을 정복하고 서쪽은 멀리 인도, 코카서스 지방에까지 그 군대를 진출시킬 수 있었다. 이것은 원래부터 그의 군인으로서 또 정치가로서의 영재(英材)에서 온 것이긴 하나, 또 그 당시 몽골을 둘러싼 각국의 정권이 부패하고 퇴폐에 빠진 것도 크게 도운 힘이라고 하여야만 될 것이다.

젊은 테무친

테무친 칭기즈 칸의 아버지는 예수게이 바투르(용감한 예수게이)라고 부르며, 예수게이는, 즉 오랜 씨족에서 독립하여 모험을 구한 새로운 족장의 한 사람이었다.

그는 소수의 씨족을 그 통솔 아래 거느리는 데 성공했으나 아직 그렇게 중요한 인물은 되지 못했다. 어떤 날 오논 강변에서 사냥을 하고 있을 때 그는 메르키트족의 한 사내가 오로노트족의 한 소녀를 신부로 얻어 데리

---

8 원본에는 '흡흡한'으로 표기됨.

고 가는 것을 보았다. 예수게이는 소녀의 눈이 아름다웁고 더욱 자기들이 결혼할 수 있는 부족에 속하고 있는 것을 알았다.

그는 어린 처녀가 강가에 서 있는 것을 보았을 때 청년의 피가 온몸에 용솟음치는 것을 느끼고 자기의 갑자기 생긴 목적을 두 형제에게 알리기 위해 급히 텐트에 돌아갔다.

온몸을 무장한 그들이 강변에까지 달려왔을 때 젊은 부부는 아직 그곳에 머물고 있었다. 신랑은 세 사람의 형제가 무기를 손에 들고 그들 쪽으로 달려오는 것을 보자 즉시로 그 목적이 어디 있는가를 짐작할 수 있었다. 신부도 역시 그러했다.

호엘룬이라고 부르는 그 처녀는 그들과 대항할 수 없다는 것을 알고 한시라도 바삐 이 장소에서 도망치라고 자기 애인에게 설복했다. 신랑은 어두운 눈초리로 잠시 호엘룬을 쳐다보았으나 말에 채찍을 치자 저쪽 산을 향하여[9] 떠나버리고 말았다. 그리하여 그들은 힘도 들이지 않고 신부를 뺏을 수 있었다.

호엘룬은 최초의 남편의 아들을 가지지 않았으므로 예수게이는 자기의 장남이 틀림없이 자기의 피를 나눈 아들이라고 믿었다. 그는 부친이 그 추장의 한 사람을 포로로 해서 타타르인(韃靼人) 약탈에서 돌아온 날에 세상에 나왔다. 그 전승을 기념하기 위해 테무친이란 그 포로의 이름이 그 아들에게 수여되었다. 그 후에 호엘룬은 아들 셋과 딸 하나를 길렀다. 제2부인에 의하여 그는 또 두 아들을 얻었다.

예수게이는 자신의 힘을 확신했다. 장남에 대해서 적당한 신부를 찾아

---

9 원본에는 '행하여'로 표기됨.

야 할 시기였다. 소녀이 아홉 살 적에 부친은 어머니 쪽의 씨족인 오로노트족의 텐트 속에 장래의 신부를 찾기 위하여 소년을 데리고 갔다. 도중 그들은 다이 세치엔이란 교활한 족장과 만났다.

그가 예수게이에게 인사하여 말하기를 "형제여 어디를 가는가?" 예수게이는 정직하게 그 목적을 말했다. 그러자 그 약은 노인은 다음과 같이 그에게 말했다.

"너의 아들은 눈은 불과 같으며 빛나는 얼굴을 하고 있다. 어젯밤 나는 한 마리의 독수리가 그 손톱에 일월(日月)을 포착하고 내 손에 앉는 이상한 꿈을 꿨다. 일월은 단지 바라다보는 것인데, 흰 독수리가 이것을 포착하고 자기 손에 앉는다. 이것은 틀림없이 길징(吉徵)[10]일 것이라고 나는 생각했다. 지금 자네를 만나서 처음으로 어젯밤 꿈을 해명하게 되었네. 나의 집안에는 예전부터 미인이 많다. 형제 예수게이여, 나도 또한 집에 나이 어린 소녀를 가지고 있다. 우선 따라와서 한번 보게."

예수게이는 소녀의 모습이 아름다운 것을 보고 급히 약속을 맺은 후 오랜 습관에 따라 아들을 약혼한 소녀의 가족에게 맡기고 일어났다. 이 풍습은 오랜 모계 족장(母系族長) 제도에서 온 것이다.

"이 애는 개[犬]를 무서워하니깐 조심해서 놀라지 않도록 해달라"는 것이 예수게이의 최후의 말이었다. 그는 말을 타고 떠났으나 두 번 다시 아들을 볼 수는 없었다.

귀도(歸途)[11]에 그는 축연(祝宴)을 열고 있는 타타르인의 캠프를 발견했

---

10 길징 : 복되고 좋은 일이 있을 조짐.

11 귀도 : 돌아가거나 돌아오는 길.

다. 그는 그때 마침 배가 고팠다. 또 한편 유목민의 풍습으로서 도중에서 만난 사람들의 식사에 어울리지 않는다는 것은 예의에도 어긋나므로 그는 말에서 내려 축연에 들어갔다. 타타르인들은 즉시 그가 그전에 자기들을 약탈한 원수라는 것을 알았으나 광야(曠野)의 습관으로서 손님에게 향응을 거부할 수는 없어서 몰래 고기와 술에 독약을 넣었다.

3일 후, 이 병든 사내는 반사반생의 모습으로 겨우 자기들의 부락까지 돌아왔다. "아 가슴이 아프다. 누구 없느냐?"라는 그의 소리에 늙은 부하 차라크의 아들 만리크가 달려왔다.

빈사[12]의 사내는 아직 어린, 어린애들의 앞으로의 보호를 그에게 바라고, 테무친을 집에 데려오도록 말했다.

만리크는 소년 테무친을 집에 데리고 돌아오는 데 애를 썼으나 그들이 왔을 때는 예수게이는 이미 세상을 떠나버리고 말았다. 보호해 주는 사람도 없고, 다음에 남은 어린애들의 운명에 가슴을 아프게 하며……. 그것도 무리는 아니었다. 그의 통치는 그가 세상에 살아 있을 때에도 항상 온건하지 못했을 뿐만 아니라 부하들은 최초의 기회에 과부 호엘룬과 어린애들을 버리고 떠났다.

과부는 희생제에 가담하는 것을 거절당했다. 그가 항의하니깐 여자들은 캠프를 떠나도록 그에게 명령했다. 그는 가족과 함께 그 씨족에서 쫓겨나고 말았다.

---

12 빈사(瀕死) : 거의 죽을 지경에 이름.

×　　　×

　때는 봄이었다. 예수게이의 부하가 과부를 버리고 떠날 때 그들은 여름의 목지(牧地)를 찾아서 서서히 이동하고 있었다. 노인 차라크는 그들을 가지 못하도록 잡으려고 했으나 그들은 난폭하게 그것을 거절하고 노인의 어깨를 상하게 했다. 소년 테무친은 노인을 텐트로 방문하고, 반은 노인이 입은 상처 때문에, 반은 공포 때문에 울었다. 과부 호엘룬은 지금은 남자보다도 힘이 센 여장부라는 것을 나타냈다.

　말의 가죽으로 만든 깃발을 들고 호엘룬은 탈주자의 뒤를 따랐다. 정당한 권리에 의하여 과부 호엘룬은 지금이야말로 그들 모든 자의 두목으로서 통솔자인 것이다.

　그들은 그의 명령에 복종하여야만 된다. 용감한 호엘룬은 탈주자의 몇 사람을 잠시 동안 잡고 있는데 성공은 했으나, 한 사람 두 사람 그들은 몰래 도망치고 타이주트족의 견고한 연합(聯合)에 가입해 갔다.

　4인의 형제, 2인의 이모(異母) 형제, 1인의 여동생, 어머니, 그리고 겨우 한 사람의 하인인 노파만이 지금은 예수게이의 캠프에 남아 있는 모든 것이었다. 그들은 숲이 있는 강변에 살면서 모르모트나 들쥐를 잡고 생선을 먹으며, 때로는 나무뿌리나 풀을 먹지 않으면 안 되었다.

　그들이 이처럼 겨우 연명을 하고 있는 동안에 적(敵)도 가만히 있지는 않았다. 그의 부친을 알고 있는 타이주트족의 두 사람의 추장 탈크타이 길추크와 도도양 가드는 테무친이 살아 있는 동안은 불안심한 것을 알고 단숨에 그를 죽이려고 결심했다. 그래서 그들은 과부의 조그만 텐트를 습격한 것이다. "누구에게도 위독을 끼칠 생각은 없다. 단지 소년 테무친만이 필요하다"라고 소리를 지르면서.

테무친은 숲속으로 도망을 쳤으나 결국 허기가 져서 숲에서 나올 때 그들에게 잡히고 말았다.

탈크타이는 소년의 목에 칼을 채우고 타이주트족의 모든 텐트에서 하룻밤을 지내도록 명령했다.

어느 날 밤 그들은 오논 강변에서 축연을 열었는데 포로를 감시시키기 위해서는 겨우 한 명의 약한 청년을 남겼을 뿐이다. 테무친은 목에 건 칼로 감시하던 자를 찌르고 그를 기절시킨 후, 강으로 도망하고 머리까지 물속에 숙이고 말았다. 그들은 사방을 다 찾았다. 그를 친절하게 취급해 준 하인 소간 시라라는 자가 그를 발견했으나, 소년에게 동정하여 조심하라고, 안전해지면 알려 주겠다고 말했다. 탐색을 겨우 중단한 후, 소간은 이젠 걱정 없다고 알려 주었다. 테무친은 이 무거운 목 칼을 쓰고서는 집에 돌아갈 수가 없어서 밤중에 몰래 소간의 텐트를 찾았다. 소간과 그의 아들 둘은 친절히 환영해 주며, 그를 양털 아래 숨겨 놓고 위기가 사라진 후에 소년에게 말과 식량과 활[弓矢]을 주고 도망시켜 주었다.

가난한 유랑의 생활을 보내는 동안 소년은 해마다 강장(強壯)해지고 용기와 지혜를 겸비해 갔다. 카살은 이미 사수(射手)로서 명성을 높였고, 테무친은 현교(賢狡)한 청년으로서 도전에 대응하는 데는 언제나 용감한 청년으로 알려져 있었다. 말 도둑이, 거세된 여덟 필의 말을 훔쳐가지고 도망쳤을 때, 아주 완전한 파산이 그들을 휩쓸었다. 다행한 일로 베르그다이가 말을 타고 사냥을 나갔기 때문에 겨우 한 필이 남았을 뿐이다. 그가 돌아오자마자 테무친은 말을 타고 도둑의 뒤를 추격했다. 말 도둑의 뒤를 따랐다는 것은 교지[13]와 인내력을 필요로 하는 일이었다. 그러나 테무친은 훔친 말을 가지고 도망치는 것을 본 젊은 남자한테서 예기하지 않았던 조력을 얻었다. 그는 테무친에게 새로 백마를 주고, 두 사람은 3일간 기행을 했는데, 결국 어느 유목지에 도착하여 거기에 여덟 필의 거세된 말이 있는 것을 발견했다. 그들은 그 말을 데리고 떠났다. 그것을 본 말 도둑들은 맹렬히 그들을 추격했다. 백마를 탄 한 도둑이 선두에 서서 활을 쏘기 시작했다. 테무친도 돌아서서 활을 쐈다. 얼마 후에 밤은 어두워지고 추격은 중지되었다.

두 젊은이는 이 원정으로 원기 백배가 되고 영원한 우정을 맹세했다. 테무친은 그리하여 최초의 부하를, 그리고 그가 죽을 때까지 충실하게 그에게 일해 준 부하를 얻었던 것이다. 수일 후부터 그들은 또 민속하게 움직이는 기술을, 적이 숨어 있는 지점을 탐지하는 기술을, 그리고 결정적 순간에 습격하는 기술을 배우기 시작했다. 정복자는 어떠한 것도 빼놓지 않고 곤란한 청년 시대에 많은 것을 배웠다.

×   ×

지금 그는 생애의 제2의 단계에 들어가고 있었다. 그는 다이 세치엔의 텐트에서 보낸 날을, 그리고 그와 약혼한 사이가 된 소녀 보르테를 생각했다. 그는 결혼해서 그 방면에 있어서도 자기를 주장할 만한 시기였다.

늙은 다이는 그를 친절히 맞아 주고, 여자를 그의 아내로서 주었다. 테무친은 자기의 텐트에 돌아오자마자 그의 맹우이며 부하인 보갈기를, 아

---

13 巧智 : 교묘한 재주와 지혜.

내를 데리고 오라고 보냈다. 광야의 생활을 갈망한 젊은이는 까만 양의 채찍을 들고 말을 타고 달려갔다.

그는 지금 친구와 아내와 흑표(黑豹)의 외투를 가지고 있다. 이 흑표의 외투는 아내 보르테가 시어머니를 위해서 선물로서 가지고 온 것이다. 더욱 그는 네 명의 건강한 형제와 말과 양을 가지고 있다. 소년은 어느 사이 어른이 되고, 그의 귀에는 어머니의 복수의 말이 그칠 줄 모르는 음악처럼 들려오는 것이었다.

친구를 얻기 위해서 테무친이 당연히 최초로 간 곳은 그의 부친의 오랜 맹우 케레이트족의 트그랄 칸이었다.

옛날, 이렇게 테무친은 말했다. "트그랄은 내 부친의 친구였다. 그래서 그는 나에게 부친과 같다. 그는 지금 푸른 소나무 숲의 테유라 강변에서 살고 있다. 나는 아내가 가져온 이 흑표의 외투를 그에게 준다."

트그랄이 그 외투를 받았을 때 그는 즐거움을 숨길 수가 없었다.

"나는 너한테서 도망간 자들을 모아 너한테 가담하도록 하겠다. 너의 호의는 영원히 잊지 않는다."

그것은 젊은이가 줄 수 있는 모든 것이었다. 그의 번영의 최초의 상징 — 아내가 지참해온 흑표의 외투 — 그것을 준 것이었다. 그런데 그 선물은 그 이상의 효과를 거둘 수 있을 정도로 효과가 있었다.

이 소문은 갑자기 광야에 펼쳐지고, 수일 후에는 예수게이의 부하의 한 사람이었던 노인이 자식을 데리고 언덕에서 내려왔다.

"아들 제르미를 귀하게 맡깁니다. 귀하의 말에 안장을 놓고, 귀하의 문을 확 열어젖히시오."

기사는 최초의 종사(從士)[14]를 얻게 되었다.

최초의 성공 후, 최초의 그리고 최악의 패배가 있었다. 그것은 모든 일이 이 남자에겐 용이하게 성취되지 않았기 때문이다.

새벽 전의 희미한 빛에는 언제나 죽음과 같은 적막감[15]이 있다. 이 적막감 속에 호엘룬의 하인인 노타는 전속력으로 달려오는 말굽 소리에 눈을 떴다.

"마나님, 마나님." 그는 주인을 깨웠다. "원수 타이주트 형제가 쳐들어오는 것에 틀림없습니다."

"어린애들을 일으키시오."라고 호엘룬은 말했다.

테무친과 그 형제는 순식간에 말을 타고, 두 사람의 부하는 그들을 따랐다. 그는 모친을 자기의 딴 말에 태웠으나, 아내 보르테는 말이 없어 허둥지둥하는 판에 남게 되었다. 노 하녀가 그를 소가 끄는 귀비추우카(바퀴가 있는 차)에 태워, 그들은 단갈의 소류)를 따라 차를 달리고 있었다.

습격자는 타이주트족이 아니고 옛날 예수게이가 호엘룬을 훔친 메르키트족이었다. 그들이 오늘에서야 복수를 하게 되었다는 것은 차바퀴가 빠져 약탈자는 곧 그들을 따라갈 수가 있었다. 그들은 예수게이의 제2의 처, 즉 베르그다이의 모친을 이미 잡았고, 부자의 텐트에 양털을 자르러 가는 도중이라고 노파가 속이는 것도 뿌리치고 테무친의 신부 보르테를 그 자리에서 잡았다.

그들은 테무친을 발칸 산속까지 추격했으나 테무친은 깊은 숲속에 몸을 숨겼다. 그들은 그의 처를 잡고 지난날 똑같이 약탈된 호엘룬의 오랜 원한

14　종사 : 따르는 무사.

15　원본에는 '정막감'으로 표기됨.

을 풀었기 때문에 그를 산속에 남기고 두 여자 포로를 데리고 돌아갔다.

조심성이 많은 도망자는 3일간이나 산속에 숨은 후, 이제 안전하다고 생각했다.

테무친이 그동안에 생각한 것은 잃어버린 처의 신상에 관한 것이 아니라 자기 자신의 보전이었다. 그는 태양을 향해 목에 핏대를 걸고, 손엔 모자를 올려놓고, 가슴을 두들기며 아홉 번이나 머리를 숙이고 예례배[16]를 했다.

"발칸은 우리의 가난한 목숨을 살렸다. 그러므로 본인은 여기에 희생제를 올리고 나의 자손들도 여기 따를 것을 맹세한다."

그래서 그는 영원한 창공을 행하여 경례를 한 것이다.

오늘날까지 테무친의 이 도망을 기념해서 몽골에서는 '나도무'라고 부르는 대국민적 경기가 행하여지고 있다.

이 현명한 청년은 겨우 얼마 안 되는 수병[17]을 가지고 아내를 구출해 내는 일을 착수했다. 메르키트족은 보르테를, 호엘룬의 전 남편의 동생인 기르가에게 주었다. 몽골의 기록에 의하면 테무친은 케레이트 칸과 자무카 세치엔한테 가서 메르키트에의 복수에 가세해 줄 것을 구했다. 그들의 조력을 얻어, 메르키트의 캠프는 어느 날 밤 결국 테무친의 습격을 받고, 테무친은 환한 달빛을 온몸에 받으며 검은 텐트 사이를 뛰어다니며 아내의 이름을 미친 듯이 불렀다고 한다.

그러나 만일 우리들이 페르시아의 역사가 라시드를 믿는다면 사실은

---

16 예례배 : 예배(禮拜).
17 手兵 : 자기에게 직접 딸린 병졸.

이와 같이 로맨틱하지는 않았던 모양이다. 케레이트 칸은 계략을 써서 보르테를 데려왔는데, 그 여자가 남편의 텐트에 돌아왔을 때에는 예기에 반하야 자기라는 남자애를 낳았다. 자기의 장남이 타인의 피를 받고 나왔고, 아내가 마치 내버린 노예와도 같은 모습으로 돌아온 것은 이 청년의 긍지에 있어서 큰 타격이었다. 그것은 신부에게 있어서도 역시 같았을 것이다.

그 여자는 그 후 세 아들과 많은 딸을 낳고, 다른 여자들이 이 정복자의 아내로 되는 것을 보았다. 그는 항상 제1 부인으로서의 명예와 지위엔 있었으나 부부간에는 벌써 서로의 존경의 마음은 사라지고 있었다. 후에 그 여자는 캠프의 음송(吟誦) 시인과 공연하게 지나게 되어, 남편을 부끄럽게 했다. 일대의 영웅도 아내한테서는 행복했다고는 할 수가 없다.

만년

정복자 칭기즈 칸은 늙어 갔다. 그가 구라파의 온 나라에 준 공포는 조금은 그의 양심을 아프게 했다. 그는 여러 위대한 도시에서, 또한 교양이 있는 사람들 사이에서 자기가 참으로 무학문맹한 야만인이며, 자기의 병사들도 이와 같았다.

투쟁을 계속하려는 의지가 여하히 크더라도 인생은 결국 끝나야만 했고, 수많은 세계의 대국을 차차 정복해 보았으나 아직 정복되지 않는 나라가 남아 있었다. 그는 죽고 싶지가 않았다. 그에게는 자기가 제정한 법률이 가장 훌륭한 것처럼 믿었고, 전 세계가 그것에 복종한다면 얼마나 행복할 것이냐고 생각했다.

헤라트에 있을 때 포로에게, 이마아무인의 성자가 있었는데, 칭기즈 칸은 "자기의 위대한 이름이 후세에까지 남을 것인가?"라고 물었다.

그러자 성자는 "이름은 사람들이 남아 있는 곳에만 남습니다."라고 대답했다. 헤라트를 약탈한 기억은 그의 마음에 너무도 새로운 바가 있었다. 그는 강렬한 감정에 사로잡혀 활을 땅 위에 내던지고 격분해서 일어섰다. 그것은 그 답변이 그의 갑주 속에까지 찔러 들어오고, 그 자신이 자기에게 말해야 할 것을 주저하고 있었던 것을 말했기 때문이다.

또 같은 서장(西藏) 사이에 있어서, 그는 중국에 훌륭한 도교의 성인이 있는 것을 듣고 우정 편지를 보내 불러왔다. 정복자와 성인이 만난 곳은 사마르칸트였다. 정중한 인사가 교환된 후 칭기즈 칸의 최초의 질문은 "성인이여, 불로불사의 약을 가지고 있느냐?"는 것이었다. 생명을 보전하는 수단은 있으나 불로불사의 약은 없다고 답했다.

서장에서의 귀로의 길은 1223년의 봄에 시작되었다.

1226년 단구트 왕에 대한 전쟁이 또다시 시작되었다. 칭기즈 칸은 이번엔 철저하게 그들을 정복하고, 중국 정복에 대한 기지로 하려고 생각했다. 중국에서는 무쓰가리의 사후 다시 금(金)이 몽골에 대해서 머리를 쳐들려고 했기 때문이다.

그의 정신은 시야의 넓이와 본질적 파악에 있어서는 이전과 다름없이 명철했으나 육체는 이미 쇠퇴해 가고 있었다. 그 후 군대가 전선을 향해 진군해 가는 도중 그가 탄 당나귀가 들말[野馬]에 놀라 뛰는 바람에 그는 낙마해서 몹시 부상을 입었다. 그날 밤 열이 심해 드러누워서, 그는 자식들을 베갯머리에 불러 앉히고 말을 했다. "이번만은 나의 최후의 싸움이다. 나는 죽음이 가까워진 것을 알고 있다." 그러고 나서 자기가 건설한 대제국을 형제들이 친화하게 자기의 영토를 지키며 지배하도록 훈계했다. 탕구트족은 패배하고 군대는 중국을 향했다. 칭기즈 칸의 병은 나날이 더하여 이젠 사기에 가까워졌다,

"내가 죽어도 전쟁을 그만두지는 말라. 또 절대로 근심하지 말라. 적에게 나의 죽음을 알아채지 못하도록 해라."

라고 그는 막료들에게 말했다. 수부가 떨어지거든 탕구트의 왕과 부하를 전부 죽이라는 것이 최후의 명령이었다.

1227년 8월, 현대의 감숙(甘肅)[18]과 섬서(陝西)[19]와의 경계인 와이강 부근에서 그는 죽었다.

칭기즈 칸 매장의 땅은 오늘날까지 불명이다. 아마 그가 청년 시대에 생명을 구하게 된 발칸 산이라고도 한다. 페르시아의 역사가 라시드에 의하면, 어느 날 그곳에서 산사를 할 때 어떤 한 가지의 아름답고 고독한 나무를 보고 그는 속으로 깊은 감동을 느끼고, 그 아래서 잠시 명상하며 앉은 후 일어섰을 때 "여기는 내 영면의 땅에 적합하다. 잘 기억해 둬라."라고 말했다는 것이다. ─ (끝) ─

(『야담』 제5호, 1955. 11. 1)

---

18 간쑤(Kansu) : 중국 서북부에 위치한 성.
19 섬서 : 중국 중부에 위치한 성. 원본에는 '협서'로 표기됨.

제6부

설문

남북 요인 회담 요청이 일부에서는 농숙(濃熟)한 모양인데, 이에 대한 기대는 어떠하십니까?

1. 남북 요인 회담 요청이 일부에서는 농숙(濃熟)한 모양인데, 이에 대한 기대는 어떠하십니까?

설사 남조선에서 합의가 된다 할지라도, 북조선에서 참가할 것 같지 않습니다. 북조선에서 참가를 해도 국내 문제인 동시에 국제 문제인 만큼 우리 민족만의 합의로 해결될 문제가 못 될 줄 압니다.

(『새한민보』 14호, 1947. 11. 15)

---

1 설문에는 김준연(한민당 선전부장), 고재국(시민), 박인환(시인), 차명훈(명안 이비인후과 원장) 등이 참여.

5월 달에 당신은?

— 여러분은 이 화려한 5월 햇빛 아래 무엇을 하시겠습니까?

5월 달에 당신은?

여러분은 이 화려한 5월 햇빛 아래 무엇을 하시겠습니까?

1. 5월에 가장 생각나는 곳은?

—아직 계절에 사로잡힌 곳은 없으나 역시 서울입니다.

2. 5월에 입고 싶은 컬러는?

—좀 어두운 빛깔.

---

1 설문에 고제경, 장만영, 조흔파, 김광주, 김창집, 김용환, 오소백, 조병화, 송지영, 박인경, 김용호, 유호, 신상옥, 김경린, 이정희, 유두연, 박거영, 박인환, 김순복, 안동진, 서의돈, 강두순, 김용묵, 구인회, 김연숙, 석계향, 홍현오 등이 참여.

3. 만일 애인이 있다면 무슨 프레젠트를 하고 싶습니까?

−현재 애인이 있어도 프레젠트를 못 하는 저의 심정으로서는 어찌 이런 질문에 답할 길이 있겠습니까.

4. 만일 애인을 만난다면 어디로 가고 싶습니까?

−서울에서는 갈 곳이 없고 외국이라면 화가 고갱처럼 타히티 섬에 갈까요.

5. 5월에 꼭 하고 싶으신 일은?

−그저 좋은 시와 좋은 음악과 술을 마시고 싶습니다.

(『여성계』 제3권 5호, 1954. 5. 1)

설문[1]

(가) 6 · 25 수난 속에 숨은 선생의 미공개의 비화는?

있습니다. 그것은 영원히 잊을 수 없는 일이며 나는 지금도 좋은 일을 했다고 생각됩니다. 바로 9월 3일 부산으로 탈출하려던 도중 체포되어 이천에 포송(捕送)된 후, 나는 거기서 미군 포로 두 사람과 몇 시간을 보냈습니다. 그때 흑인 대위가 몹시 부상을 입고 있는 것을 성의껏 치료해 주었습니다. 그 다음날 두 사람의 포로가 광나루에서 폭사되었다는 것을 9 · 28 후에 알았습니다.

1　설문에는 김창집(대한출판문화협회장), 박인환(시인), 성준덕(시사통신사 사장), 김정석(치안국 여경(女警) 계장) 등이 참여.

(나) 6·25 수난을 통해서 보신 선생의 여성관은 어떻게 변하시었는지요?

저의 여성관이 변한 것이 아니라 여성 자체의 사념(思念)이나 행동이 달라졌다고 봅니다. 전(前)까지의 소극성이 적극성을 띠웠다고 일언(一言) 하고 싶습니다.

(다) 6·25 수난 때와 같은, 놈들의 침략전이 만일 다시 감행되어 온다면 선생은 어떻게 싸우시렵니까?

싸우는 방법을 생각해 본 일은 없으나 생명과 그 외 모든 힘을 아끼지 않고 대결하겠습니다.

(『국제보도』 33호, 1954. 5. 25)

제7부

기타

가을밤 거리에서

바람 속에 자동차가 굴러갔다
다리 위에서 나는 최후의 사람을 기다리고 있다

최후의 사람은 오지 않았다
가을밤 거리에 나는 서 있다

내일부터 겨울이 시작되어 간다
아 나의 낙엽과 같은 쓸쓸한 신세를 누구에게 맡겨야 하나

가을밤 거리에서 휘파람을 부니
지나가는 여자가 웃는다

지나가는 시간이여
부서진 청춘이여

모든 지붕이 가을바람 속에 잠겨 있다
다리 위에서 나는 별을 쳐다보고 있다

아 최후의 사람은 죽어 버렸다

가을밤 거리에서 나는 울었다

해마다 이러한 정막(靜寞)의 계절이
고층건물 아래로
쓰라린 바람을 던져 올 때
오지 않는 사람이여
죽어 버린 벗이여
또다시 가을밤 거리에는
내가 서 있는 줄 알아라

(『국민일보』, 1948. 10. 25)

書籍と風景[1]¹

書籍は荒廃した人間の風景に光彩を送る.

書籍は幸福と自由とある智慧を人間に知らせる.

いまは殺戮の時代.

侵害された土地では人間が死に,

書籍のみが限りない歴史を物語る,

久しい間, 社會が成長する間,

活字は技術と行列の混亂を起した.

風にはためく色々な頁,

その間には自由フランス共和國の樹立, イギリスの産業革命, ルーズ ヴェルト氏の微笑とともに,

ニューギニアと沖繩を經て戰艦ミズーリ號にいたる人類の道程があ らわれる,

すべての苛酷な回想をともなつて,

私は, 昔, 偉大な反抗を企圖したとき,

1　『詩學』 7권 5호(岩谷書店, 1952. 5, 50~51쪽)에 발표됨. 김경린(金暻麟)의 「午後と禮節」도 게재됨.

書籍は, 白晝の薔薇のごとく,

蒼然として美しい, 風景を胸に與えた.

ソ聯から歸つたアンドレ・ジイド氏,

彼は眞理と尊嚴に顔を輝やかせ,

自由な人間の風景の中で最も重要な要素である,

われわれは永遠なる風景のため自由を擁護しよう, と語り,

韓國での戰爭が熾烈の高潮に達したとき,

彼は侮蔑と煉獄の風景を凝視して出發した.

一九五一年の書籍,

私は探知した, 疲勞した躬で, 白雪を踏みながら,

この暗黒の世代をとりまくまた一つの戰慄がどこにあるかを.

永い間, 人間の力で, 人間であるがために,

現代の異邦人, 自由の勇士は世界の寒村韓國で斃れる,

共産主義の深淵から危機に逢着した人間の最後を救おうとして.

スコツトランドで愛人と別れたR・ジミー君.

チャン・ククの傳記を書いたペルチナンド氏.

太平洋の密林と様々な湖沼の疾病と鬪い,

バタンとコレヒドールの峻烈な神話を誇つたトム・ミチヤム君.

彼らは一個の人間ではない,

神の祭壇で,

人類のみの果敢な行動と憤怒をもつて,

愛も祈禱もなく,

無名高地や無名溪谷で死んだ,

私は眼を閉じ,

平和であつた日の私の書齋に限りなく群集する書籍の名を諳んずる.

一卷と一卷が人間のような個性があり,

死んでいつた兵士のやうに,

私に涙と不滅の精神を訓えた無數の書籍の名を……

これらは集つて,

人間が生活した原野と山と海と雲のごとく,[50]

印象の風景を私の胸に投影してくれる.

今, 爭いは續けられる,

書籍は炎え上る,

しかし, 書籍と印象と風景よ,

汝の久遠の言葉と表情は汝のみのものではない.

ルーズヴェルト氏が逝き,

ダグラス ・ マッカーサーが陸地に上るとき,

正義の炬火を吐いた諸々の艦艇と機銃と太平洋の波濤は波打つ.

かかる時間と歴史は,

また再び自由な人々が眞に保障されるときに反覆されるべきである.

悲惨なる人類の新らしいミズーリ號への過程よ,

わが書籍と風景は, わが生命を賭けた闘いの庭になる.[51]

(『시학』제7권 5호, 1952. 5. 30)

서적과 풍경

서적은 황폐한 인간의 풍경에 광채를 띠웠다.
서적은 행복과 자유와 어떤 지혜를
인간에게 알려주었다.

지금은 살육의 시대
침해된 토지에서는 인간이 죽고
서적만이
한없는 역사를 이야기해준다.

오래도록 사회가 성장하는 동안
활자는 기술과 행렬의 혼란을 이루었다.
바람에 퍼덕이는 여러 페이지들
그 사이에는
자유 불란서 공화국의 수립
영국의 산업혁명
F. 루스벨트[2] 씨의 미소와 아울러
'뉴기니'와 '오키나와'를 거쳐

---

2 Franklin Delano Roosevelt(1882~1945) : 미국의 32번째 대통령(1933~1945). 임기
   동안 대공황과 제2차 세계대전을 겪음.

전함 미주리호[3]에 이르는 인류의 과정이
모두 가혹한 회상을 동반하며 나타나는 것이다.

내가 옛날 위대한 반항을 기도하였을 때
서적은 백주(白晝)의 장미와 같은
창연하고도 아름다운 풍경을
마음속에 그려주었다.
소련에서 돌아온 앙드레 지드[4] 씨
그는 진리와 존엄에 빛나는 얼굴로
자유는 인간의 풍경 속에서
가장 중요한 요소이며
우리는 영원한 '풍경'을 위해
자유를 옹호하자고 말하고
한국에서의 전쟁이 치열의 고조에
달하였을 적에
모멸과 연옥(煉獄)의 풍경을
응시하며 떠났다.

1951년의 서적
나는 피로한 몸으로 백설(白雪)을 밟고 가면서

---

3 Missouri : 제2차 세계대전 때 미국 태평양함대에 속했던 기함. 1945년 9월 2일 일
   본이 항복문서에 서명한 전함임.
4 Andre Gide(1869~1951) : 프랑스의 소설가 · 비평가. 주요 작품은 『좁은 문』『콩고
   기행』 등 있음.

이 암흑의 세대를 휩쓰는
또 하나의 전율이
어데 있는가를 탐지하였다.
오래도록 인간의 힘으로 인간인 때문에
위기에 봉착된 인간의 최후를
공산주의의 심연에서 구출코자
현대의 이방인 자유의 용사는
세계의 한촌(寒村) 한국에서 죽는다.
스코틀랜드에서 애인과 작별한 R. 지이미 군
잔 다르크의 전기를 쓴 페르디난트 씨
태평양의 밀림과 여러 호소(湖沼)의 질병과 싸우고
'바탄'과 '코레히도르'⁵의 준열의 신화를
자랑하던 톰 미첨 군
이들은 한 사람이 아니다. 신의 제단에서
인류만의 과감한 행동과 분노로
사랑도 기도도 없이
무명고지 또는 무명계곡에서 죽었다.

나는 눈을 감는다.
평화롭던 날 나의 서재에 군집했던
서적의 이름을 외운다.

---

5 필리핀 수도 마닐라의 서쪽에 위치하고 있는 군사 요충지인 바타안 반도와 코레히
   도르 섬.

한 권 한 권이
인간처럼 개성이 있었고
죽어간 병사처럼 나에게 눈물과
불멸의 정신을 알려준 무수한 서적의 이름을……
이들은 모이면 인간이 살던
원야(原野)와 산과 바다와 구름과 같은
인상의 풍경을 내 마음에 투영해주는 것이다.

지금 싸움은 지속된다.
서적은 불타오른다.
그러나 서적과 인상의 풍경이여
너의 구원(久遠)한 이야기와 표정은 너만의 것이 아니다.
F. 루스벨트 씨가 죽고
더글러스 맥아더가 육지에 오를 때
정의의 불을 토하던
여러 함정(艦艇)과 기총과 태평양의 파도는 잔잔하였다.
이러한 시간과 역사는
또다시 자유 인간이 참으로 보장될 때
반복될 것이다.

비참한 인류의
새로운 미주리호에의 과정이여
나의 서적과 풍경은
내 생명을 건 싸움 속에 있다.

부록

제1부

활동 상황

예술의 밤 개최

조선청년문학가협회 시부(詩部)에서는 6월 20일 오후 6시부터 종로 기독교청년회관에서 백조(白潮) 시대 이래의 시단(詩壇) 악단(樂壇)의 권위 총망라로 '예술의 밤'을 개최하리라는데 이에 참가할 시인 음악가의 씨명(氏名)은 다음과 같다고 한다.

◇ 시단

박월탄 양주동 오상순 홍로 변영로 김영랑 김광섭 정지용 이병기 이하윤 김달진 유치환 서정주 신석초 윤태웅 박두진 박목월 조지훈 이한목 김수돈 조연현 이정호 조인행 송돈식 이상로 박인환 모윤숙 김오남

◇ 악단

김형로 안병소 김순애 김자경 경기고여합창단

(『동아일보』, 1946. 6. 15)

시지『신시론』제1집을 발간

예쁘장스러운 문고 출판으로 특색을 가진 서울 산호장에는 이번에 시지(詩誌)『신시론』제1집을 내게 되었다는데 그 편집위원은 김병욱 박인환 임호권 외 수인이라 한다.

(『경향신문』, 1948. 4. 3)

신시론 동인 엔솔러지 발간

    새로운 시의 발전을 위해 애써오던 신시론 동인 김병욱 임호권 박인환 김경린 김종욱(金宗郁) 제씨는 이번 최초의 엔솔러지 『새로운 도시와 시민들의 합창』을 발간키로 되었다는 바 편집 겸 발행자는 홍성보(洪性普) 씨이며 명년 정월 20일에 발매되리라 한다.

(『경향신문』, 1948. 12. 26)

신간 소개

▲ 『새로운 도시와 시민들의 합창』(신시론 시집) 김경린 임호권 박인환
김수영 양병식 5인 시집 = 도시문화사 발행= 가(價) 350원

(『자유신문』, 1949. 5. 17)

1949년 7월 19일자 서울(무초)에서 국무장관에게, "신문기자 체포"

(Seoul(Muccio) to Secretary of State, 19 Jul 49, "Arrest of newspaper reporters")

FROM : Seoul

TO : Secretary of State

NO : 884, July 19, 2pm.

REEMBTEL 881, July 18.

Following arrest Choi Yung Sik Saturday, four other newspaper reporters arrested later same day : Lee Moon Nam, reporter Korea Press; Pak In Hwan, reporter CHA YOO SHIN MOON; Sim Rai Sup, reporter KOOK TO SHIN MOON; Huh Moon Taek, reporter CHO SUN CHONG ANG DAILY. All five arrested assigned cover UNCOK press conferences and presumed to have prepared Communist-slanted questionnaire handed UNCOK delegate Singh July 14, copy of which being air pouched, Lee Ho, Director National Police, informed AP correspondent today all five have since confessed membership SKLP, Communist underground organization South

Korea. Arrested men heid incommunicado since arrest despite requests US reporters and UNCOK secretariat see arrested men.

(「유엔의 한국 문제 처리에 관한 미국무부의 문서」, 국사편찬위원회 한국사데이터베이스)

1949년 7월 28일자 서울에서 국무장관에게, "유엔 한위에 알려진 기자 5명 체포"

(Seoul to Secretary of State, 28 Jul 49, "Arrest of five reporters accredited to UNCOK")

Seoul, Korea. July 28, 1949

subject: Arrest of Five Reporters Accredited to UNCOK

The Ambassador refers to his telegram No. 917 of July 23rd, to Despatch 440, July 20th, and to previous telegrams referring to the arrest of five reporters accredited to the United Nations Commission on Korea, and has the honor to transmit for the Depart-ment's information copies of two UNCOK documents, together with copies of letters exchanged between the Principal Secretary, UNCOK, and the Director of Public Information, Korean Government, all on the above cited subject.

The Embassy has been informed by UNCOK's press officer that in spite of several requests the Commission has not been able to establish contact with any of the arrested reporters.

Enclosures

1. Letter from UNCOK to Clarence Ryee

2. UNCOK document, 19 July 1949

3. UNCOK document, 20 July 1949

4. Letter to UNCOK from C. C. Ryee

(「유엔의 한국문제처리에 관한 미국무부의 문서」, 국사편찬위원회 한국사데이터베이스)

한위(韓委) 출입 기자 3명 송청(送廳)

유엔 한위에 출입하는 도하 서울타임스 기자 최영식(崔永植), 고려통신 기자 이문남(李文南), 조선중앙일보 기자 허문택(許汶澤), 국도신문 기자 심래섭(沈來燮), 자유신문 기자 박인환(朴寅煥), 공립통신 기자 정중안(鄭仲安)은 과반 돌연 내무부 치안국에 구속되어 그동안 문초를 받고 있었는데, 재작 2일 국가보안법 위반혐의로 1건 서류와 같이 전기 최(崔 = 서울타임스)·이(李 = 고려통신)·허(許 = 조선중앙일보) 3명은 구속으로 □□□□□ □□□□ 서울지방검찰청에 송청되어 이주영(李柱永) 검사의 취조를 받고 있는데 작 3일에는 담당 검사가 형무소에 출장하여 취조를 하리라 하며 이에는 공보처와 유엔위원단에서도 입회하리라 한다.

(『조선중앙일보』, 1949. 8. 4)

성명서

본인 등이 해방 직후 가맹한 '조선문학가동맹'을 비롯한 좌익 계열에서 탈퇴하는 동시 앞으로 대한민국의 발전에 적극 참여할 것을 자(玆)에 성명 (聲明)함. 단기 4282년 9월 30일

임호권(林虎權) 박영준(朴榮濬) 박인환(朴寅煥) 이봉구(李鳳九)

(『자유신문』, 1949. 10. 2)

성명서

해방 후 본인이 가맹한 문학가동맹을 비롯한 좌익 계열에서 탈퇴한 저는 이미 오래이나 일반의 의혹이 있으므로 재차 탈퇴함을 성명하며 대한민국에 충성을 다할 것을 굳게 맹서함. 단기 4282년 11월 30일 서울시 종로구 세종로 135

박인환

(『자유신문』, 1949. 12. 4)

한국문학가협회 결성[1]
― 전향, 무속(無屬) 작가도 참가

종래의 전국문필가협회 문학부와 한국청년문학가협회를 중심으로 그 밖에 일반 무소속 작가 및 전향 문학인을 포함한 전 문단인 총결속하에 대한민국을 대표하는 유일한 문학단체로서 한국문학가협회를 오는 17일(토) 하오 1시 문총회관(남대문로 1가 □□□)에서 결성하리라 하는데, 그 준비위원은 박종화·김진섭·염상섭·이헌구·김광섭·김영랑·백철·주요한·유치진 제씨이고 추천회원은(개별통지 생략) 다음과 같은바, □□ 참석을 바란다고 한다.

강신재 강로경 강학중 계용묵 곽하신 곽종원 고창옥 구자균 구상 권명수 김광섭 김진수 김진섭 김영랑 김용호 김동명 김동리 김동인 김동사 김래성 김달진 김태오 김말봉 김윤성 김춘수 김기림 김광주 김광균 김을윤 김수영 김영일 김 억 김 송 김영수 김사엽 김상옥 김경린 김형

---

1 1949년 12월 14일 『경향신문』에도 「한국문학가협회 결성식」으로 기사화되다.

원 김삼규 김현승 김해강 김상원 김소운 김소섭 김을한 노천명 모윤숙 민영식 박인환 박종화 박노춘 박연희 박영준 박목월 박두진 박화목 박용덕 박용구 박태원 박계주 박노갑 박화성 방기환 방종현 변영만 변영로 백 철 방인근 손소희 설창수 서정대 서정주 서항석 신석정 신석초 신서야 손우성 여상현 유치진 유동준 이석훈 임옥인 이원섭 염상섭 윤일남 안수길 이선구 임긍재 이원수 엄흥섭 윤석중 양운한 이상로 이호우 이종산 오영수 윤영춘 양주동 이정호 이춘인 이양하 오영진 윤곤강 유진오 이숭녕 이인수 이광래 오종식 윤복진 이한직 이윤수 이시우 이무영 오상순 윤태웅 이봉구 이경순 이서구 이헌구 유치환 윤금숙 이은상 이하윤 이상필 이희승 이병기 이해문 이기현 이재욱 임학수 임호권 임원호 임영빈 안석주 안응렬 임서하 피천득 공중인 장서언 정인택 정인보 정지용 정인섭 전영택 장만영 장덕조 정비석 조윤제 조지훈 조연현 조영암 조 향 조진대 정 훈 전숙희 조병화 조용만 조풍연 전희복 조선순 조경희 주요섭 정규희 정래동 전홍준 조진흠 최병화 최정수 최독견 최정희 최태응 최인욱 최영수 채만식 한무숙 한흑구 허윤석 홍효민 홍구범 홍재범 황순원 현동염

(『동아일보』, 1949. 12. 13)

시지(詩誌)『후반기』발행[1]

    금반(今般) 도시문화사에서는 시를 중심으로 한 해외 문학지 월간 『후반기』를 발행하게 되신다는 바 동인은 김수영, 박인환, 임호권, 이상로, 김경린, 이한직이며 5월 상순에는 제1호가 발간될 것이라 한다.

(『자유신문』, 1950. 4. 12)

---

1 1950년 4월 12일 『경향신문』에도 「시지(詩誌) 『후반기』 발행」으로 기사화되다.

국민 앞에 사과하라

— 「나는 너를 싫어한다」 사건 또 확대 재구(在邱) 문인들 분개 성명

창작 「나는 너를 싫어한다」의 작가 김광주(金光洲) 씨의 수난 사건의 여파
는 영남의 문화도시 대구에서 하나의 강경한 당국과 전 국민에 대한 성명
으로서 확대되었는 바 동 성명에 서명한 분은 김영수 마해송 정비석을 위
시한 저명 문화인 사십오 명이다.

즉 이들 재구 문화인 성명서는 「문화인의 인권과 창작 행동의 자유 옹호
를 위하여」라는 부제 아래 다음과 같은 것이다.

「작가 김광주 씨의 인치 구타 사건에 대한 재구 문화인의 성명서」(특히 문
화인의 인권과 창작 운동의 자유 옹호를 위하여……)

지난 17일 오후 3시 현 공보처장 이철원 씨 저택 내에서 소설가 '김광주'
씨가 이(李) 씨 측근자에게 불법 인치 구타당하였다는 지난 20일 부산 발행
신문 보도에 접하여 재구 문화인 일동은 일(一) 작가에 가한 불법 폭력일
뿐만 아니라 언제 발생할지도 모르는 위기와 전 문화인의 인권 급' 예술창

---

1 及 : 문장에서 같은 종류의 성분을 연결할 때 쓰는 것으로 '그리고', '그 밖에', '또'

작 운동의 자유를 옹호하기 위해서 아래와 같이 성명을 전 국민에게 발표하는 동시에 요로 당국에도 이를 지상 전달함으로써 적절한 조치가 있기를 바란다.

일. 당국은 인권 옹호의 존엄한 정신에 입각하여 폭행자를 엄벌하라.

이. 당국은 월간잡지 『자유세계』에 소재된 김광주 작 소설 「나는 너를 싫어한다」의 전문 삭제 사유를 해명하라.

삼. 이철원 공보처장 부인 이 씨는 피해자 김광주 씨를 비롯하여 전국 문화인에게 신문 지상을 통하여 사죄하라. 당국은 진정한 민주 예술의 발전과 보장을 위하여 금번 사건을 철저히 규명하는 동시 예술활동에 대한 행정 태도를 명백히 표명하라.

단기 4285년 2월 21일

재구 문화인(무순)

마해송 장만영 전숙희 이상로 박기준 김팔봉 박영준 이상범 최정희 김영수 박두진 유주현 최재서 한병용 양명문 윤방일 박훈산 이호우 조지훈 박목월 방기환 김용환 이순재 이윤수 최인욱 이정수 김동사 정비석 김동원 이해랑 유계선 황정순 최은희 김정환 강성범 박경주 박상익 송재노 김승호 홍성유 백낙종 이목우 고설봉 곽하신 박인환

(『경향신문』, 1952.2.25)

의 의미를 나타냄.

신간 소개

『소련의 내막』(존 스타인백 저, 박인환 역)

방금 전국 유명 각 서점에서 판매 중 = 정가 육천 원.

(『경향신문』, 1952. 5. 30)

회장에 오종식 씨 영화평론가협회

한국영화평론가협회에서는 지난 1월 31일 '귀거래' 그릴에서 제2회 정기총회를 개최하였다는 바 이번 새로이 회장에는 오(吳宗植) 씨가 취임하였으며 규약 개정과 아울러 다음과 같이 역원의 개선을 보았다.

▲ 회장 오종식

▲ 상임감사 유두연 박인환

▲ 간사 이봉래 허백년 김소동

(『경향신문』, 1954. 2. 3)

모시는 말씀

 늘 푸른 사철나무의 생리처럼 벅찬 재날의 영광을 위하여 어둡고 그지 없이 답답한 오늘과 대결하려는 여기 '현대 문학 연구회' 동인 일동의 몸부림은 마침내 새싹처럼 힘있게 일어나고야 말았습니다.

 남녘 하늘 아래 모인 이 보금자리 깃 속의 분들을 잠시나마 서로들 마음으로 달래고 『현대문학』 제1집의 탄생과 아울러 보다 더 큰 앞날의 새 창조를 위하여 여러분과 더불어 뜻있는 모임을 가질까 합니다.

 부디 오셔서 이 밤의 귀한 자라를 나누어들 봅시다.

 발기인(무순)

 손풍산 이주홍 김정한 정진업 이봉래
 양병식 김용호 홍두표 이경순 김경린
 김기용 박인환 김규동 홍 원 백택기
 조주흠 한 묵 김영주 박용주 이만용

이상철 정상구 서정봉 김일소 (이상)

· 일시 1955년 1월 11일 오후 5시 30분 정각
· 장소 「미문(美門)」 다방 (부산시 광복동 일가 30 미진호텔 정면 골목 내)
· 회비 200환

글 장현(章玄) 지음   선생 귀하

(출처 : 문승묵 제공)

사고(社告)

본지의 편집 내용을 쇄신 강화하기 위하여 제4집부터 다음 칠 명으로 구성된 편집위원제를 채택하였습니다. 여러 선배 동지들의 더욱 큰 편달을 바라 마지않습니다.

고원 박인환 박태진 이봉래 장호 전봉건 조병화(가나다순)

(『시작』 제4집, 1955. 5. 20)

자유문협회 총회 문총 중앙위원 선출

한국자유문학협회에서는 지난 16일 하오 3시부터 동회 사무실에서 총회를 개최하여 문총 중앙위원으로 정비석, 박인환, 모기윤, 김종문, 노천명, 양주동, 박계주, 송지영, 주요섭, 조병화 등 10명을 선출하였다.

이어 총회에서는 미국의 소설가 윌리엄 포크너 씨를 초대할 것을 가결하는 동시 해방 10주년을 기념하는 각종 행사로 '소월의 밤(20년제), 6·25 동란 시기 작고한 작가(김동인, 김영랑, 김사용)의 추도회 등을 시행키로 결의하였다.

(『동아일보』, 1955. 7. 19)

시작사 '시 낭독회'

시작사 주최 제1회 시 낭독회는 오늘 9일(일) 하오 7시 배제 강당에서 개최하는데 백철 씨의 문학 강연과 구상 김광섭 김규동 김남조 김수영 김용호 김종문 김차영 박거영 박귀송 박인환 박태진 박훈산 석계향 양명문 오상순 유 정 이덕진 이봉래 이상로 이용상 이인석 이 활 장호강 장 호 정한모 조병화 함윤수 제씨의 시 낭독과 이헌구 씨의 강평이 있으리라고 하며 회원권(100환)은 명동 문예서림, 삼문사(三文社), 대학사(大學社) 서점에서 예매를 하고 있으며 낭독 작품은 『시작』 5집에 수록하리라고 한다.

(『동아일보』, 1955. 10. 7)

금룡상(金龍賞) 첫 수상자 결정

지난해 12월 28일에 개최되었던 제1회 금룡상 심사위원회는 김관수 오영진 송지영 한형모 허백년 안종화 최완규 박인환 유두연 전택이 이봉래 이진섭 구 상 복혜숙 김소동 이청기 김일해 한 림 이한종 씨 등 19위원 참석 아래 개최되어 1955년 제1회 수상사로서 연출상에 이강천 (〈피아골〉), 연기상에 노경희(〈막난이 비사〉), 녹음상에 이경순을 각각 선출하였다.

(『주간희망』 3호, 1956. 1. 9)

신간 도서

박인환 『선시집』 = 산호장 발행 값 700환

(『경향신문』, 1956. 1. 12)

『선시집』 출판기념[1]

박인환 씨의『선시집』 출판을 기념하는 모임을 금 27일 하오 5시 반 시내 동방문화회관 3층에서 갖는다고 한다.

(『동아일보』, 1956. 1. 27)

---

1   1956년 1월 27일 『경향신문』에도 「박인환 시선집 27일 출판기념회」로 기사화되다.

초청장

선생 귀하

박인환 씨의 『선시집』 출판을 기념하기 위하여 다음과 같이 모임을 갖고자 하오니 부디 참석하여 주십시오.

시일 1956년 1월 27일 하오 5시 반 정각
장소 명동 소대 동방문화회관 3층
회비 200환

1956년 1월 일

발기인(무순) 박영준 송지영 이봉구 전창근 이순재 김경린 이덕진 장만영 이봉래 이진섭 김광주 김종문 홍효민 조경희 조병화 유두연

김규동 부완혁 김수영 조연현 전택이

(문승묵 엮음, 『사랑은 가고 과거는 남는 것 ― 박인환 전집』 화보, 예옥, 2006. 8. 20)

회원 합동 출판 기념회

— 자유문협 주최 · 문총회관서

한국자유문학자협회에서는 동 회원들의 저간의 출판을 기념하고자 금 28일(토) 하오 5시 문총회관에서 축연(회비 300원)을 갖게 되었다는 데 그 회원과 저작은 다음과 같다. ▲ 백철(『세계문학사전』) ▲ 이무영(장편소설 『삼 년』) ▲ 박계주(장편소설 『자유 공화국 최후의 날』) ▲ 곽하신(제1 창작집 『신작로』) ▲ 안수길(장편소설 『화환』) ▲ 양명문(시집 『화성인』) ▲ 조병화(시집 『사랑이 가기 전에』) ▲ 김종문(시집 『시사(詩史) 시대』) ▲ 박인환(시집 『박인환 선시집』) ▲ 박거영(시집 『인간이 그립다』) ▲ 장호강(시집 『항전의 조국』) ▲ 조경희(수필 집 『우화』) ▲ 정비석(『비석 문학독본』)

(『동아일보』, 1956. 1. 28)

4씨에게 수상 확정
— 제3회 자유문학상 '문총' 선 이의

(앞부분 생략)

다시 한 부문에 3명 이내로 축소시키는 투표를 한 결과 시에 서정주 박목월 박인환, 소설에 염상섭 김동리 최정희, 평론에 백철 곽종원 등 8명의 작품으로 축소되었다.

여기에서 각 위원들의 의견 교환으로서의 토론이 시작되었는데, 2시간여에 긍하는 신랄한 작품 비평이 진격하게 전개된 끝에 금년도 수상자를 4명으로 결정을 하고 최종 투표를 한 결과 득점 순으로 염상섭 서정주 김동리 박목월 등 4씨가 당선되었다.

(뒷부분 생략)

(『동아일보』, 1956. 2. 28)

시인 박인환 씨 사망[1]

　전 본사 사원이었던 시인 박(朴寅煥) 씨는 20일 하오 9시 시내 세종로 135 자택에서 심장마비로 별세하였다. 발인은 22일 오전 11시이며 장지는 망우리 공동묘지라 한다.

　그런데 박인환 씨는 한국자유문학자협회의 간부이었으며 한국영화평론가협회 회원이었다. 저서에는 『박인환 선시집』이 있고 유가족에는 부인과 4남매가 있다.

(『경향신문』, 1956. 3. 22)

1　「시인 박인환 씨 자택에서 별세」(『조선일보』, 1956. 3. 22) 및 「박인환 씨(시인) 20일 하오 8시 30분 별세(『동아일보』, 1956. 3. 22) 등의 기사도 있다.

해방 후 물고 작가 추념제

8·15 이후 작고한 김동인 씨 외 11명의 작가를 위한 합동 추념제는 한 국자유문학자협의 주최로 오는 7일 하오 6시부터 시내 명동대성당 내의 문화관에서 거행하리라는데 물고 작가의 명단은 다음과 같다.

김동인(소설) 윤백남(소설) 안석주(시나리오) 오일도(시) 윤곤강(시) 김상용 (시) 홍노작(시) 채만식(소설) 함대훈(희곡) 김영랑(시) 박인환(시)

(『경향신문』, 1956. 4. 6)

제2부

가족 추모의 글

박인환, 그 눈동자 입술은 서늘한 내 가슴에 있네

— 그이가 즐겨 살던 명동에 내가 살며

이희정(李禧姃)[1]

곡— 박인환— 이 단장(斷腸)의 세 마디는 바로 짓밟힌 모국의 배 밑바닥으로부터 울려 나오는 병든 민족의 가난과 통곡의 굶주림의 리듬이요 표상이다.

그러나 천수를 다하지 못한 시인 박인환— 그의 시는 눈물처럼 순수하고 구슬답지만, 그의 삶은 눈물 속 비극 그것이었다.

31세의 시비(詩碑)

그이가 세상을 떠난 지 어언 일곱 해가 된다. 빠른 것은 세월이라더니 참 세월은 흐르는 물이다.

---

1 박인환 시인의 부인인 이정숙 여사가 필명을 사용했다.

사무친 그리움, 뼈저린 고독과 고초 속에서 오늘에 이르렀다. 그이가 떠나던 날 밤(1956년 3월 20일)을 지금 생각해볼수록 너무도 허망하여 무어라 형언조차 할 수 없다.

그렇게 싱싱한 모습으로 바쁜 듯이 아침상을 물리고 명동으로 뛰어나간 그이가 술이 취해 들어오자마자 남기는 말 한마디 없이 숨을 거두었다. 밤 아홉 시경이었다.

어린아이들은 울부짖는 나를 보고 울상이 되어 있고, 이날 밤 일은 무슨 악몽인 것만 같아 생각조차 하기 싫다.

그이가 마지막으로 그토록 사랑하던 아이들을 버리고 망우리 묘지로 떠나는 날 집안은 울음바다였다. 그이를 아끼는 선배와 친구들로 꽉 차 있었다. 그이의 영전에서 흐느껴 우는 친구들 때문에 나는 그저 통곡 속에 합장만 하고 있었다.

지금도 내 귓전을 울리고 있는 것은 그날 조병화 씨가 울면서 읽은 추도시다. 고인과 가까웠던 분이 흐느끼며 낭독하던 그 추도시[2]는 그이를 얼마나 아끼고 사랑했던가를 말해주는 것으로 간혹 생각날 적마다 눈시울이 뜨거워지고 가슴이 타오른다.

> 인환이
> 너는 가는구나
> 대답도 없이 떠나는구나

---

2 조병화, 「장미의 성좌 — 시인 고 박인환의 관 앞에서」(『동아일보』, 1956년 3월 25일).

1956년 3월 20일 오후 9시
31세의 짧은 생애로
너는 너의 시와 같이 먼지도 없이 눈을 감았다

시를 쓰는 것만이 의지할 수 있는 단 하나의 인생이요
인생은 잡지의 표지처럼 쓸쓸한 것도 아닌 것, 외로운 것도 아닌 것
이렇게 너는 말을 했다

너는 누구보다도 멋있게 살고
멋있는 시를 쓰고
언제나 어린애와 같은 흥분 속에서 인생을 지내왔다

인환이
네가 사랑하고 애끼고 돈은 없어도 언제나 만나면 즐거운
너의 벗들이 지금 네 앞에 이렇게 모다 고개를 숙이고 모여들 있다

너는 참으로 우정의 배반처럼
먼저 떠나가는구나

경쾌한 네 목소리도
흥분 속에 타오르는 너의 시와 평론도
정열적인 너의 고독과 비평도
— 이제는 끝을 막는구나

네가 없는 명동
네가 없는 서울, 서울의 밤거리
네가 없는 술집, 찻집, 영화관
참으로 너는 정들다 만 애인처럼 소리 없이 가는구나

인환이
1950년대의 우리 젊은 시단을
항시 네가 이야기하던 '장미의 온도'와 같은 너를 잃었다

인환이 잘 가거라
너의 소원대로 너의 사랑하는 벗들은 지금
너의 관이 나가는 이 마당에 모다 모여들 있다

죽음이라는 것은 멀고 쓸쓸한 것이라는데
편히 잘 가거라
쉬어서 가거라
편히 쉬여라

　조병화 씨가 읽은 이 추도시 한 편에서 그이의 생전의 모습을 살펴볼 수 있고 또 생전에 그가 얼마나 친구를 사랑하고 친구들에게 사랑을 받았는지를 알 수가 있다.

　그런데 그이는 가고 그의 친구들만이 살아서 그이의 죽음을 서러워하고 있다.

　그이가 세상을 떠난 지 반년도 못 되어 그 무덤 앞에 묘비가 세워진 것도 그이의 친구들의 지극한 우정에서 이루어진 것이요, 오늘에 이르기까지 꽃이 피고 새가 울 때나 가을날 나뭇잎이 질 때나 눈보라의 밤, 술집에서나 그이를 그리워하고 그이를 이야기하는 것은 그이가 생전에 남긴 시작(詩作)과 인간성의 아름다움에서 임을 생각할 때 한층 더 그 죽음이 애석하기 그지없다.

불러도 대답 없는……

그러나 그이는 가고 없다. 가버린 지 벌써 일곱 해가 된다. 큰아이는 중학 3년을 다니고 둘째 딸아이는 올해 일류 모 여학교를 들어가고 끝엣놈은 초등학교[3]를 다니고 있다.

그이가 세상을 떠나던 때 둘째 딸은 몸이 아프다고 마당 한구석에 쭈그리고 앉아 쓸쓸한 빛으로 조객들을 바라보고 있던 양[4]이 지금도 눈에 선하다.

피난살이 때 태어난 어린 딸은 지극히 아버지의 사랑을 받았다. 그이는 어린 딸을 유달리 귀여워해서 피난살이 셋방에서 노래도 부르고 돈이 몇 푼이라도 생기면 딸을 위해 바쳤다.

이런 아버지가 갑자기 세상을 떠나버리고 집안이 텅 빈 채 쓸쓸한 바람만이 돌고 있을 때 딸은 그래도 뭘 알고 있는지 엄마의 눈치만 살피며 아무 말이 없고 동무들과 나가서 놀다 들어왔다.

아버지가 입던 옷, 아버지가 쓰던 책상, 그리고 아버지가 아끼며 늘 들춰 보던 책들을 머엉하니 바라보다 눈물이 글썽이어 마루 끝에 앉아 넋 없이 흰 구름을 바라보는 어린 딸의 모습을 차마 바라볼 수가 없었다.

"애야!"

내가 부르면

"응!"

3　원본에 모두 '국민학교'로 표기됨.
4　양 : 어떤 모양을 하거나 어떤 행동을 함을 뜻하는 말.

나를 돌아다보며 대답은 한다.

"너, 뭣을 생각하니?"

"아무것도 아니야!"

고개를 흔들었다.

"아버지 보구 싶으냐?"

묻지 말아야 할 것을 나도 모르게 물었다.

"엄마는?"

도리어 나를 보고 묻는 것이었다.

"보구 싶다."

내 말에

"나두 보구 싶어, 아버지는 영영 안 올까, 아버지 한 번 불러 보았으면."

딸은 고개를 숙이고 훌쩍이었다. 그이는 생전에 이 딸을 두고 「어린 딸에게」[5] 보내는 시 한 편을 썼다.

> 기총과 포성의 요란함을 받아가면서
> 너는 세상에 태어났다 죽음의 세계로
> 그리하여 너는 잘 울지도 못하고
> 힘없이 자란다.
>
> 엄마는 너를 껴안고 3개월간에
> 일곱 번이나 이사를 했다.
>
> 서울의 피의 비와

---

5 1955년에 간행한 박인환의 『선시집』(산호장)에 수록되어 있다.

눈바람이 섞여 추위가 닥쳐오던 날
너는 입은 옷도 없이 벌거숭이로
화차 위 별을 헤아리면서 남으로 왔다.

나의 어린 딸이여, 고통스러워도 애소(哀訴)도 없이
그대로 젖만 먹고 웃으며 자라는 너는
무엇을 그리우느냐.

너의 호수처럼 푸른 눈

지금 멀리 적을 격멸하려 바늘처럼 가느다란 기계는 간다. 그러나 그
림자는 없다.

엄마는 전쟁이 끝나면 너를 호강시킨다 하나
언제 전쟁이 끝날 것이며
나의 어린 딸이여 언제까지나
행복할 것인가.

전쟁이 끝나면 너는 더욱 자라고
우리들이 서울에 남은 집에 돌아갈 적에
너는 네가 어데서 태어났는지도 모르는
그런 계집애.

나의 어린 딸이여
너의 고향과 너의 나라가 어데 있느냐
그때까지 너에게 알려줄 사람이
살아 있을 것인가.

그때까지 너에게 알려줄 사람이 살아 있을 것인가 말하던 그이가 딸이

자라나 철날 무렵이 되었건만 영영 돌아오지 못할 길을 떠나, 딸이 공부를 잘해 좋은 학교에 들어가 좋아하건만 그이는 아무것도 모르고 아무 말도 없다. 살아 있다면 얼마나 기뻐하고 기분을 낼 것인가 생각하면 나오느니 눈물뿐이다.

첫 시집은 그의 황금시대

세상을 떠나기 전해 겨울, 그이의 첫 시집 출판기념회가 명동의 동방문화회관 3층 홀에서 열렸을 때, 그이는 마치 결혼식 날처럼 즐거워했다. 딸과 입도 맞추고 고급 과자를 아이들에게 축하선물로 던져 주기도 했다.

우리 두 사람은 결혼식 날의 신랑 신부처럼 꽃을 달고 나란히 앉아 많은 선배와 벗들의 축하를 받았다.

이날 밤 그이는 몹시 흥분이 되어 있었다. 너무 기쁘고 즐거운 데서 잔칫날 신랑처럼 흥분에 얼굴이 달아올랐다.

이날 밤 축하 술에 취한 그이는 휘파람도 불고 노래도 부르고 어린아이들처럼 뛰며 놀았다.

가난한 살림살이에 시달리어 어느 때는 우울과 초조에 싸여 불평 불화도 있었고, 그이는 이 꼴이 보기 싫고 아내나 아이들의 우울한 표정을 차마 볼 수 없어 새벽같이 아침밥도 뜨는 둥 마는 둥 집을 뛰쳐나가 밤중까지 명동거리에서 술만 마시다가 밤중에 들어와 곯아떨어지곤 했다.

남들처럼 아내나 아이들을 잘 입히고 잘 먹이기는커녕 어느 때는 끼니를 굶는 날도 있어 이런 날은 그이는 성난 사자처럼 대문을 박차고 명동으로 달려가 밤늦게까지 친구들과 어울려 대폿집으로 바─[5]로 돌아다니며 술을 마시고 만취가 되어 집에 돌아와 쓰러지는 것이었다.

이러면서도 아이들 때문에 그이는 늘 미안하고도 괴로운 빛이었다. 남 달리 아이들을 사랑하는 그이가 남처럼 아이들을 해주지 못하는 데서 오는 고민이었다.

"밤낮 술만 마시고 식구들은 어떡할 셈이요, 하루 이틀이지."

나는 참다못해 아침이면 그이를 보고 성을 낼라치면

"어떻게 되겠지."

고개를 숙인 채 힘없이 집을 나서기도 했다. 몇 푼 안 되는 원고료 가지고는 죽 거리도 안 됐다. 초조와 불안과 기분 때문에 화풀이로 술만 마시며 건강은 돌보지 않았다. 이것이 그이가 일찍 세상을 떠나게 된 동기와 원인인 줄 안다.

가락국수— 그 값싼 국수마저 넉넉히 못 먹고 굶주리다 끝내 세상을 떠나고야 말았다.

이 혹한(酷寒)과도 같은 가난 속에서 어지간히 기대를 걸었었고 즐거운 몽상의 무지개를 피웠었던 〈자유문학상〉에 실격되자, 애련히 눈물 지우던 그 속울음이 불현듯이 가슴에 울음겨웁다.

몇 해만 더 살아 있었다면 영화계의 호경기를 따라 그도 일자리가 생기고 멋있게 살게 되었을 것인데, 생각하면 분하고 안타깝기만 하다.

그이가 떠난 지 몇 해 안 되어 영화계는 활기를 띠게 되고 다방과 대폿집에서 한숨만 쉬던 영화인들이 세상을 만나 바쁘게 돌아다니는 것을 볼 때 그이의 생각이 문득 문득 가슴을 치밀고 눈앞이 흐려지는 때가 한두

---

6 bar : 서양식 술집.

번이 아니었다.

그렇게까지 좋아하던 영화—— 그이는 나를 데리고 영화관 출입을 하는 것을 제일 좋아하였다. 시를 쓰는 한편 평론도 쓰던 그이는 〈제3의 사나이〉[7]라는 영국 영화를 높이 평가해서 늘 〈제3의 사나이〉를 이야기했다. 〈제3의 사나이〉의 주인공인 오슨 웰스니 조셉프 코튼 그리고 그 영화의 라스트 신을 이야기하고 거기서 흘러나오는 음악을 좋아하였다.

나는 그이의 영향을 받아 영화에 관심을 갖게 되고 좋은 영화라면 그를 따라 영화관으로 갔다. 〈내가 마지막 본 파리〉[8]도 그를 따라가 본 영화였다.

그이가 세상을 떠난 뒤 〈제삼의 사나이〉니 〈내가 마지막 본 파리〉니 그가 좋아하던 영화는 다시 상영되건만 그는 이를 모르고 망우리 잡초 속에 누워 잠들고 있다.

영화관 앞에서 표를 살 때마다 그이가 살아 있으면 얼마나 기분을 낼 것인가 생각할 때 눈시울이 뜨거워진 적이 한두 번이 아니었다.

그이가 떠난 뒤 세종로 집은 쓸쓸하였다. 그가 떠나고 없는 집 아이들이 힘없이 마루 끝에 쪼그리고 앉아 시름에 잠겨 있는 꼴들, 나는 견딜 수가 없었다.

나는 대담하게 기분을 돌려 명동거리로 나가기도 했다. 〈동방싸롱〉, 그

---

7 〈The Third Man〉: 1949년 영국의 감독 캐럴 리드(Carol Reed, 1906~1976)가 만든 영화. 그레이엄 그린(Graham Greene, 1904~1991)이 각본을 씀. 칸 영화제 황금종려상과 아카데미 촬영상 수상.

8 〈The Last Time I Saw Paris〉: 1954년 리처드 브룩스(Richard Brooks, 1912~1992) 감독이 만든 미국 영화. F. 스콧 피츠제럴드의 소설 「다시 찾은 바빌론」을 바탕으로 제작됨.

이가 아침부터 저녁까지 살다시피 한 〈동방싸롱〉이 가보고 싶었다.

그이가 체온이 배어 있는 그 살롱 의자에 앉아 머엉하니 생각에 잠겨 보기도 했다.

그이의 친구들이 언제나 다름없이 나와 앉아 떠들고 있는 광경은 나에게 눈물을 솟치게 하는 장면이었다.

"아이들 잘 놉니까?"

"어떻게 지내십니까?"

"한번 가보지도 못하고."

"고생이 되실 터인데."

그이의 친구들이 나를 보고 위로의 말을 하고 또 점심 대접, 어느 때는 그분들이 늘 다니는 술자리에까지 나를 데리고 가서 못 마시는 술까지 권하며 나에게 슬픔 대신 아이들을 위한 새로운 용기를 갖게 하려고 애를 쓰기도 했다.

나는 어쩌다 한 잔 두 잔 마시고 시름을 풀어보기도 하였다. 이래서 한동안 나는 명동의 〈동방싸롱〉엘 나가 그이의 친구들과 웃음의 소리도 하고 서투른 술 몇 잔에 마음의 우수를 풀고 용기를 내고 우울한 기분을 전환해 보기도 했다.

제2의 출항!
생활전선으로 ─

그러나 나는 그저 허랑하게 거리로 나올 수 없게끔 생활문제가 발길을 가로막기 시작했다. 절박한 현실 앞에 나는 정신을 가다듬어야만 했다.

슬픔과 시름을 물리치고 꽃봉오리인 아이들을 위해 정신을 차리고 기운을 내야만 했다.

그이의 초상 때 들어온 부의(賻儀) 돈이 예상외로 너무 많이 들어와 장례를 치르고 남은 돈으로 생활의 바탕을 삼게 되었다.

옛 동창과 장사 비슷한 것을 한동안 해가며 생활을 유지해 가다 이것이 시원치 않아 다시 곤경에 빠지게 되었다.

(어떡하나!)

곤히 잠든 아이들 머리맡에서 나는 잠을 이루지 못했다. 몸을 망치는 일 이외에는 무슨 일이든 해서 아이들을 굶기지 않고 살아야겠다는 생각이 내 머리를 흔들었다.

이래서 나는 전에 상상조차 못한 명동거리의 '모 다방'에 나오게 되었다. 아는 친구와 동업으로 '다방'을 하게 되었다.

바로 그이가 생전에 밤이나 낮이나 드나들던 명동거리 '다방'에 내가 그이 대신 나온 것처럼 명동의 거리에 나오게 되었다.

부끄럽고 욕이 되는 것 같아 얼굴을 숨기고 감추기에 몸이 달았다.

"박인환의 부인이 다방 '마담'이 되었다."

"박인환의 아내가 다방의 '가오마담'이 되어 술을 마시고 있다."

"그 부인이 웬일일까, 타락일까, 애인이 생긴 것인가."

이런 말이 명동거리에서 흘러 내 귀에까지 수없이 들어왔다. 이런 말을 들을수록 나는 고민이 컸다. 먼 데서 바라보고 걱정만 하는 것으로 우리 네 식구는 살아갈 수가 없었다. 진정으로 걱정해준다면 요즘 어떻게 살고 있느냐고 찾아와 주고 생계문제에 관해 서로 걱정해주어야지, 먼빛에서 체면 유지 정도로 말뿐의 걱정으론 현실은 너무나 우리 네 식구에게 절박하고 가혹한 것이었다.

그래서 나는 모든 체면이니 오해니 이런 것을 무시해 버리고 명동거리에 나와 다방을 하게 된 것이다. 날이 가면 나에 대한 지나친 오해는 풀릴 날이 있을 것이다. 모든 것은 시간이 알려줄 것이다.

이런 생각에서 나는 입술을 깨물며 거리의 다방 '마담'으로서 손님을 맞이하고 투정도 받고 하찮은 실갱이[9]며 희담(戱談)에 솜처럼 촉촉이 지쳐서 늦게야 집에 들어야 했다.

밤이 깊어질 땐 나는 집에서 엄마가 돌아오기를 기다리며 불빛 아래 모여 앉아 있을 세 아이가 눈앞에 떠올라 견딜 수가 없었다.

"빨리 가자 —"

"얼마나 기다릴까 —"

손님이 끊어지기가 무섭게 나는 계산을 마치고 집으로 달려갔다. 기다리고 있을 아이들을 생각하고 아이들이 좋아하는 과자를 사 가지고 들어가 아이들을 즐겁게 해주고 나란히 자리에 누워 아이들과 이야기를 나눌 때 나는 몇 번이고 눈물이 핑 돌아 얼굴을 돌리었다.

"엄마!"

"왜!"

"엄마 없는 동안 우리는 노래를 불렀어."

"노래를?"

"응! 고생하는 엄마 때문에!"

"무슨 노랜데."

---

9 표준어는 '실랑이' : 옳으니 그르니 하며 남을 못살게 굴거나 괴롭히는 일.

"아버지가 좋아하던 노래, 아버지의 사진을 보면서 불렀지."

아이들 말에 나는 목이 메어 눈을 감아버렸다. 이 아이들을 위해서 비록 혼탁한 거리로 나갈지언정 깨끗하게 몸과 마음을 지키고 가시밭을 헤쳐 나가리라. 이것만이 돌아간 그이와 살아 있는 그이의 선배와 친구들에게 '박인환의 아내'로서 떳떳이 얼굴을 들 수 있는 길이라는 데서 나는 오늘에 이르기까지 5년에 가까운 세월을 명동의 거리에서 생활을 위해 아이들의 앞날을 위해 싸우며 살고 있다.

이런 생활 속에서 나는 어쩔 수 없이 술을 마시게 되고 또 취해 비틀거리기도 했다.

그러나 나는 깨끗이 오늘까지 살아오고 있다는 것을 어느 하늘 아래서고 떳떳이 말할 수 있는 것을 자랑으로 알고 있다.

사랑은 가고 옛날은 남는 것

아이들이 자라나 중학교를 다니고 초등학교를 다니고 엄마가 고생을 한다는 것을 알아주어 서로 얼싸안고 기특한 마음씨로 공부하고 있으니 나는 마음이 든든하다.

밤이 되면 외로워지는 아이들, 밤이 되면 기다리고 있는 아이들 모습 때문에 초조해지는 마음, 이 때문에 나는 정신을 가다듬고 어제도 오늘도 한결같이 생활전선에서 내 딴은 싸우고 있다. 아이들이 앞날에 엄마의 마음을 알아주고 엄마가 저희들을 위해 명동거리에서 온갖 유혹과 중상을 물리치고 꿋꿋하게 살기 위해 고생했다는 것을 알아줄 것을 믿고 나는 오늘도 화장을 하고 카운터에서 낯익은 손님에게 웃음으로[9] 인사를 하고 손님들의 허튼수작을 받아넘기는 데 신경을 쓰고 있다.

요전 날 어느 손님이 그이의 아내인 줄 알고 그이가 생전에 지어서 부른 '명동 샹송'의 〈세월이 가면〉을 내 앞에서 흥얼거리며

"나는 이 노래를 들으면 청춘의 낭만 때문에 기분이 나거든, 멋진 시인이 아까운 나이에 죽었단 말이야, 부인도 이 노래를 잘 아시겠지만."

이 말에 나는 불현듯이 그이의 〈세월이 가면〉이 머리에 떠올랐다.

      지금 그 사람 이름은 잊었지만
      그 눈동자 입술은
      내 가슴에 있네

      바람이 불고
      비가 올 때도
      나는
      저 유리창 밖 가로등
      그늘의 밤을 잊지 못하지

      사랑은 가고 옛날은 남는 것

      여름날의 호숫가, 가을의 공원
      그 벤치 위에
      나뭇잎은 떨어지고
      나뭇잎은 흙이 되고
      나뭇잎에 덮혀서

10　원본에는 '음으로' 표기됨.

우리들 사랑이
사라진다 해도

지금 그 사람 이름은 잊었지만
그 눈동자 입술은
내 가슴에 있네

내 서늘한 가슴에 있네

이 노래를 들을 적마다 나는 지난날의 그이의 덜렁대던 모습이 눈앞에 떠오르는 것을 어찌할 수가 없다.

"엄마, 그 노래 알지?"

"뭐?"

"세월이 가면."

큰아이가 어떻게 알고 있었다.

"너, 어떻게 알어?"

"라디오 방송에서 들었어."

"응!"

나는 아이의 입술을 바라보았다. 아이가 그 노래를 알고 좋아한다 생각할 때 나는 또 그이가 흥겨워 불렀을 그 시절의 일이 머리에 떠올랐다.

"여보 마담."

손님이 부르면

"네."

웃으며 앞으로 가야만 하는 직업, 이 속에서 나는 산다 생각하면 할수록 눈시울이 뜨거워지나 이 모든 것을 이겨내고 사는데 아이들의 앞날도 꽃이 피고 어머니로서의 나의 할 바를 다 할 수 있다는 굳은 결심이 솟아나는 것이다.

이번에 여자중학교를 들어간 딸 아이가

"아버지가 있으면 얼마나 좋아할까, 엄마, 그렇지?"

합격이 되어 기쁘기는 하나 아버지가 없는 쓸쓸한 집에서 엄마의 얼굴을 볼 때 마음이 언짢은 모양이었다.

나는 아무 말 없이 아이를 데리고 밖으로 나와 과자 집으로 들어갔다.

"아버지 대신 엄마가 상으로 맛있는 과자를 대접할까."

내 말에 그는 말없이 고개를 끄덕이며 유리창 밖 가로등을 바라보는 것이었다.

마치 그이의 노래 〈세월이 가면〉의 한 구절을 알고나 있는 것처럼······.

세월이 가면 그 사람 이름을 잊기는커녕 더욱 생생한 속에 그 눈동자 그 입술은 내 가슴속에 있을 것이다.

(『여상』, 1963. 4. 1)

당신의 시를 읽고 있는 여기가 그립습니까

박세형

봄이 오기엔 아직 이른 3월의 어느 날, 초저녁잠을 자던 나는 외할아버지의 다급한 목소리에 잠에서 깼다.

"세형아 이놈아, 일어나거라. 네 아비가 죽었다!"
"응? 아빠가 죽어?"

나는 안방에서 사랑채로 뛰쳐나갔다. 휑하니 널따란 방 한가운데 고요히 누워 있는 아버지, 하양 옥양목에 덮여 있었다. 목침 위에 받쳐진 하얀 대리석 같던 얼굴.

1956년 3월 20일, 나는 아버지를 잃었다. 나는 아홉 살, 아버지는 서른한 살이었다. 망우리 묘지에 아버지를 묻고 돌아온 그다음 날, 이른 새벽부터 앞이 보이지 않게 장대비가 내렸다.

댓돌에 발을 딛고 마루 끝에 앉은 나는 오랫동안 멍하니 쏟아지는 빗줄기를 바라보았다. 3월에 너무나도 어울리지 않는 비, 문득 이 세상에 아버지가 없다는 생각을 했다. 며칠 전만 해도 우리와 함께하던 아버지인데 지금은 없는 분이 되었다. 죽음은 있는 것을 없애는 것인가.

어머니와 우리 삼 남매는 외할아버지의 그늘에서 자랐다. 한없이 은혜를 주신 외할아버지가 아니었더라면 우리들의 성장 과정은 어떠했을까 싶다. 그러나 가장인 아버지가 없는 생활은 비록 외할아버지와 어머니가 그 자리를 대신하였으나 무언가 텅 빈 것이었다. 나는 한 가지 의문을 떨쳐버리지 못하고 자랐다. 아버지는 왜 일찍 떠나야 했을까?

아버지
서른하나의 젊은 나이
당신께서는 눈을 감지도 못하셨습니다.
당신께서는 무엇이 그리 안타까우셨습니까.
당신의 문학, 가족, 그 무엇이 그토록 당신을 눈감지 못하게 하였더란 말입니까.
이제는 장성한 어린 딸과 두 아들이
당신의 시를 읽고 있는 여기가 그립습니까.

중학교에 들어갔을 때쯤 나는 내 나름대로 답을 찾게 되었다. 문학이 그를 일찍 죽게 했다고. 문학에 온몸과 마음을 던져 사는 것이 아버지를 너무 일찍 떠나게 했다고 말이다. 그러나 아버지가 문학을 하지 않았다면 시인 박인환은 어찌 되는 것인가?

나는 어느 대학 국문과에 입학했다. 아버지가 가장 존경한 분이자 가까운 사이였던 박영준 선생이 계신 대학이었다. 이른 봄, 교정에 흐드러진 진달래를 볼 때면 나는 강의실에 앉아 있기보다 근처 시장으로 달려나가 소주를 마시며 객담에 취하는 것이 좋았다.

신촌에서 광화문으로 옮겨가 음악다방에 죽치고 앉아 비틀즈의 노래를 들으면 세상이 온통 내 것인 양 거침없던 시절, 귀갓길 머릿속에 가득했던 별똥별. 나는 머리를 휘저었다. '문학은 안 해!' 스물한 살, 아버지보다 10년을 덜 살고 있던 나는 그랬다.

> 에버렛 이국의 항구
> 그날 봄비가 내릴 때
> 돈나 캠벨 잘 있거라
>
> 바람에 펄럭이는 너의 잿빛 머리
> 열병에 걸린 사람처럼
> 내 머리는 화끈거린다
>
> ─ 박인환, 「이국 항구」 부분

때때로 나는 텅 빈 강의실 칠판에 이 시를 써보곤 했다. 이국 항구의 정취, 아버지가 살던 이 세상은 그저 어느 이국 항구에 지나지 않았을까.

대학 논문을 들고 박영준 선생님 댁을 찾았다. 소설론을 썼는데 학사 논문이 대개 그러했듯, 내 것 역시 도서관에서 자료를 찾아다 짜깁기한 볼품없는 것이었다. 제대 후 1년 동안 입사 준비에 분주하게 지냈으니 논문 제출은 통과의례로 생각했을 뿐 정성을 들이지 못한 게 사실이었다. 빨리 졸업해서 생활전선으로 나가 여동생의 짐을 하루라도 덜어줘야겠다는 일념뿐이었다.

"취직했다며? 자네는 시를 쓸 줄 알았는데……."

"아버지가 시인이었다고 아들까지 그러리란 법은 없지요."

나의 이 당돌한 말에 선생님의 얼굴이 굳어졌다. 선생님 댁을 빠져나와 걷는 그 골목길, 나는 얼굴이 벌겋게 달아올라 있었다. 빨리 아무런 술집에나 들어가 술에 취해 나를 잊고 싶었다. 그러나 나는 그러지 않았다. 나는 아버지보다 오래 살고 싶었다. 한 가장으로 살고 싶었다. 어머니의 아들로서, 동생들의 오빠와 형으로서 가족을 부양해야 하는 나의 현실을 잘 알고 있었다.

1976년에 박인환 시집 『목마와 숙녀』(근역서재)가 간행되었다. 시인이 떠난 지 20년 만이었다. 1955년 아버지가 살아계실 때 출간된 『선시집』(산호장)의 "아내 정숙에게 보낸다"는 헌사는 어머니의 동의로 뺐다. 『목마와 숙녀』는 우리 모두에게 보내는 아버지의 새로운 시집일 것이라는 생각 때문이었다.

1982년에는 『세월이 가면』(근역서재)이 출간되었다. "박인환의 문학과 그 주변"이라는 부제를 달았는데 아버지의 선배와 동료 문인 16명의 박인환 교류기와 산문, 영화평, 편지글을 실었다.

나는 살아온 해를 헤아리며 살았다. 마흔이 될 때까지 그랬다. 서른두 살이 되었을 때 '아버지보다 한 해를 더 살고 있구나' 하고 생각하는 그런 식이었다. 이제는 그렇지 않다. 마흔이 지나고부터 그런 강박관념에서 놓여날 수 있었다. 이젠 언제고 떠날 수 있다는 생각에 이르렀다.

　　　세상에서 바라보는 눈길을

바로 바라보는 용기가 있는가, 우리는

비 오는 날은
무엇이든 버리고
무엇이든 바라지 않는
지혜가 있는가, 우리는

우리가 살고 있는 이 시간이
언젠가 바로 사라질지 모른다는
예감이 있는가

어디 먼 데로 고요한 여행을 순식간에 할 수 있다는
생각은 또 어떤가, 우리는

— 박세형, 「우리는」

　　회사 생활을 중도에 접고 동료들과 어울려 공룡 같은 대기업을 상대로 다윗과 골리앗의 싸움을 시작했을 때, 나는 한편 미친 듯이 시를 쓰고 있었다. 가장으로서의 짐을 벗어버리고 투혼을 발휘하고 있을 때 찾아온 시 쓰기에 대한 열정. 시는 나와 관계없다고 생각했는데 나는 어느새 틈틈이 습작을 하고 있었고, 얼마 후인 1990년 12월 『바람이 이렇게 다정하면』 이라는 시집을 출간했다.

　　고 조병화 시인은 그 머리말에 아래와 같이 썼다.

　　참으로 감개무량하다. 가장 가깝던 친구 박인환 시인의 아들 박세형 군의 시집에 서문을 쓰다니. (……)
　　시인은 실로 고독한 단독자이다. 그 고독한 단독자를 일생 동안 견디어

낼 만한 오기와 의지와 꿈과 실력이 있어야 된다고 생각한다. 박세형 군도 그 고독한 단독자의 한 사람이다. 그 고독한 단독자로서 첫 출발을 하고 있다는 것이다.

시집을 들고 맨 처음 찾아간 사람은 어머니였다. 어머니는 "내 사주에 천 권이 있다더니 시인의 아내이던 내가 시인의 어미가 되었구나" 하며 뿌듯해하셨다.

나는 아버지를 통해 시를 알고, 시를 쓰고 있다.

(강원희, 『그 사람 이름 박인환』, 도서출판 한울, 2011. 11. 28. 7~14쪽)

「어린 딸에게」의 세파 이야기

박세화

일곱 살 때 아버지가 돌아가시고 긴 세월이 지나 오늘 처음 '어린 딸'이 아버지에 대한 글을 적습니다.

어린 시절부터 지금까지 아버지께서 제 마음속에 불어넣어 주신 아버지에 대한 자랑스러움과 그로 인한 자부심, 그것은 아버지의 시에 대한 이해와 함께 저의 의식 속에 삶을 살아 나가는 절대적인 기저가 되었습니다.

우리 다섯 식구가 아버지 친구들과 함께 덕수궁에 놀러 갔던 일, 저녁이 되면 아버지가 한 봉지 가득 과자를 사 들고 오시던 일, 동생과 함께 아버지 발등에 올라 춤을 추듯 걷거나 목말을 타고 방에서 창밖을 내다보며 놀던 일, 아버지가 돌아가신 날 광화문 우리 집에 많은 사람이 모여 있던 일……. 이렇게 손가락으로 꼽을 만큼 아버지에 대한 저의 기억은 희미합니다. 하지만 신기하게도 아버지의 모습은 마치 사진을 보듯 생생하게 떠오릅니다. 어릴 적 저를 '세파'라고 부르시던 아버지의 육성이 들리는 듯하기도 합니다.

서른한 해, 아버지는 너무나도 짧은 생애를 사셨습니다. 그러나 불안하고 무질서한 환경 속에서 아버지는 어느 누구보다도 많은 시를 쓰셨고 어려움 속에서 시집을 내셨습니다. 「어린 딸에게」라는 아버지의 시가 저에게 쓰신 것이라는 사실을 안 것은 제가 초등학교를 졸업할 무렵이었습니다. 그 시는 그 시절 전쟁의 포화 속에서 태어난 모든 이들을 향한 시나 다름없습니다.

대학에 다니면서 아버지에 대한 말을 많이 듣게 되었습니다. 내게도 아버지의 딸로서 조금이나마 문학적 소질이 있을지 모른다는 생각에 문학 클럽 활동을 잠시 하기도 했고, 강의 시간에 교수님이 아버지에 대한 이야기를 하면 가슴이 설레고 벅찼습니다. 또 저의 소중한 추억의 장소라도 되듯 아버지가 다니셨던 명동거리를 이곳저곳 돌아다니기도 했습니다.

아버지가 우리의 근대문학사상 모더니즘의 기수로서 중요한 위치를 차지하고 있으면서도 많은 사람에게 알려질 수 없었던 것은, 그 당시 사회적 환경과 짧은 활동 시기 때문이라고 생각합니다.

아버지께서는 무척 다정다감하신 분이셨습니다. 지금까지 우리 삼 남매가 간직하고 있는 아버지의 편지들, 부산 피란 시절 때와 미국에 잠시 다녀오셨을 때의 편지를 보면 어쩌면 그리 자상하신지 모르겠습니다. 어머니로부터 그 옛날 열렬했던 연애 시절 이야기를 들으면 우리들의 그것에 비할 수 없는 아름다움을 느낍니다. 아버지께서는 진정한 멋이 무엇인지 아신 분이었습니다. 어린 시절 쓸쓸한 마음에 아버지가 있는 친구들을 부러워한 적도 있지만, 자라면서 느낀 아버지에 대한 자랑스러움이 그 빈자리를 채워주었습니다.

아버지는 비록 한 권의 『선시집』만을 남기고 가셨지만 그 속에 담긴 수

많은 언어와 사상, 사랑의 속삭임으로 오늘 우리가 이 각박하고 위험한 세상을 살아가는 데 더없이 큰 힘을 주셨습니다. 이는 우리들 삼 남매가 아버지의 자녀로서 어느 누구 앞에라도 떳떳이 나설 수 있도록 끊임없이 지도를 해주시는 것입니다.

「세월이 가면」에 쓰신 것처럼 아버지께서는 당신의 시 속에서, 그리고 당신의 시를 아는 모든 사람의 가슴속에 시를 통해 살아계십니다.

아버지가 가진 글재주를 조금도 물려받지 못한 저의 초라한 이 글이 아버지를 좋아하고 아버지의 시를 아끼는 많은 분에게 작으나마 감사의 표시가 될 수 있으면 좋겠습니다.

(강원희, 『그 사람 이름 박인환』, 도서출판 한울, 2011. 11. 28. 15~18쪽)

사랑을 전하는 연서들

맹문재

1.

박인환이 쓴 산문 중에서 수필의 범주에 넣을 수 있는 글은 총 15편이다. 그는 본격적으로 시인의 길에 들어서기 전인 1940년 「고(故) 변(邊) 군(君)」이라는 수필을 썼고, 그가 타계하기 직전인 1956년 2월 「환경에서 유혹 ─ 회상 우리의 약혼 시절」)을 썼으므로 시 못지않게 평생 동안 썼다고 볼 수 있다. 그가 세상을 뜬 뒤에도 「사랑은 죽음의 날개와 함께」(1963)가 유고작으로 발표되었고, 『새로운 도시와 시민들의 합창』과 『선시집』의 서문을 발췌해서 「불안과 희망 사이」(1967)로 발표되기도 했다. 박인환이 발표한 수필의 목록은 다음과 같다.

   1) 「고 변 군」(『경기공립중학교 학우회지』, 1940. 6. 20)
   2) 「여성미의 본질─코」(『부인』 제4권 3호, 1949. 4. 30)

3) 「실연기(失戀記)」(『청춘』 창간호, 1951. 8. 1)

4) 「제야유감(除夜有感)」(『신태양』 제16호, 1953. 12. 1)

5) 「현대 여성에 관한 각서」(『여성계』, 1954. 3. 1)

6) 「원시림에 새소리, 금강(金剛)은 국토의 자랑」(『신태양』 제3권 4호, 1954. 4. 1)

7) 「천필(泉筆)」(『민주경찰』 제41호, 1954. 7. 15)

8) 「즐겁지 않은 계절」(『서울신문』, 1955. 5. 29)

9) 「낙엽 일기」(『중앙일보』, 1955. 7. 12)

10) 「크리스마스와 여자」(『신태양』 제4권 12호, 1955. 12. 1)

11) 「미담이 있는 사회」(『가정』 창간호, 1954. 12. 24)

12) 「꿈같이 지낸 신생활(新生活)」(『여성계』 제4권 10호, 1955. 10. 1)

13) 「환경에서 유혹 – 회상 우리의 약혼 시절」(『여원』 제2권 2호, 1956. 2. 1)

14) 「사랑은 죽음의 날개와 함께」(최영 편, 『사랑의 편지』, 태문당, 1963. 11. 15)

15) 「불안과 희망 사이」(『52인 시집』, 신구문화사, 1967. 1. 30)

위의 글 목록에서 유추할 수 있듯이 박인환은 사랑에 관한 수필을 많이 썼다. 「여성미의 본질 – 코」에서는 아내를 처음 만났을 때 얼굴과 조화를 이루고 있는 코가 아름다웠다고 회상했고, 「천필(泉筆)」에서는 만년필을 가지고 싶어하는 남편을 위해 마련해준 아내에게 고마워했다. 「꿈같이 지낸 신생활(新生活)」은 아내와의 결혼생활을, 「환경에서 유혹」에서는 아내와의 약혼 시절을 그렸다. 「현대 여성에 관한 각서」에서는 사랑이 인간 사회에서 가장 아름다운 것이라고 보고, 그것을 이루기 위한 노력의 필요성을 제시했다. 「실연기(失戀記)」와 「사랑은 죽음의 날개와 함께」에서는 지나간 사랑에 대한 회한을 담고 있다.

박인환의 사랑은 개인적인 차원을 넘어 사회적 차원으로 확장되는 것이어서 주목된다. 「크리스마스와 여자」는 부산에서 피란 생활을 할 때 만난 한 소녀에 대한 일화를 소개하고 있다. 크리스마스 전날 밤 전 술을 마시고 귀가하는 골목길에서 소녀의 울음소리를 듣게 되어 다가가 물어보니 아버지가 세상을 떴다고 했다. 박인환은 주머니 속에 들어 있는 돈을 모조리 꺼내 조위금으로 내었다. 박인환은 15년 전 그 소녀의 모습을 크리스마스 날 떠올리고 있는 것이다.

「미담이 있는 사회」에서는 사람과 사람의 만남에서 미담이 없는 사회를 안타까워하며 미담을 전하려고 한다. 다른 사람이 좋은 일을 한 것을 밖에서 듣게 되면 집에 돌아와 아내와 아이들에게 전해주는 것이 그 모습이다.

이밖에 「고(故) 변(邊) 군(君)」은 경기공립중학교에 입학해 1학년 1반에 편성되어 수학할 때 쓴 글인데, 가장 가까이 지냈던 변윤식이라는 친구가 익사한 일에 슬퍼하고 있다. 「원시림에 새소리, 금강(金剛)은 국토의 자랑」은 박인환이 태어나서 자란 인제의 푸른 산과 맑은 물과 순박한 고향 사람들을 자랑한 글이다. 초등학교에 다닐 때 간성으로 전근 가시는 담임 선생님을 배웅한 일, 애국가를 가르쳐준 동네의 목사님, 한국전쟁으로 폐허가 된 고향 등을 소개하고 있다.

2.

　박인환은 한국전쟁을 겪으면서 "이 세대는 세계사가 그러한 것과 같이 참으로 기묘한 불안정한 연대였다. 그것은 내가 이 세상에 태어나고 성장해온 그 어떠한 시대보다 혼란하였으며 정신적으로 고통을 준 것이었다."(『선시집』후기)라고 토로했듯이 이루 말할 수 없는 충격을 받았다. 참전 군인과 민간인이 100만 명 이상 전사하거나 부상당했을 뿐만 아니라 1,000만 명 이상의 이산가족이 발생하였고, 폭격으로 말미암아 주택과 건물들이 파괴된 참상을 바라보면서 깊은 슬픔과 상실감을 가졌다. 종군 기자로 활동하면서, 또 숨어 지내거나 피란하면서 겪은 충격은 5편의 수기에서 여실하게 나타난다.

　　1)「서울 재탈환」,『사정보(司正報)』제14호, 1951. 4. 9.
　　2)「서울역에서 남대문까지」,『신태양』제1권 4호, 1952. 11. 1.
　　3)「암흑과 더불어 3개월」,『여성계』제3권 6호, 1954. 6. 1.
　　4)「밤이나 낮이나」,『사정보』제26호, 1951. 9. 10.
　　5)「밴 플리트 장군과 시」,『세월이 가면』, 근역서재, 1982.

　「서울 재탈환」에서는 국군 6185부대가 서울을 재탈환한 장면과 아울러 폐허가 된 서울과 그 속에서 살아가려고 애쓰는 사람들의 모습을 그렸다. 박인환은 종군기자로서 서부전선에 해당하는 안양과 과천 부근에서 죽어간 민간인들과 군인들을 목도했다.「서울역에서 남대문까지」에서는 한국 전쟁에 동원된 비행기의 폭격으로 서울역에서 남문까지의 건물들이 처참하게 파괴된 상황을 그렸다.「밤이나 낮이나」에서는 중부와 동부 전선에 해당하는 고향 마을을 찾았으나 전쟁의 폭격으로 말미암아 옛 모습을 찾을 수 없는 안타까움을 그렸다.

「암흑과 더불어 3개월」에서는 한국전쟁이 발발한 뒤 3개월 동안 겪은 체험들을 담았다. 서울 도처에서 일어난 체포, 납치, 살육, 인권 유린, 재산 몰수, 전향한 예술가들, 그리고 공포심 등이 그 상황이었다. 박인환은 한국전쟁 초기에 피란 가지 못하고 소설가 김광주와 이봉구, 시인 김경린과 김광균 등과 만나면서 숨어 지냈다. 또한 친구 세 사람과 서울을 탈출해 부산으로 가다가 보안대원에게 잡혀 이천 보위부에서 취조받고 겨우 풀려난 뒤 서울로 돌아와 9 · 28수복을 맞았다. 아울러 그러한 상황에서 태어난 딸의 이름을 "세상이 평화롭게 되었다"라는 의미인 세화(世華)라고 지은 사실도 소개했다. 박인환은 수많은 사람이 죽고 도시가 불타고 마음이 황폐해지는 참상을 경험하면서 한국전쟁의 명분이 허위였음을 폭로했다.

「밴 플리트 장군과 시」에서는 박인환이 한국전쟁에 참가한 제8군 사령관 밴 폴리트 장군을 위해 헌시를 쓰게 된 사연을 밝혔다. 밴 폴리트의 아들인 제임스 중위는 아버지의 환갑을 축하하기 위해 한국에 찾아와 공군 작전에 참여했다가 돌아오지 못했다. 이 사고는 많은 한국인들에게 감명을 주었는데, 박인환은 한국 사람의 도리로서 그를 위해 헌시를 쓴 것이었다.

3.

박인환은 그의 나이 서른 살 무렵 대한해운공사에 근무하고 있었다. 그는 해운과 관련된 지식이나 경험이 없었기 때문에 회사로부터 일거리를 받지 못했다. 따라서 월급을 제대로 받을 수 없었다. 그 모습을 안쓰럽게 여긴 사장은 어느 날 박인환에게 월급 대신 미국 여행을 제안했다. "박 형처럼 문학을 전공하는 분으로서 한 번은 태평양을 넘고 미국의 풍물을 보는 것이 도움이 될 것"(「서북 미주의 항구를 돌아」)이라고 주선한 것이었다. 박인환은 뜻밖의 제안에 당황했지만, 그 필요성에 공감해 실행해 옮겼다. 여행에 쓸 경비가 없어 여기저기 빌리기도 했는데, 작은이모부가 많이 도 와주었다. 작은이모부는 박인환이 해방 직후 상경해 서점 마리서사를 차 릴 때도 도움을 주신 분이었다.

박인환의 미국 여행 일정은 1955년 3월 5일 대한해운공사의 상선 남해 호를 타고 부산항을 출발한 것으로부터 시작되었다. 그날 저녁 8시경 시 모노세키를, 다음날 새벽 5시경 세토나이카이(瀨戶內海)를 거쳐 오전 11시 경 일본 고베항에 도착해 입항했다. 박인환은 일본에서 4일간의 시간이 있어 고베, 오사카, 교토 등을 주로 전차를 타고 여행했다.

3월 9일 밤 남해호는 고베항을 출발해 미국으로 향했다. 박인환은 항해 하는 도중 테네시 윌리엄스의 『욕망이라는 전차』를 비롯해 10여 권의 책 을 읽었고, 선원들과 친교도 맺었다. 남해호는 3월 22일 오전 미국 워싱 턴주 올림피아항에 입항했는데, 박인환은 상륙에 필요한 수속 절차를 거 치느라 23일 하선했다. 이후 박인환은 올림피아, 터코마, 시애틀, 에버렛, 아나코테스, 포트앤젤레스, 포틀랜드 등을 여행했다. 그리고 4월 10일경 미국을 떠나 4월 말경 한국으로 돌아왔다. 그의 손에는 아내에게 건넬 선 물과 결혼 10주년 행사에 사용할 물품, 그리고 아이들의 장난감이 들려 있었다. 박인환의 미국 여행기는 총 4편이다.

1) 「19일간의 아메리카」, 『조선일보』, 1955. 5. 13 · 17.
2) 「서북 미주의 항구를 돌아」, 『희망』 제5권 7호, 1955. 7. 1.
3) 「미국에 사는 한국 이민」, 『아리랑』 제11호, 1955. 12. 1.
4) 「몇 가지의 노트」, 『세계의 인상』, 진문사, 1956. 5. 20.

박인환은 「19일간의 아메리카」에서 미국 여행 동안 인상 깊었던 장면들을 소개했다. 산의 수목들이 무성한 삼림, 신호등을 잘 지키는 데서 볼 수 있듯이 미국인들의 높은 질서 의식, 약속 시간의 엄수, 한국전쟁에 대한 미국인들의 높은 관심, 일본인이나 중국인보다 한국인을 좋아하는 미국 사람들의 태도 등이었다. 그러면서도 한국인들이 정신적인 면에서나 지식적인 면에서 민국인들에 비해 결코 낮지 않다는 자부심을 내보였다.

「서북 미주의 항구를 돌아」에서는 미국 여행을 떠나게 된 경위와 감정을 밝혔다. 그리고 제2차 세계대전에서 패망한 뒤 재건에 힘쓰는 일본의 모습과 파친코 산업에 관심을 보였다. 아울러 미국 사람들의 술 문화, 여성들, 그리고 한국 유학생과 이민들의 삶을 살펴보았다. 그 결과 돈이 모자라 공부하는 데 어려움을 겪는 유학생들, 어렵게 살아가는 이민자들의 실정을 알게 되었다.

「미국에 사는 한국 이민」에서는 한국 이민자들의 삶을 소개했다. 박인환이 찾아간 곳은 일제의 식민 통치에 쫓겨 망명한 박용현 씨 집이었다. 딸기 농사를 열심히 지어 자식들을 공부시키고 있었고, 조국의 발전도 응원하고 있었다.

「몇 가지의 노트」에서는 미국 여행에서 만난 사람들을 소개했다. 박인환은 상류층의 사람이 아니라 "노동자, 식당 주인, 서점 주인, 자동차 회사의 세일즈맨, 도서관장, 오일 회사의 사무원"(「몇 가지의 노트」) 등 미국 사회를 구성하는 민중들을 만났다.

4.

『박인환 산문 전집』에는 박인환 시인이 아내에게 보낸 11통의 편지를 수록하고 있다. 「이정숙에게」, 「사랑하는 아내에게」, 「사랑하는 나의 정숙이에게」라고 부른 데서 볼 수 있듯이 박인환 시인은 아내를 많이 사랑했다. 또한 "세형, 세화, 세곤이나 잘 놀고 있습니까? 밤마다 당신과 애들을 꿈에 보고 헛소리를 합니다. 참으로 보고 싶습니다."(「정숙이」)라고 쓴 데서 볼 수 있듯이 자식들도 많이 챙기는 아버지였다. 이외에 이봉구 소설가에게 보낸 2통의 편지도 수록했다. 안부 편지였지만, 인연에 대한 박인환의 다정다감한 면을 잘 볼 수 있다.

「칭기즈 칸」은 세계 역사상 가장 유명한 정복왕으로 평가받는 칭기즈 칸의 일대기를 그린 글이다. 그렇지만 유목민 부족들로 분산되어 있는 몽골을 통일하고 남러시아와 북중국까지 영토를 확장해 대제국을 구축한 전쟁이나 통치의 모습보다는 가족 관계를 중심으로 한 칭기즈 칸의 인간적인 면모를 그렸다.

『박인환 산문 전집』에는 박인환이 세 번의 설문에 대답한 내용도 수록하고 있다. "남북 요인 회담 요청이 일부에서는 농숙(濃熟)한 모양인데 이에 대한 기대는 어떠하십니까?"라는 질문에 박인환은 북조선이 참가하지 않을 것 같고, 설령 참가하더라도 국제 문제인 만큼 우리 민족만의 합으로 해결되지 않을 것 같다고 보았다. 지극히 현실적인 인식을 내보였다.

"6 · 25 수난 속에 숨은 선생의 미공개의 비화는?"이라는 질문에 대해서는 부산으로 탈출하다가 도중에 체포되어 돌아온 일을 소개하고 있다. 그리고 "만일 애인이 있다면 무슨 프레젠트를 하고 싶습니까?"라는 질문에 대해서는 "현재 애인이 있어도 프레젠트를 못 하는 저의 심정으로서는 어찌 이런 질문에 답할 길이 있겠습니까"라고 에둘러 답변했다. 그만큼 아내에 대한 사랑을 지키려고 정성을 다했던 것이었다.

■ 박인환 번역 전집(박인환문학관 학술연구총서 1)

시

연번	제목	발표지	발표 시기	비고
1	도시의 여자들을 위한 노래(알렉스 컴퍼트)	시작	1954.7	번역시

기행문

연번	제목	발표지	발표 시기	비고
1	소련의 내막(존 스타인벡)	백조사	1952.5.15	

소설

연번	제목	발표지	발표 시기	비고
1	새벽의 사선(死線)(윌리엄 아이리시)	희망 2-8호	1952.9.1.	
2	우리들은 한 사람이 아니다(제임스 힐턴)	신태양	1954.5	
3	바다의 살인(어니스트 헤밍웨이)			
4	자랑스러운 마음(펄 벅)			
5	백주(白晝)의 악마(애거서 크리스티)	아리랑 2-2호	1956.2.1	
6	이별(윌라 캐더)	법문사	1959.10	

■ 박인환 시 전집(박인환문학관 학술연구총서 2)

연번	작품명	발표지	발표연도	비고
1	인천항	신조선	1947.4	
2	남풍	신천지	1947.7	
3	사랑의 Parabola	새한민보	1947.10	
4	나의 생애에 흐르는 시간들	세계일보	1948.1.1	
5	인도네시아 인민에게 주는 시	신천지	1948.2	
6	지하실	민성	1948.3	
7	고리키의 달밤	신시론	1948.4	
8	언덕	자유신문	1948.11.25	동시
9	전원	부인	1948.12	
10	열차	개벽	1949.3	
11	정신의 행방을 찾아	민성	1949.3	
12	1950년의 만가	경향신문	1950.5.16	
13	회상의 긴 계곡	경향신문	1951.6.2	
14	무도회	경향신문	1951.11.20	
15	신호탄	창궁 (공군정훈부)	1952.5	
16	서부전선에서	창궁 (공군정훈부)	1952.5	
17	종말	신경향	1952.6	
18	약속	학우	1952.6	
19	미래의 창부	주간국제	1952.7.15	
20	바닷가의 무덤	재계	1952.9	
21	구름과 장미	학우	1952.9	엄동섭·염철 엮음 『박인환 문학전집 1』 (소명출판) 수록
22	살아 있는 것이 있다면	수험생	1952.11	

연번	작품명	발표지	발표연도	비고
23	도시의 여자들을 위한 노래(알렉스 컴퍼트)	시작	1954.7	번역시
24	봄은 왔노라	신태양	1954.3	
25	미스터 모의 생과 사	현대예술	1954.3	
26	눈을 뜨고도	신천지	1954.3	
27	밤의 미래장	현대예술	1954.6	
28	센티멘털 저니	신태양	1954.7	
29	가을의 유혹	민주경찰	1954.9	
30	행복	동아일보	1955.2.17	
31	봄 이야기	아리랑	1955.4	
32	주말	시작	1955.5	
33	새벽 한 시의 시	한국일보	1955.5.14	
34	충혈된 눈동자	한국일보	1955.5.14	
35	여행	희망	1955.7	
36	태평양에서	희망	1955.7	
37	어느 날	희망	1955.7	
38	수부들	아리랑	1955.8	
39	에버렛의 일요일	아리랑	1955.8	
40	15일간	신태양	1955.10	
41	목마와 숙녀	시작	1955.10	
42	세 사람의 가족	선시집	1955.10	
43	최후의 회화	선시집	1955.10	
44	낙하	선시집	1955.10	
45	영원한 일요일	선시집	1955.10	
46	자본가에게	선시집	1955.10	

연번	작품명	발표지	발표연도	비고
47	일곱 개의 층계	선시집	1955.10	
48	기적인 현대	선시집	1955.10	
49	불행한 신(神)	선시집	1955.10	
50	검은 신(神)이여	선시집	1955.10	
51	밤의 노래	선시집	1955.10	
52	벽	선시집	1955.10	
53	불신의 사람	선시집	1955.10	
54	서적과 풍경	선시집	1955.10	
55	1953년의 여자에게	선시집	1955.10	
56	의혹의 기(旗)	선시집	1955.10	
57	문제되는 것	선시집	1955.10	
58	다리 위의 사람	선시집	1955.10	
59	어린 딸에게	선시집	1955.10	
60	한 줄기 눈물도 없이	선시집	1955.10	
61	잠을 이루지 못하는 밤	선시집	1955.10	
62	검은 강	선시집	1955.10	
63	고향에 가서	선시집	1955.10	
64	부드러운 목소리로 이야기할 때	선시집	1955.10	
65	새로운 결의를 위하여	선시집	1955.10	
66	식물	선시집	1955.10	
67	서정가(抒情歌)	선시집	1955.10	
68	식민항의 밤	선시집	1955.10	
69	장미의 온도	선시집	1955.10	
70	불행한 샹송	선시집	1955.10	
71	구름	선시집	1955.10	
72	어느 날의 시가 되지 않는 시	아리랑	1955.11	
73	투명한 버라이어티	현대문학	1955.11	
74	무희가 온다 하지만	지방행정	1955.11	

연번	작품명	발표지	발표연도	비고
75	하늘 아래서	코메트	1956.1	
76	대하(大河)	국도신문	1956.1.29	
77	환영의 사람	민주경찰	1956.2.	
78	봄의 바람 속에	민주신보	1956.3.9.	엄동섭·염철 편, 『박인환 문학전집 1』 (소명출판) 수록
79	인제	조선일보	1956.3.11	
80	죽은 아폴론	한국일보	1956.3.17	
81	뇌호내해	문학예술	1956.4	
82	침울한 바다	현대문학	1956.4	
83	이국 항구	경향신문	1956.4.7	
84	옛날의 사람들에게	한국일보	1956.4.7	
85	세월이 가면	주간희망	1956.4.13	
86	5월의 바람	학원	1956.5	
87	3·1절의 노래	아리랑	1957.4	
88	거리	목마와 숙녀	1976	
89	이 거리는 환영한다	목마와 숙녀	1976	
90	어떠한 날까지	목마와 숙녀	1976	

■ 박인환 영화평론 전집(박인환문학관 학술연구총서 3)

연번	제목	발표지	발표 시기	비고
1	아메리카 영화 시론	신천지(3권 1호)	1948.1.1	
2	아메리카 영화에 대하여	신천지(3권 1호)	1948.1.1	
3	전후(戰後) 미·영의 인기 배우들	민성(5권 11호)	1949.11.1	
4	미·영·불에 있어 영화화된 문예 작품	민성(6권 2호)	1950.2.1	
5	로렌 바콜에게	신경향(2권 6호)	1950.6.1	
6	그들은 왜 밀항하였나?	재계(창간호)	1952.9.1	
7	자기 상실의 세대－영화 〈젊은이의 양지〉에 관하여	경향신문	1953.11.29	
8	〈종착역〉 감상－'데시카'와 '셀즈닉'의 영화	조선일보	1953.12.19	
9	〈제니의 초상〉 감상	태양신문	1954.1.9	
10	로버트 네이선과 W. 디터리 영화 〈제니의 초상〉의 원작자와 감독	영화계(창간호)	1954.2.1	
11	1953 각계에 비친 Best Five는?	영화계(창간호)	1954.2.1	
12	한국 영화의 현재와 장래－무세(無稅)를 계기로 한 인상적인 전망	신천지(9권 5호)	1954.4.1	
13	한국 영화의 전환기－영화 〈코리아〉를 계기로 하여	경향신문	1954.5.2	
14	앙케트	신태양(3권 4호)	1954.8.1	
15	영국 영화	현대여성 (2권 7호)	1954.8.1	
16	몰상식한 고증－〈한국동란의 고아〉	한국일보	1954.9.6	
17	물랭루주	신영화(창간호)	1954.11.1	
18	존 휴스턴	신영화(2호)	1954.12.1	
19	〈심야의 탈주〉	신영화(2호)	1954.12.1	
20	〈챔피언(CHAMPION)〉	영화세계 (창간호)	1954.12.1	

21	일상생활과 오락 – 최근의 외국 영화를 중심으로	중앙일보	1954.12.12	
22	인상에 남는 외국 영화 –〈심야의 탈주〉를 비롯하여	연합신문	1954.12.23	
23	100여 편 상영 그러나 10여 편만이 볼만	중앙일보	1954.12.19	
24	영화의 사회의식과 저항 – M. 카르네의 감독 정신을 중심으로	평화신문	1955.1.16	
25	외화(外畫) 본수(本數)를 제한 – '영화심위(映畫審委)' 설치의 모순성	경향신문	1955.1.23	
26	최근의 외국 영화 수준	영화세계(4호)	1955.3.1	
27	최근의 국내외 영화	코메트(13호)	1955.4.20	
28	1954년도 외국 영화 베스트 텐	신태양(4권 6호)	1955.6.1	
29	영화예술의 극치 – 시네마스코프 영화를 보고	평화신문	1955.6.28	
30	악화(惡畫)는 아편이다	중앙일보	1955.7.12	
31	시네마스코프의 문제	조선일보	1955.7.24	
32	문화 10년의 성찰 – 예술적인 특징과 발전의 양상	평화신문	1955.8.13/14	
33	〈피아골〉의 문제 – 모순 가득 찬 내용과 표현	평화신문	1955.8.25/26	
34	산고 중의 한국 영화들 –〈춘향전〉의 영향	신태양(4권 9호)	1955.9.1	
35	회상의 명화선(名畫選) –〈철로의 백장미〉〈서부전선 이상 없다〉〈밀회〉	아리랑(8호)	1955.9.1	
36	서구와 미국 영화 –〈로마의 휴일〉〈마지막 본 파리〉를 주제로	조선일보	1955.10.9/10	
37	내가 마지막 본 파리 – 어째서 우리를 감명케 하는 것일까	평화신문	1955.10.17	
38	예술로서의 시네스코 –〈스타 탄생과 〈7인의 신부〉	중앙일보	1955.10.25	
39	영화 감상을 위한 상식	희망(5권 11호)	1955.11.1	
40	회상의 그레타 가르보 – 세계를 매혹케 한 그의 영화적 가치	평화신문	1955.11.27	

41	비스타 비전	주간희망 (창간호)	1955.12.26	
42	금룡상(金龍賞)을 제정	주간희망(2호)	1956.1.2	
43	영화 법안	주간희망(3호)	1956.1.9	
44	영화 구성의 기초	주간희망(4호)	1956.1.16	
45	몽타주	주간희망(5호)	1956.1.23	
46	아메리카의 영화 잡지	주간희망(6호)	1956.1.30	
47	시나리오 ABC	주간희망(8호)	1956.2.13	
48	다큐멘터리영화	주간희망(11호)	1956.3.5	
49	세계의 영화상	주간희망(12호)	1956.3.12	
50	옴니버스영화	주간희망(13호)	1956.3.19	
51	1955년도의 총결산과 신년의 전망	영화세계(7호)	1956.1.1	엄동섭 외 『박인환 문학전집 2』 (소명출판) 수록
52	현대 영화의 감각—착잡한 사고와 심리 묘사를 중심하여	국제신보	1956.1.27	
53	회상의 명화선(名畵選)—〈선라이즈〉 〈어느 날 밤에 생긴 일〉〈자전거 도둑〉	아리랑(2권 3호)	1956.3.1	
54	한국 영화의 신구상—영화 전반에 걸친 대담	영화세계	1956.3.1	
55	〈격노한 바다〉	향학	1956.4.1	
56	이태리 영화와 여배우	여원(2권 6호)	1956.6.1	
57	J.L. 맨키위츠의 예술—〈맨발의 백작 부인〉을 주제로	예술세계(2호)	1956.6.1	
58	회상의 명화—〈백설 공주〉 〈정부(情婦) 마농〉	아리랑(2권 7호)	1956.7.1	
59	절박한 인간의 매력	세월이 가면	1982.1.15	근역서재 간행

■ 박인환 평론 전집(박인환문학관 학술연구총서 4)

문학

연번	제목	발표지	발표 시기	비고
1	시단 시평	신시론(1집)	1948.4.20	
2	『신시론』 1집 후기	신시론(1집)	1948.4.20	
3	김기림 시집 『새노래평』	조선일보	1948.7.22	
4	사르트르의 실존주의	신천지(3권 9호)	1948.10.1	
5	김기림 장시 『기상도 전망』	신세대(4권 1호)	1949.1.25	엄동섭 외 『박인환 문학전집 2』(소명출판) 수록
6	장미의 온도	새로운 도시와 시민들의 합창	1949.4.5	
7	조병화 시집 『버리고 싶은 유산』	조선일보	1949.9.27	
8	전쟁에 참가한 시인	평화신문(1951.3.26)	1951.3.26	
9	현대시의 불행한 단면	주간국제 9호	1952.6.16	
10	조병화의 시	주간국제 13호	1952.9.27	
11	S.스펜더 별견(瞥見)	국제신보	1953.1.30~31	
12	이상(李箱) 유고(遺稿)	경향신문	1953.11.22	엄동섭 외 『박인환 문학전집 2』(소명출판) 수록
13	현대시의 본길	시작(2집)	1954.7.30	
14	버지니아 울프 인물과 작품	여성계(3권 11호)	1954.11.1	
15	그레이엄 그린 작(作) 『사건의 핵심』	민주경찰(44호)	1954.11.15	
16	1954년의 한국 시	시작(3집)	1954.11.20	
17	현대시의 변모	신태양(3권 2호)	1955.2.1	
18	고전 『홍루몽의 수난』	자유신문	1955.3.18~20	
19	학생 현상 문예 작품 선후감	신태양 4권 8호	1955.8.1	
20	『선시집』 후기	선시집	1955.10.15	
21	시에 대한 몇 가지 생각	조선일보	1955.11.28~30	

22	해외 문학의 새 동향	평화신문	1954.2.15/2.22	
23	『작업하는 시인들』	평화신문	1955.1.23	
24	위대한 예술가의 도정	평화신문	1955.10.30	
25	스코비의 자살	세월이 가면	1982.1.15	근역서재 간행

연극 · 영화 · 미술 · 사진 · 문화 · 국제 정치 · 사회 · 여성

연번	제목	발표지	발표 시기	비고
26	황금아(黃金兒, Golden—Boy)	경향신문	1952.4.21	연극
27	'신협(新協) 잡감(雜感)	경향신문	1952.8.3	연극
28	현대인을 위한 연극	평화신문	1955.8.2	연극
29	테네시 윌리엄스 잡기	한국일보	1955.8.24	연극
30	시네마스코프란 무엇이냐	형정(刑政)(22호)	1955.10.20	영화
31	정종여 동양화 개인전을 보고	자유신문	1948.12.12	미술
32	보도 사진 잡고	민성(4권 11호)	1948.11.20	사진
33	나의 문화적 잡기	연합신문	1953.5.25	문화
34	자유에서의 생존권	수도평론(3호)	1953.8.1	국제정치
35	직언춘추(直言春秋)	신태양(5권 4호)	1956.4.1.	사회
36	여성에게	경향신문	1954.1.8	여성
37	여자여! 거짓말을 없애라!	여성계(3권 4호)	1954.4.1	여성
38	남성이 본 현대 여성	여성계(3권 6호)	1954.6.1	여성

기사

연번	제목	발표지	발표 시기	비고
39	38선 현지 시찰 보고	자유신문	1949.4.26~28	
40	서울 돌입!	경향신문	1951.2.13	
41	과감 6185부대 침착, 여유 있는 진공(進攻)	경향신문	1951.2.13	
42	지하호에 숨은 노유(老幼) 하루 바삐 국군의 입성만을 고대	경향신문	1951.2.13	
43	'콩가루 자루' 메고 식량이라면 모조리 탈취	경향신문	1951.2.13	
44	1월 말 현재 서울의 물가 소두(小斗) 한 말에 2만 3천원(圓)	경향신문	1951.2.13	
45	도로 연변은 거의 파괴상(破相) 노량진 근방 산 밑은 약간의 피해	경향신문	1951.2.13	
46	서울 탈환 명령을 고대(苦待)	경향신문	1951.2.18	
47	혁혁한 전과 6185부대 용전(勇戰)	경향신문	1951.2.18	
48	아군 진격 뒤이어	경향신문	1951.2.18	
49	칠흑의 강물 건너 우렁찬 대적(對敵) 육성의 전파	경향신문	1951.2.18	
50	극도로 시달리는 식량난 주민은 거의 기아 상태	경향신문	1951.2.18	
51	피아 영등포 한남동 간 대치	경향신문	1951.2.20	
52	짓밟힌 '민족 마음의 고향 서울' 수도 재탈환에 총궐기하자!	경향신문	1951.2.20	
53	의복과 총을 바꾼 오랑캐	경향신문	1951.2.20	
54	영등포 노량진은 불변	경향신문	1951.2.20	
55	중공군 서울 퇴각? 괴뢰군만 최후 발악	경향신문	1951.2.21	
56	장비 없이 출전한 오랑캐 '수류탄에 볶은 쌀가루뿐	경향신문	1951.2.21	
57	산·산·산	경향신문	1951.11.21	

58	거창사건 수(遂) 언도!	경향신문	1951.12.18	
59	병기창 방화범 일당 8명	경향신문	1952.1.3	
60	예년에 없는 한해(旱害) 송피(松皮)나 먹도록 해주오	경향신문	1952.1.6	
61	한국을 정확히 보라	연합신문	1956.3.22	

■ 박인환 산문 전집(박인환문학관 학술연구총서 5)

번호	작품 명	발표지	발표 연도	비고
1	고 변 군	경기공립중학교 학우회지	1940. 6. 20	엄동섭·염철 엮음, 『박인환 문학전집 2』(소명출판) 수록
2	여성미의 본질-코	부인(제4권 3호)	1949. 4. 30	
3	실연기(失戀記)	청춘(창간호)	1951. 8. 1	엄동섭·염철 엮음, 『박인환 문학전집 2』(소명출판) 수록
4	제야유감(除夜有感)	신태양(제16호)	1953. 12. 1	
5	현대 여성에 관한 각서	여성계(제3권 3호)	1954. 3. 1	
6	원시림에 새소리, 금강(金剛)은 국토의 자랑	신태양(제3권 4호)	1954. 4. 1	
7	천필(泉筆)	민주경찰(제41호)	1954. 7. 15	
8	즐겁지 않은 계절	서울신문	1955. 5. 29	
9	낙엽 일기	중앙일보	155. 7. 12	
10	크리스마스와 여자	신태양 (제4권 12호)	1955. 12. 1	
11	미담이 있는 사회	가정(창간호)	1954. 12. 24	
12	꿈같이 지낸 신생활(新生活)	여성계 (제4권 10호)	1955 10. 1	
13	환경에서 유혹	여원(2권 2호)	1956. 2. 1	
14	사랑은 죽음의 날개와 함께	사랑의 편지 (태문당)	1963. 11. 15	최영 편
15	불안과 희망 사이	52인 시집 (신구문화사)	1967. 1. 30	
16	서울 재탈환	사정보(司正報) (제14호)	1951. 4. 9	
17	서울역에서 남대문까지	신태양 (제1권 4호)	1952. 11. 1	
18	암흑과 더불어 3개월	여성계 (제3권 6호)	1954. 6. 1	

19	밤이나 낮이나	사정보(제26호)	1951. 9. 10	
20	밴 플리트 장군과 시	세월이 가면 (근역서재)	1982. 1. 15	
21	19일간의 아메리카	조선일보	1955. 5. 13 · 17	
22	서북 미주의 항구를 돌아	희망(제5권 7호)	1955. 7. 1	
23	미국에 사는 한국 이민	아리랑(제11호)	1955. 12. 1	
24	몇 가지의 노트	세계의 인상 (진문사)	1956. 5. 20	
25	이정숙에게	세월이 가면 (근역서재)	1982. 1. 15	
26	사랑하는 아내에게	세월이 가면 (근역서재)	1982. 1. 15	
27	사랑하는 나의 정숙이에게	세월이 가면 (근역서재)	1982. 1. 15	
28	정숙, 사랑하는 아내에게	세월이 가면 (근역서재)	1982. 1. 15	
29	정숙이	세월이 가면 (근역서재)	1982. 1. 15	
30	정숙이	세월이 가면 (근역서재)	1982. 1. 15	
31	무제	세월이 가면 (근역서재)	1982. 1. 15	
32	정숙이	세월이 가면 (근역서재)	1982. 1. 15	
33	정숙이	세월이 가면 (근역서재)	1982. 1. 15	
34	무제	세월이 가면 근역서재)	1982. 1. 15	
35	무제	세월이 가면 (근역서재)	1982. 1. 15	
36	봉구 형	세월이 가면 (근역서재)	1982. 1. 51	
37	봉구 학형	세월이 가면 (근역서재)	1982. 1. 15	
38	칭기즈 칸(成吉思汗)	야담(제5호)	1955. 11. 1	

39	설문 : 남북 요인 회담 요청이 일부에서는 농숙(濃熟)한 모양인데, 이에 대한 기대는 어떠하십니까?	새한민보(제14호)	1947. 11. 15	엄동섭 · 염철 엮음, 『박인환 문학전집 2』(소명출판) 수록
40	설문 : 5월 달에 당신은?	여성계 (제3권 5호)	1954. 5. 1	
41	설문	국제보도(33호)	1954. 5. 25	엄동섭 · 염철 엮음, 『박인환 문학전집 2』(소명출판) 수록
42	가을밤 거리에서(시)	국민일보	1948. 10. 25	엄동섭 · 염철 엮음, 『박인환 문학전집 2』(소명출판) 수록
43	書籍と風景(시)	시학	1952. 5. 30	엄동섭 · 염철 엮음, 『박인환 문학전집 2』(소명출판) 수록

1926년(1세) 8월 15일 강원도 인제군 인제면 상동리 159번지에서 아버지 박
광선(朴光善)과 어머니 함숙형(咸淑亨) 사이에서 2남 1녀 중 맏이
로 태어나다. 강원도 간성 출신인 어머니가 1902년생으로 1904
년생인 아버지보다 두 살 많음. 대대로 물려받은 토지가 있어
집안 형편은 여유로웠음. 할아버지는 박태용(朴泰容), 할머니는
이용(李容). 본관은 밀양(密陽). 어머니는 1972년, 아버지는 1984
년 미국에서 작고함. 박인환의 여동생 박경환(朴京煥)은 1937년
생으로 서울시립교향악단 상임 지휘자와 중앙대 음대 교수를
지낸 정재동(鄭載東)의 부인. 남동생 박신일(朴信一)은 1940년생
으로 서울대 영문과를 졸업한 뒤 해외공보관 관장과 보스톤 총
영사 지냄.

1933년(8세) 인제공립보통학교에 입학하다.

1936년(11세) 서울로 올라오다. 서울시 종로구 내수동에서 거주하다가 종로
구 원서동 134번지로 이사하다. 덕수공립보통학교 4학년에 편
입하다. 아버지는 복덕방 등을 운영했고, 작은이모부 이성재(李
聖宰)는 덕수공립보통학교 교사.

1939년(14세) 3월 18일 덕수공립보통학교 졸업하다. 4월 2일 5년제 경기공립
중학교에 입학해 1학년 1반에 편성되다. 영화, 문학 등에 심취
하다.

1940년(15세) 종로구 원서동 215번지로 이사하다. 2학년 2반에 편성되다.

1941년(16세)	2학년을 마치고 3월 31일 경기공립중학교 자퇴하다. 3월 31일 개성에 있는 송도(松都)중학교로 전학하다. 장남 세형의 증언에 따르면 이후 황해도 재령에 있는 명신중학교로 전학해 졸업하다.
1944년(19세)	관립 평양의학전문학교(3년제)에 입학하다. 일제강점기 당시 의과, 이공과, 농수산과 전공자들은 징병에서 제외되는 상황.
1945년(20세)	8·15광복으로 학교를 그만두고 상경하다. 아버지를 설득하여 3만 원을, 작은이모에게 2만 원을 얻어 종로3가 2번지 낙원동 입구, 작은이모부의 지물포가 있던 자리에 서점 마리서사(茉莉書舍)를 개업하다. 초현실주의 화가 박일영(朴一英)의 도움으로 세련된 분위기를 만들어 많은 문인과 교류하는 장소가 되다. 서적 총판매소로도 이용되다.
1946년(21세)	6월 20일 조선청년문학가협회 시부(詩部)가 주최한 '예술의 밤'에 참가해 시 「단층(斷層)」을 낭독하다.
1947년(22세)	5월 10일 발생한 배인철 시인 총격 사망 사건과 관련하여 중부경찰서에서 조사를 받다. 김수영 시인 부인인 김현경 여사의 증언도 있음. 초겨울 1살 연하인(1927년 7월 31일) 이정숙(李丁淑)과 약혼하다.
1948년(23세)	입춘을 전후하여 마리서사 폐업하다. 4월 20일 김경린(金璟麟), 김경희(金景熹), 김병욱(金秉旭), 임호권(林虎權)과 동인지 『신시론(新詩論)』(산호장) 제1집을 발간하다. 박인환은 시작품 「고리키의 달밤」과 평론 「시단시평」을 발표하다. 4월 덕수궁 석조전에서 이정숙과 결혼하다. 이정숙의 아버지 이연용(李淵鎔)은 동일은행 광화문 지점장, 어머니는 윤정옥(尹貞鈺). 박인환은 결혼한 뒤 본가에서 1주일 정도 살림하다가 종로구 세종로 135번지(현 교보빌딩 뒤)의 처가로 옮기다. 가을 무렵 『자유신문』 문화부 기자로 취직하다. 11월 25일 동시 「언덕」을 『자유신문』에 발표하다. 12월 8일 장남 세형(世馨) 태어나다. 세형은 연세대

국문학과를 졸업한 뒤 현대건설 등에서 근무했고, 세 딸(미혜, 미현, 미배)을 둠.

1949년(24세) 4월 5일 김경린, 김수영(金洙暎), 양병식(梁秉植), 임호권과 동인 시집『새로운 도시와 시민들의 합창』(도시문화사) 발간하다. 박인환은 시작품「열차」「지하실」「인천항」「남풍」「인도네시아 인민에게 주는 시」를 발표하다. 4월 26일부터 28일까지『자유신문』에「삼팔선 현지 시찰 보고」를 3회 게재하다. 6월 7일 제4회 전국중등학교 야구 선수권대회 임원이 되다. 7월 16일 국가보안법 위반 혐의로 내무부 치안국에 체포되었다가 8월 4일 이후 석방되다. 여름 무렵부터 김경린, 김규동(金奎東), 김차영(金次榮), 이봉래(李奉來), 조향(趙鄕) 등과 '후반기(後半紀)' 동인 결성을 논의하다. 9월 30일 임호권, 박영준(朴榮濬), 이봉구(李鳳九)와 함께 조선문학가동맹 등을 탈퇴하는 성명서를 발표하다. 11월 30일 박인환 개인 성명서를 발표하다. 12월 17일 한국문학가협회(전국문학가협회 문학부와 한국청년문학가협회를 중심으로 일반 무소속 작가와 전향 문학인 포함) 결성식에 추천위원으로 참여하다.

1950년(25세) 1월 8일부터 10일까지 보도연맹에서 주최한 '국민예술제전'에 참가해 시 낭독하다. 봄 무렵 자유신문사를 퇴사하고 경향신문사에 입사하다. 김경린, 김수영, 이상로(李相魯), 이한직(李漢稷), 임호권, 조향 등과 동인지『후반기』창간호를 5월에 간행하려고 준비하다. 6월 25일 한국전쟁이 일어나 피란을 가지 못하고 김광주, 이봉구, 김경린, 김광균 등과 만나며 숨어 지내다. 8월 말 친구 세 사람과 부산으로 피신하다가 잡혀 서울로 돌아와 9·28수복을 맞다. 9월 25일 딸 세화(世華) 태어나다. 세화는 서강대 영문과를 졸업한 뒤 덴마크 대사관에 근무함.

1951년(26세) 1·4후퇴로 대구로 내려가다. 2월 경향신문사 특파원으로 민재

원, 박성환 등과 육군 6185부대의 서울 재탈환 작전에 종군하며 「서울 돌입!」 등 많은 기사를 쓰다. 5월 26일 대구 아담다방에서 결성된 '육군종군작가단'에 박영준, 정비석, 조영암, 최태응 등과 함께 참여하다. 10월 경향신문사 본사가 부산으로 내려가자 함께 이주하다. 대구를 오가며 「거창사건 수(滲) 언도!」 등의 기사를 쓰다. 부산에서는 처삼촌 이순용(李淳鎔)의 도움을 많이 받다. 이순용은 내무부 장관(1951. 5~1952. 1), 체신부 장관(1952. 1~1952. 3), 대한해운공사 사장(1952. 5~1953. 5)을 지냈고, 1953년부터 1956년까지 외자구매처장, 임시외자관리청장, 외자청장 등을 역임했다.

1952년(27세) 2월 21일 소설가 김광주가 구타당한 사건에 대한 재구(在邱) 문화인 성명서에 참여하다. 3월 5일 강세균이 엮은 『애국시 33인집』(대한군사원호문화사)에 「최후의 회화」 발표하다. 5월 15일 존 스타인벡의 기행서 『소련의 내막』(백조사)을 번역해서 간행하다. 5월 이상로가 엮은 『창궁』(공군본부정훈감실)에 시 「서부전선에서」와 「신호탄」을 발표하다. 5월 30일 일본의 시 전문지 『시학』 제7권 5호에 시 「書籍と風景」을 발표하다. 이 무렵 경향신문사를 퇴사하고 대동신문사 문화부장으로 입사하다. 6월 16일 『주간국제』 제9호의 '후반기 동인 문예' 특집에 평론 「현대시의 불행한 단면」을 발표하다. 6월 28일 김광섭이 주도한 자유예술인연합에 가입하다. 7월 하순 부산극장에서 열린 반공통일연맹 창립 1주년 기념대회에 참가해 시 낭송하다. 11월 5일 조향이 엮은 『현대 국문학 수(粹)』(자유장)에 시 「열차」 「자본가에게」 등을 발표하다. 12월 이순용이 사장으로 있는 대한해운공사에 입사하다. 12월 31일 이한직이 엮은 『한국시집』 상권(대양출판사)에 시 「세 사람의 가족」 「검은 신이여」 「회상의 긴 계곡」을 발표하다.

1953년(28세)	4월 15~16일 시인의 집 주최로 열린 '제2회 시의 밤'(부산의 이화대학교 강당)에 참가해 시 낭송하다. 5월 31일 차남 세곤(世崑) 태어나다. 세곤은 서울대 불문과를 졸업한 뒤 경원대 교수가 됨. 여름 무렵 '후반기' 동인 해체되다. 7월 중순 무렵 서울 집으로 돌아오다. 7월 27일 한국전쟁 휴전 협정 체결하다. 11월 22일 이상의 유고시 「이유 이전(理由 以前)」을 발굴해 『서울신문』에 게재하다.
1954년(29세)	1월 31일 한국영화평론가협회 제2회 정기총회에서 상임 간사를 맡다. 오종식(회장), 유두연, 이봉래, 허백년, 김소동 등이 회원. 2월 5일 김용호와 이설주가 엮은 『현대시인선집』 하권(문성당)에 시 「최후의 회화」 「부드러운 목소리로 이야기할 때」를 발표하다. 5월 이후 시집 『검은 준열의 시대』(동문사)를 간행하려고 시도하다. 7월 30일 고원 시인이 주재한 계간지 『시작』 제2집에 번역 시 「도시의 여자들을 위한 노래」와 평론 「현대시와 본질 – 병화의 인간 고도」를 발표하다.
1955년(30세)	1월 11일 현대문학연구회 동인 및 『현대문학』 제1집 간행에 참가하다. 1월 18일부터 1월 27일까지 열린 〈이중섭 작품전〉(미도파화랑)을 관람하다. 3월 5일 대한해운공사의 상선 남해호를 타고 미국 여행을 하기 위해 부산항을 출발하다. 작은이모부 이성재가 여행 경비를 도와주다. 3월 5일 저녁 8시경 시모노세키, 6일 새벽 5시경 세토나이카이(瀨戶內海)를 거쳐 오전 11시경 일본 고베항에 입항하다. 4일간 고베, 오사카, 교토 등을 여행하다. 3월 9일 밤 고베항을 출발해 3월 22일 오전 미국 워싱턴주 올림피아항에 입항하다. 상륙 수속 문제로 23일 하선하다. 올림피아, 터코마, 시애틀, 에버렛, 아나코테스, 포트 앤젤레스, 포틀랜드 등을 여행하다. 4월 10일경 미국을 떠나 4월 말경 아내의 선물, 결혼 10주년 행사에 사용할 물품, 아이

들 장난감 등을 들고 귀국하다. 5월 20일에 발간된 『시작』 4집부터 편집위원이 되다. 5월 13일부터 17일까지 『조선일보』에 미국 여행기 『19일간의 아메리카』를 발표하다. 이 무렵 대한해운공사 퇴사하다. 6월 20일 유치환과 이설주가 엮은 『1954 연간시집』(문성당)에 시 「눈을 뜨고도」「목마와 숙녀」「센티멘털 저니」를 발표하다. 6월 25일 김종문이 엮은 『전시문학선 시편』(국방정훈국)에 시 「행복」「검은 신이여」 발표하다. 7월 16일 한국자유문학자협회 문총 중앙위원으로 선출되다. 8월 26일부터 31일까지 극단 신협 제38회 공연 작품인 『욕망이라는 이름의 전차』를 번역하다. 10월 1일에 간행된 『시작』 5집에 시 「목마와 숙녀」를 발표한 뒤 10월 9일 시작사 주최 제1회 시 낭독회에 참가해 낭독하다. 10월 15일 시집 『선시집』(산호장)을 간행하다. 실제는 '시작사'에서 간행한 것으로 유추된다. 김규동 시인의 증언에 따르면 제본소의 화재로 소실되다. 11월 13일 동방문화회관 강당에서 열린 김규동의 시집 『나비와 광장』(산호장) 출판기념회에 참석해 시 낭독하다. 12월 28일 제1회 금룡상 심사에 심사위원으로 참여하다.

1956년(31세) 1월 초 『선시집』(산호장)을 다시 간행하다. 1월 16일 『선시집』에 대한 부완혁의 서평 「강인성과 긍지」가 『한국일보』에 발표되다. 1월 20일 이봉래의 서평 「박인환 저 선시집」이 『동아일보』에 발표되다. 1월 22일 홍효민의 서평 「젊은 세대의 심금」이 『조선일보』에 발표되다. 1월 23일 조병화의 서평 「장미의 온도— 박인환 선시집」이 『경향신문』에 발표되다. 1월 27일 『선시집』 출판기념회를 동방문화회관에서 갖다. 1월 28일 한국자유문학자협회에서 개최한 회원 합동 출판기념회에 참석하다. 2월 6일 『선시집』에 대한 김광주의 서평 「건방진 '멋'— 박인환 선시집에 부치는 글」이 『주간희망』(제26호)에 발표되다.

2월 21일 제3회 자유문학상 최종 후보에 오르다. 3월 초 시 「세월이 가면」이 이진섭 작곡으로 널리 불리다. 3월 17일 '이상 추모의 밤'을 열고, 추모 시 「죽은 아포롱 – 이상 그가 떠난 날에」를 『한국일보』에 발표하다. 3월 20일 아침 아픈 딸 세화를 데리고 병원에 갔다 오다. 오후 9시 자택에서 심장마비로 타계하다. 3월 22일 망우리 공동묘지에 안장되다. 4월 7일 '해방 후 물고(物故) 작가 추념제'가 열리다. 5월 20일 조풍연이 엮은 『세계의 인상』(진문사)에 수필 「몇 가지 노트」가 수록되다. 9월 19일(추석) 문우들의 정성으로 망우리 묘소에 시비 세워지다.

1959년(3주기) 10월 10일 월러 캐더의 장편소설 『이별』(법문사) 번역되어 간행되다.

1976년(20주기) 3월 10일 맏아들 박세형에 의해 시집 『목마와 숙녀』(근역서재) 간행되다.

1982년(26주기) 1월 15일 김경린, 김광균, 김규동, 김영택, 김차영, 박태진, 송지영, 양병식, 이봉구, 이봉래, 이진섭, 이혜복, 조 향, 장만영, 전봉건, 조병화 등에 의해 추모 문집 『세월이 가면』(근역서재) 간행되다.

1986년(30주기) 5월 22일 『박인환 전집』(문학세계사) 간행되다.

2000년(44주기) 인제군청과 인제군에서 활동하는 내린문학회 및 시전문지 『시현실』 공동주관으로 '박인환문학상' 제정되다.

2006년(50주기) 8월 20일 문승묵 엮음 『사랑은 가고 과거는 남는 것 – 박인환 전집』(예옥) 간행되다. 10월 9일 맹문재 엮음 『박인환 깊이 읽기』(서정시학) 간행되다.

2008년(52주기) 3월 15일 맹문재 엮음 『박인환 전집』(실천문학사) 간행되다.

2011년(53주기) 11월 28일 강원희 『그 사람 이름 박인환』(한울) 간행되다.

2012년(56주기) 강원도 인제군에 박인환문학관 개관되다.

2014년(58주기) 7월 25일 이정숙 여사 별세하다.

2019년(63주기) 9월 30일 맹문재 엮음 『박인환 번역 전집』(푸른사상) 간행되다.

2020년(64주기) 인제군, (재)인제군문화재단, 박인환시인기념사업추진위원회, 경향신문 공동주관으로 '박인환상'(시 부문, 학술 부문) 제정되다. 8월 31일 맹문재 엮음 『박인환 시 전집』(푸른사상) 간행되다.

2021년(65주기) 8월 10일 박인환의 『선시집』(푸른사상) 복각본 간행되다. 9월 30일 박인환의 『선시집』(푸른생각) 영어 번역본(여국현 번역) 간행되다. 9월 30일 맹문재 엮음 『박인환 영화평론 전집』(푸른사상) 간행되다.

2022년(66주기) 9월 30일 맹문재 엮음 『박인환 평론 전집』(푸른사상) 간행되다.

2023년(67주기) 9월 10일 맹문재 엮음 『박인환 산문 전집』(푸른사상) 간행되다.

엮은이 맹문재

편저로『박인환 평론 전집』『박인환 영화평론 전집』『박인환 시 전집』『박인환 번역 전집』『박인환 전집』『박인환 깊이 읽기』『김명순 전집─시·희곡』『김규동 깊이 읽기』『김남주 산문 전집』, 시론 및 비평집으로『한국 민중시 문학사』『지식인 시의 대상애』『현대시의 성숙과 지향』『시학의 변주』『만인보의 시학』『여성시의 대문자』『여성성의 시론』『시와 정치』『현대시의 가족애』등이 있음. 고려대 국문과 및 같은 대학원 졸업. 현재 안양대 국문과 교수.

박인환 산문 전집

초판 인쇄 2023년 9월 5일
초판 발행 2023년 9월 10일

지은이_박인환
엮은이_맹문재
펴낸이_한봉숙
펴낸곳_푸른사상사

주간·맹문재 | 편집·지순이 | 교정·김수란
등록·1999년 7월 8일 제2─2876호
주소·경기도 파주시 회동길 337─16(서패동 470─6)
대표전화·031) 955─9111~2 | 팩시밀리·031) 955─9114
이메일·prun21c@hanmail.net
홈페이지·http://www.prun21c.com

ⓒ 맹문재, 2023

ISBN 979─11─308─2084─2   93810
값 32,000원